鲸落果园

吴丹 著

春风文艺出版社
·沈阳·

图书在版编目（CIP）数据

鲸落果园 / 吴丹著 . —沈阳：春风文艺出版社，
2024.1
　　ISBN 978-7-5313-6640-9

　　Ⅰ.①鲸… Ⅱ.①吴… Ⅲ.①长篇小说—中国—当代
Ⅳ.①I247.5

中国国家版本馆CIP数据核字（2023）第246224号

春风文艺出版社出版发行
沈阳市和平区十一纬路25号　邮编：110003
辽宁新华印务有限公司印刷

责任编辑：姚宏越　周珊伊	责任校对：张华伟
封面设计：黄　宇	幅面尺寸：145mm×210mm
字　　数：218千字	印　　张：10.75
版　　次：2024年1月第1版	印　　次：2024年1月第1次
书　　号：ISBN 978-7-5313-6640-9	
定　　价：59.00元	

版权专有　侵权必究　举报电话：024-23284391
如有质量问题，请拨打电话：024-23284384

序言：除了梦以外的地方

  1961的冬天，奶奶带着一个小布包，里头仅有几套打满补丁的衣服，一卷煎饼，踏上了从沾化丰民村到东营广饶村的倒牛车。那时候的交通工具相当匮乏，出门全靠两条腿，几十公里的路，要走上好几天才能走到。奶奶走走停停，停停走走，从天黑走到天明，运气好的时候碰上拉牛车的乡亲，捎她一程。那长方形的牛车把天空也隔成了长方形，牛车咿咿呀呀慢悠悠地向前，这小小的一片天空便不断变换着模样。土路还算好走一些，令人头疼的事儿是渡黄河，那时候还没有胜利黄河大桥，都是坐着没有帆的小船过去，要是一个不小心遇上风浪什么的，人就淹没在了黄河里。冬天的河水冰冷刺骨，像刀子一样锋利。渡过黄河，赶夜路也是令人头疼的事儿。黄河三角洲一望无际的盐碱滩就好像是被人抹了锅底灰一样，比夜还要黑，那些芦苇荡就像是一头头蹲伏在旁的洪水猛兽，龇牙咧嘴要吃人的样子。奶奶没什么文化，认识的几个字还是后来在油田跟着石油师们学的。十八岁的奶奶，瘦高瘦高地杵在人群里，听着村主任说："那旮儿是个好地方，人去就能活。"于是就毅然决然地来到了胜利油田，跟着那时候的32120钻井队在这里安营扎寨。

可是奶奶没有想到，1962年，那时候名字还叫作"九二三厂"的胜利油田刚刚建设，就迎头撞上了三年困难时期。那时候的胜利油田在为国找油的征程上是个欣欣向荣的新生儿，但在经济上却是个疲惫不堪的中年人，基础建设上更是犹如一个奄奄一息的老者。奶奶想不明白，人人都说"好"的地方，咋一来就变成"生死存亡"了呢？

结束上午的工作，奶奶靠在草皮房的墙根旁，啃着棉花籽饼就着咸菜疙瘩，心里想着晚上得给马棚多铺些稻草，这儿晚上太冷了。蹲在奶奶旁边的沾化老乡突然用胳膊肘怼了怼奶奶，一张粗糙皲裂的脸贴了过来，悄声问奶奶："回不回？"奶奶有些蒙，本能地问道："回哪儿？"老乡一脸瞅傻子的表情看着奶奶，说："当然是回村啊！"奶奶仍是没有反应过来，愣愣地问道："才出来就要回去？"老乡忍不住拍了奶奶脑袋一下，说道："你懂没懂，现在天天喊的口号'发奋图强，大抓生产，以矿养矿，准备发展'是什么意思？"奶奶摇摇头，老乡一脸恨铁不成钢的表情，说道："就是国家不给油田钱了，油田得自己想办法，咱们工人得出去打工，给油田挣钱。"说到这儿，老乡重重地叹了一口气，才又说道："俺也不想就这样回去，出来就是为了挣口活路，眼瞅着活路要变成死路了……"奶奶手里拿着空碗，蹲在墙根下，耳旁是老乡的絮絮叨叨，思绪不禁越飘越远，她想到了小时候，老家只有一栋栋茅草屋子，却暖和得很。每到傍晚时，她都会去树上捉知了，去树下抓蚂蚱，用火一烤，一边享受着这难得的荤食，一边听出过村的大人讲解放军的故事，幻想着自己长大了也要到这个村外面的世界去看一看。奶奶一年年长大，村里的庄稼却一年不如一年，虫子一年比一年难找，草房也开始破败，村里的孩子们一个个饿得面黄肌瘦，出村寻一条活路成了村里人唯一的念想。

晚上，奶奶躺在马棚里算着时间，该巡井了，她起身走出马棚。在巡井的路上，奶奶碰到了一位年轻的石油师同志。奶奶曾远远见过这位同志，听老乡说他是石油师教导团里的一位教导员，家是北京的，是个有文化的读书人。没上过学的奶奶对读书人有着天然的崇拜感，她不明白这位厉害的教导员这么晚不睡觉，在外头晃悠什么。教导员也看到了奶奶，热情地上前和奶奶打招呼："同志，你是去巡井的吧？"奶奶猛地点点头。教导员笑着说："正好，我也去巡井，咱俩一块儿吧。"奶奶有些手足无措，细长的眼睛都睁得圆了些，磕磕巴巴地说道："领……领导也需要去……去巡井吗？"教导员笑得更大声了，边走边说道："领导才更需要去巡井哩。"回来的路上，教导员对奶奶说："我知道你们现在对油田有很多的担忧，对未来很迷茫，但是请相信党，相信国家，只要咱们众志成城，上下一心，油田肯定会挺过这个难关的。"

后来，奶奶和大多数老乡都留了下来。每天天一亮，他们就来到井场，追着日出起来，赶着日落休息。那时候没什么设备，一些重型管材都是靠人拉肩扛送到井场上。奶奶的力气很大，她的大脚板走起路来风风火火的。井场上有石油封井时用的水泥和泥浆，一袋子得一百多斤，全靠人力运输。男人们自己扛一袋，一天下来能赚七毛五分钱，而女人们则需要两个人一起抬着，一天下来只有五毛八分钱，还得分出去一半。奶奶盘算着，如果她自己扛一袋，就也能挣七毛五分钱了。那个时候留下来的女同志不多，即便留下来的，也没谁愿干这苦差事。负责监管工作的办事员以为奶奶是走后门进来的，不相信她可以和男人一样自己扛一袋，就跑到井场上去盯着。奶奶的裤腿被汗水打湿，鞋底粘一层稀泥，走起路来啪叽啪叽往四周甩泥点，泥袋子在她的背上晃荡，她咧嘴呲呲吸口气继续往前走。手掌和肩膀磨出了血泡，血泡破了，结出硬痂，粘着衣服与血肉，晚上她会龇牙咧嘴地把衣服从身上扯下来，然后蒙头就睡，第二天再去干活。这些血泡最后变成了一层层厚厚的老茧，奶奶说她练就了一身铜皮铁骨。她有的是力气，走起来像踩着鼓点跳舞。这条路奶奶走久了，一天不走，就浑身难受。奶奶总是倔强地说："干活就是干活，分什么男人和女人。"

岁月在奶奶身上抽丝剥茧地掳掠体魄和心性，她像失掉水分的瓜果，她的手腕如陈年枯柴，瘦削而腐朽，拇指和食指拢个圈就能箍起来。墨绿粗犷的血管在皮肤下凸起，像一条条涌动的河流，我的指腹搁浅在隔着一层沧桑表皮的暗流上，感受血液的循环往复。奶奶支棱起的腕骨坚硬地扎进我的掌心，她手握成拳，骨节泛白，还想用力挣脱。红玉盘似的太阳在茫茫荒野上一个格子一个格子跳出来，抽油机的倒影映在淡淡的金色光晕里。奶奶仰起脸迎着清晨铺洒下来的第一缕阳光，阳光暖暖的，柔柔的，像丝绸般光滑。空气中浸着青草香，树林间鸟群叽喳，村庄里一缕缕炊烟随风舞动……寂寞的井站一下子就活泛了。奶奶脊背弯得更低，担起巡井的工具，喘息声重些，坚实地走在清清亮亮的世界里。

那时候，棒子土豆小米饭蘸盐花花，能填个半饱就算好年景了。穿的就更寒酸了，没有皮靴头盔防水拒油工作服，不管风霜雪雨，就是两身布军装。泥里爬，油里滚，风里雨里，雪里冰里，全是它。整装，启程，拓荒，落脚，走到哪里，哪里就会燃起点点篝火，撑起座座井架，搭起连片的芦席棚干打垒。寒冬冷风刺骨，盛夏烈日当头，沿着芦苇荡盐碱滩纵横颠簸，固然路途坎坷，可奶奶的心里却很安定。

奶奶手巧，得空就会用木头和麻绳做些马扎子去卖，挣了钱了再拿回来交给司务长。我听到后不禁觉得不可思议，诧异地问奶奶："那个时候油田给你们发那么点儿工资，吃饱饭都难，你自己挣了钱还要交回去？"奶奶没有立刻回答我，而是将手里的烟袋朝地上磕了磕，又抬起来吸了几口。奶奶是老烟枪，但她可不是为了耍酷，只是嘴里塞着烟，干起活来好像就有使不完的劲儿。奶奶每次抽烟都好像是在品一件艺术品，细细品味着。可年轻的时候，奶奶却没有这闲工夫，都是随手扯一张烟纸，左手指兜着烟纸，右手捏一小撮旱烟叶，在烟纸上一路洒过来，拇指食指一捻，舌头舔下剩余纸角又顺势把纸角顶在烟卷上，大功告成。

袅袅的烟雾升腾起来，模糊了奶奶褶皱的面容，烟头的火光明灭，奶奶仿佛沉浸在了那难以磨灭的岁月里。过了好半响，奶奶才说："那个时候，每个人都争着抢着干活，比谁干得多，干得好，少干一点儿都觉得丢人，心里只有一个念头：建不成大油田，死都不甘心。"

后来，油田挺过来了，奶奶手里拿着补发的工资和工服，心里只有希望和欢喜，哪里还记得曾经的苦与难。

1965年，采油队正式成立，那时候还没有女工人干这活儿，都是些男工人们。直到1975年，第一支女子采油队正式成立，奶奶成了一名采油女工，成了远近闻名的"铁姑娘"，一干就是一辈子。每次从黄河南到黄河北，奶奶都会指着黄河岸边上那条输油管线，自豪地说道："这是我们的骄傲。"这条输油管线是当年石油上产大会战时铺设的，那时候的奶奶才刚生完孩子没有多久，就一头扎进了会战的阵营。奶奶忘记了当时挖基础坑时，出现塌方渗水，泥水掺杂，抽水机开始罢工，他们跳进泥坑中用脸盆一盆一盆地往外舀水，被透骨的寒气冻得嘴唇发紫的日子；忘记了为抢工期交管线，他们每天工作接近二十个小时，日夜奋战，三天三夜共焊了五千多条焊缝，最后回家眼睛肿得睁不开的日子；忘记了吊装管线那天突然刮起的七级大风和伴随而来的雨夹雪，龙门架被风刮出裂缝，他们爬上高高的塔架焊接裂缝，保住了整个管线的顺利安装。奶奶只记得，输油管线竣工的那一日，一张张粗糙褶皱的面庞上蜿蜒而下的泪水。这条管线是石油工人们引以为傲的孩子，它的身姿是那样的巍峨瑰丽，像一条巨龙一样盘旋在滔滔黄河边。

　　退休后的奶奶脾气越发像个小孩子，天天和爷爷吵架，每天三顿吵，不吵受不了。以前的我会抱着手机自动屏蔽，现在的我却不会了，因为我发现，只要我放下手机听他俩吵架，奶奶就会马上不吵，拉着我，跟我讲她年轻时在油田工作的故事，那是她除了梦以外的地方，再也见不到的事情了。以前我会在奶奶刚说开头就打断，不耐烦地叫唤："奶奶，这事儿我都听了八百多遍了，我的耳朵都起茧了！那日子那么苦，你还总提它干什么？"直到现在我还记得当时奶奶被我打断时的表情，她脸上的皱纹一圈圈绽成苦苦的九月菊，嘴里念叨着："俺讲过吗？俺咋不记得……俺讲过吗？那日子不苦呀……不苦。"现在我不会再打断奶奶的故事了，我会装作第一次听一样，耐心地听她把故事说完。因为我知道，那是奶奶一生最难忘的记忆，她只是想将自己心中最美好的东西分享给晚辈。奶奶和爷爷也不是真的想吵架，只是想让我放下手机，陪他们唠唠嗑而已。

奶奶是真的老了，七十多岁的她单薄得像张纸，牙齿大部分脱落了，仅存的几颗还各种抗议罢工。以前是想吃好吃的，吃不到，现在是好吃的就摆在面前，却怎么也吃不动了。奶奶有时絮絮叨叨说无关紧要的话，有时佝偻着背坐墙根下晒太阳，沉默得像一尊被霜染白头发的雕塑，用眼神穿透她经年被风吹日晒的干瘪皮肤，仿佛能听见锈迹斑驳的骨架每活动一下就发出的嘎吱嘎吱的摩擦声。因为老了，奶奶过马路面对车来车往，慌张无措地拽我衣襟，像我小时候仰仗她那么仰仗我。

七十年壮丽山河，六十年岁月轮转，日子像车轮在土路上一圈圈周而复始碾轧出来的音符，在奶奶那一代人的眼里犹如白驹过隙，沧海桑田，他们的人生就像黑白默片逐渐被浓墨重彩覆盖。奶奶不懂得什么大道理，她来油田的初心也只是为了挣出一条活路，可是在一次次的会战中，在一次次咬紧牙关共渡难关中，在一次次勒紧裤腰带奋力拼搏中，奶奶已经和油田分不开了。艰苦奋斗刻在了他们那一代石油人的骨子里，求实奉献是他们那一代石油人对自己最朴素的要求，拼搏进取是他们那一代石油人的基本素养。他们乘风而起，向阳生长，遇逆境时不退缩，遇挫折时不妥协，用勤劳、智慧、胆识、汗水和担当，为中国石油的发展蹚出了一条新路子，在服务国家战略和促进民生发展中成就了自我，从"转型者"到"拓荒者"再到"突围者"，一路艰辛一路芬芳，勇立时代潮头。

　　油田发现至今六十多年了，到我们这代是第三代了，我们这代人没有吃过奶奶那代人的苦，我们这代人没有受过奶奶那代人的罪，我们这代人享受着奶奶那代人用血泪打拼下的劳动成果。一代石油人逐渐淡去，但是他们的精神需要我们传承。胜利油田这艘巨轮承载着我们的祖辈父辈，当我们自己登上这艘巨轮时，遇到风浪，又怎能忍心抛下它？希望我们追寻着老一辈石油人，用"我为祖国献石油"的初心，用"实干扬正气，发展扛责任"的石油精神点燃灯塔，不做暴风雨中随风飘摇的蒲草，而是做推动油田向前行进的浪花。

　　2011年8月14日，奶奶永远地离开了人世间，自那以后，除了梦以外的地方，我再也没有见到过她，也再没有人给我讲那些石油会战的老故事了。我多想像新中国成立初期的劳动模范们那样穿着人民装，骑上"国防"牌的脚闸自行车，脑袋里想着齿轮或是模具的革新难题，在五千米深处把岩层一次次炸裂，把一条条滚烫漆黑的"闪电"装入行囊，拉着工业时代的繁荣，迎着春风，迎着朝阳，第一个站在井架前……

　　我把我梦里梦外的故事都写下来，从我个人的理解来说，石油工人是人类文明进程中在独特的历史时期出现的独特群体，我们为祖国找石油，我们为祖国献石油。我珍惜这难得的历史机遇，一心想要用我手中的笔，书写工人们的明亮、高贵。以石油工人的身份书写石油工人，用我内心所有的美好和浪漫在乌黑的地下寻觅，这便是《鲸落果园》的故事。果园很美，但鲸鱼属于大海。

2023年9月13日 泰安

目　录

第一章　风禾尽起 / 001

第二章　星空一角 / 062

第三章　万鸟岛 / 124

第四章　水之筝 / 183

第五章　蚕　剪 / 224

第六章　烟波凝处 / 264

第七章　岁月的童话 / 296

第一章　风禾尽起

我是我们村的人物。

打从我出生那天起,我就是一个不同寻常的人。因为我是一个豁嘴儿。据说,我刚出生那会儿,我的奶奶因为我长得古怪,就要把我这个怪物丢到水缸里面淹死,关键时刻我娘冲了上去,夺下了我。我爹是个著名的酒鬼,天天离不开酒瓶子,总喜欢在喝多了的时候揍我娘。为此他还被派出所传讯了一次。不过,这次他有了足够的理由,他说一定是我娘出去偷人了,要不然我才不会长成这个样子。也有人说,是我娘在怀我的时候用了剪刀。这是一个古老的忌讳,怀了孩子的女人是不可以缝缝补补的。

总之,我是一个不受欢迎的诞生者。

这里是一个死气沉沉的地方,每隔几十里地才有一个村庄。像这样的村子在这里总共有八个,尽管每个村子都有各自的名字,但人们还是喜欢直接叫这儿八大村。我从来没有走出去看看这儿以外的地方,是后来毛主席派来的石油师到这儿给国家找石油,我才知道这地方坐落在华北平原最偏僻的脉络上。当时石油师里流传着一句话："怀瑾握瑜，山止川行，风禾尽起。"

那时新中国刚成立不久，为适应国家经济恢复发展的需要，1952年8月的时候，五十七师奉中央的命令，改编为中国人民解放军石油工程第一师，由战斗队转为生产队，为石油而战。据说整个石油师有八千多人，他们找了很久才找到了这里，打了一口井，没有打出啥东西来，接着又是一口，然后一口接着一口，好些年过去了，他们打到第八口井的时候，油终于冒了出来……

石油师里有文化的人把这儿比喻成平原上最常见的泡桐叶子，那么八大村也就是泡桐叶子脉络里的一个小细胞，小得不能再小了。当时它还只有一条主要街道，连柏油路都没有，上面满是杂草和腐烂的叶子，有时候被风刮得到处都是，而且很容易能看到暴死的耗子，面目狰狞。就是这样的一条街，常常会有很多的孩子在那里奔跑。他们的年纪都不大，像当时的我或者比当时的我更小，他们像鸟儿一样呼啸着掠过，身后是浮起的尘土。他们赤脚或者穿着破烂的鞋子在这条凹凸不平的街上跑着，常常划破了脚也不知道。

街算不上长，从这头跑到那头用不了多长的时间。但长的是和街并肩而行的槐树林子，街停止的时候它还在继续跑着。槐树是一种幽暗的植物，它们常常会手牵着手云一样遮盖了整个天空。槐树高大，槐叶密密麻麻，那些渐渐褪色的记忆便像槐树下的尖盖蘑菇从容地昂起头来。

这地方的水苦咸，得冲了茶之后才能够咽得下去。时常有一些老人端着大茶壶在屋前木呆呆地看着眼前的一切。然而一旦有什么事情发生了，他们立刻就会活跃起来。有时候他们会听见我娘尖声地哭叫，于是就兴奋起来，喊道："嘿，兔子！赶紧回家瞅瞅你娘咋了，然后再回来说说！"

是的，他们从来都不叫我的名字，他们只叫我兔子，好像兔子就是我的名字一样。只有我娘才会叫我的名字，程显明。这是在我出生以前，我的爷爷程屹松就已经给我定好了的名字。我爷爷是家里最有学问的人，他还精通五行八卦，他说他的名字一听就是一个长命富贵的人。而他给我爹取名字的时候说我爹是坐生官，是财星，但可惜命里缺水，就叫鸿志，程鸿志，这个名字今后一定能当上大官。结果我爷爷死得早，我爹也没当上什么大官。据说，我爷爷活着的时候我们家曾经风光过，也有一些钱，但最终全都被我爹给败光了，还欠下许多债。

在我的印象里，年是最不好过的，因为每到那个时候要债的人就上门来了，我爹有时候能跑出去躲债，有时候躲不出去了，就被要债的人给围进屋里面。通常这些要债的人是不会动手的，只是和他讲讲道理，可这讲道理不是那么舒服的。每次我和我娘就躲在外间的柴火垛那儿冻得瑟瑟发抖。如果运气好的话，我们冻上半天就可以回屋了，最惨的一次是待到后半夜，我冻得已经不知道自己是谁了。

我爹最喜欢卖家里面的东西，他把能卖的都卖光了。据说我出生的时候，我娘的小婶子，也是唯一肯搭理我们家的亲戚，捎来了一筐土鸡蛋，我娘一个也没吃到嘴里，就被我爹都给卖了。小婶子说我命大，我娘生我的那个下午，下着很大的雪，我娘生到一半就没有力气了。因为她的肚子圆滚滚的，不是尖尖的，所以我奶奶就笃定这胎怀的肯定是个女孩儿，便不怎么待见我娘，说是身子不爽，让我娘自己在炕上生，连接生婆也没给找。我娘在炕上疼得死去活来，是来送土鸡蛋的小婶子找来了接生婆，这才捡回我娘和我的命。要么说，我命还算大呢。

我爹是天快落黑的时候才回来的。我奶奶说得尽快处理了我，我娘哭着求他们不要。好在我爹对于怎么处理我这件事情并不怎么关心，他的心思全在小婶子拿来的那筐土鸡蛋可以卖多少钱上。

其实我不像一只兔子。从小我就长得结实。我的表情有些木，走起路来也很迟缓。走得慢了，那些老人就用石子丢我。

我回来的时候依旧呆滞。这个时候他们就要盘问我了——

"嘿，兔子，你爹是用啥打你娘的？"

"是马扎子吗？"

"你爹脱你娘的衣服了吗？"

"你爹是不是把她按到炕上了？"

……………

通常我会很老实地点头或者摇头。在我看来这些人没有那么可怕，因为村里的小孩都不喜欢和我玩，他们都说我是邪物，眼长斜了心长歪了。有时候我站在他们面前，他们会突然动手把我推倒在地，然后狠狠地踢我的头。他们让我感觉到害怕。我也不知道他们是因为什么要这样做，我只知道尽量不要和他们碰到，我宁可对着那些老人们点头或是摇头，也不敢和那些小孩凑到一起去。

不过，有一次我还是过去了。那些小孩正在玩一只麻雀，他们把那只麻雀拔光了羽毛，然后扔到水盆里。他们试图溺死这只鸟。当麻雀奄奄一息的时候，他们把它迅速捞起来，点火烧它。在我看来，这简直是天下最惨绝人寰的一幕。我冲了上去。结果很简单，我没能救成那只小鸟，自己反倒被揍了一顿。

回到家的时候，我的鼻子流血了，那血顺着开叉的嘴唇流进我的嘴里，我不停地吞着自己的血。我浑身都疼。我怀疑自己的胳膊已经被打断了。

我娘伤心地为我止了血。她看着我，几乎说不出来话来。

我问："娘，他们为什么打我啊？"

娘犹豫了片刻，说："因为你是豁嘴子。"

我又问："啥是豁嘴子？"

娘从抽屉里拿出一面镜子。在那之前，她从来没有让我看到过自己的长相，这下我终于看清了。是的，我和别人不一样。别人的嘴巴长得不是这个样子的，就好像鼻子下面爬着一条蚯蚓，真是恶心极了。

我放下了镜子，看着娘，说："我知道了，我不一样，我是一个豁嘴子。"

我十六岁那年，我娘中风了。在折腾了两个月以后，这个可怜的女人终于还是撒手离开了这个世界。在她卧床不起的时候，她的神智还相当清醒。她不断地告诉我，她要到别的地方去了。那个地方啥都好，最重要的是不会再有人打她了。

不过，在她死前的最后时刻，她却陷入了昏迷。有时候她会突然醒过来，继续絮絮叨叨地讲述那个地方的故事。这时候我会问她："娘，那个地方在哪里？是在西边吗？"

娘显然无法准确地回答了。有时候她说在上面，有时候也说在西边。在最后一次醒来的时候，她对泣不成声的我说："显明，你别怕啊，你也会去的……会有人管你的。"

娘的坟头就在村的尽头。其实那个时候已经有火葬了，但村里死了人还是要入土为安的。每当我从殡仪馆门口经过的时候，就会忍不住看一眼那个灰色的烟囱。当一缕青烟在空中弥散的时候，我知道，又有人像我娘那样去了那个地方。我知道有一天我也会从这里出发去到那个地方，而且在这个世上最疼我的人也已经在那个地方等着我了。

娘死了一年后的那个冬天，村里出现了不少怪事。

黄昏里常有大群大群的鸽子在飞翔，它们排列得紧密而整齐，飞快地向西飞去，然后猛地一个翻转，又忽悠悠地飞过来。它们不厌其烦地重复着这样的动作，直到黑暗将光明渐渐掩埋，它们便不知去向了。

往年只要立冬了，天就会开始变得冷起来，从村子通往镇子里的路也总是覆盖着雪。可是这个冬天没下过一场雪，几乎整个冬天都是阳光明媚。村民们把牲畜赶往田里，不断地抱怨这该死的天，要是一直这样下去，来年的粮食就没有啥好指望的了。其实本来也没有啥好指望的，这个地方的地很贫瘠，撒了种子种啥都活得不怎么好，除了棉花和枣，但这些是卖不出好价钱来的。

我爹最终还是决定把家里唯一的牲口——那头老母牛给卖了。它老了，挤的奶也少了，镇子上的屠户答应给十块钱。这个价钱已经很好了。有了这笔钱他就可以把欠的酒债还了，还有剩下的钱可以让他继续买酒寻欢作乐。他穿上棉衣戴着帽子，然后，将一根绳索套在母牛的脖子上，就出了门。出门前，他又往兜里揣了两个窝窝头，打算路上饿了的时候吃。在他给母牛套上绳索的时候，我哭了，可母牛还是像往常那样舔了舔我的手。

我爹离开村子的时候，太阳还闪闪发亮，突然，天气变了，一大块乌云从东边涌来，很快就盖满了整个天空。一股冷风猛地吹来，乌鸦低空徘徊，啊啊直叫，天阴得好像伸手不见五指的夜晚，不一会儿就下起了冰雹，然后冰雹又变成了纷纷扬扬的大雪。

我长这么大从来没有见过这么大的雪，好像是棉絮一样，被狂风卷着，不一会儿，到处都被大雪给覆盖了。去镇上的路本来就又窄又弯，这下根本看不清了。我想起娘说过的白毛风，一旦遇上了人就会不停在原地打转，最后冻死在风雪中。但我还是决定出门去找爹。走到半路，没想到雪越下越大，几乎什么也看不见了，我不知道村子在哪里，也弄不清小镇在什么方向，我甚至连自己现在走到什么地方了也弄不清楚了。风已经穿透了我棉袄。我想如果找不到一个可以躲避风雪的地方，我就得活活冻死。现在，雪已经快到我的膝盖了，我控制不住地浑身发抖，我的手脚早就冻得麻木了，鼻子好像不会呼吸了一样，嗓子干疼干疼的。我吓坏了，抓起了一把雪，使劲擦着鼻子，好让自己清醒一点儿。

突然，我的眼前出现了一个大雪堆。我想都没想，赶紧朝那一大堆雪走去。当我走近时才发现这是一个很大的草垛，被埋在了雪下面。还有我家的牛竟然也在这儿！既然牛在这里，那我爹也应该在这附近，于是我拼命地叫唤起来："爹！——爹！——你在哪？爹——"

风雪很快掩埋了我的声音。没有人回答我。我实在走不动了，也没有力气再叫下去了。我只好在干草堆旁为自己和牛挖了一个大洞，躲了进去。尽管外面很冷，可草垛里却没有那么冷。我用干草封住了洞口，只留下一个可以透气的小口子。

外面，大风雪将雪片堆积在洞口处。

母牛上下不停吃着草。我也饿坏了，突然看见母牛乳房涨鼓鼓的全是奶，于是我立即靠着母牛躺下，对准了，好让挤出来的奶直接能到我嘴里。喝饱了以后，我靠着母牛，缩成一团，母牛身上散发出热气。慢慢地我困了，我用干草做了一个枕头躺下睡了，母牛也跟着睡了。

当我睁开眼的时候，说不清到底是白天还是晚上，大雪盖住了洞口，我试着去捅开，可我的手臂全伸直了，还是捅不开。我就捅一捅，歇一歇，再捅一捅，花了很大力气，终于捅开了洞口。外边，还是一片乌黑。风停了，雪还在下着，但是小了很多。我鼓足勇气，提起一口气，手脚并用连滚带爬地爬出了草垛，然后哆哆嗦嗦地牵上牛摸黑找路回家。

后来我终于在那个草垛不远的地方找到了我爹，他早已经被活活冻死了。我从没想过，这场雪融化了，我爹也就和雪一起在这个世上消失了，像一棵草、一条虫子般地死去。我成了一个孤儿。好在我没念过几年书，对什么都不敢想太多，也不敢有太多的奢求。我娘在世的时候曾说过我适合读书，因为我认字快，我的脑子虽然反应慢些，但对数字很敏感，别人需要扒拉算盘算上老半天的账，我不一会儿就能算出来。我娘说我不会投胎，真是可惜了。但我觉得没什么可惜的，这都是命。

我用卖牛的钱买了一辆二手的三轮车，也就是说，我成了一个车夫。我得靠自己吃饭了，还有爹欠下的债我也得还。

这条街的邻居都喜欢坐我的车，因为我总是表现得很好，向来只收他们一半的价钱，有些时候我还不要钱。这是众所皆知的事儿，我是一个倒霉的可怜的豁嘴子，所以他们都认为我收一半的钱是很正常的事情，而他们坐我的车，也是一件很正常的事儿。

"要不是看在他没有了爹妈，谁会坐他的车呢？"他们会在背后如此说。

我的生意并不怎么好，因为我的长相给我带了一些麻烦，别人都认为我是一个凶恶的人，至少不是善良的人。我通常去长途汽车站或是学校接人，把他们送到要去的地方。谈价钱的时候，我总是低着头，我不希望让别人感到错愕。当有人坐上我的车子的时候，我就会感到很幸福。这不是因为我有钱可以赚，在我看来，跑车的时候是我最安心的时候，因为别人看不到我的豁嘴，只能看到我的背。大家的背都是一样的，都是平等的。

下午快三点的光景，那个叫三莲的老女人一边将旧棉纱手套拆散了织毛裤，一边看着外面。目光越过矮矮的院墙，再翻过寒风中瑟瑟颤抖的草垛……在落到村口那棵巨大的苦楝树时却被挡了回来。冷，脚趾冻得像被狗啃了似的。但，她还是决定出门。

一条毛色灰暗的狗从村外往回赶，八成是没找着吃的，缩着脖子，夹着尾巴，很沮丧的样子。田畴罩在一派硬硬的冷灰的气氛中，油菜趴在地里，看不见一星绿色。天色沉沉，阴着脸，给人的感觉是正酝酿着一场瑞雪，可这样的酝酿从立冬就开始了，像三莲家那只晃悠着大肚子的花猫，三莲总是夸口说这一窝能下四只猫崽儿，可至今没听见一声小猫叫唤。见鬼了，这天，这个冬天，1961的冬天，石油师开始风风火火地建厂，从四面八方大批大批地招人。据说他们在八大村的胜利村那儿打出了一口工业油流井，名叫"华八井"。

有谁能想得到呢，这个满是芦苇荡的盐碱地里竟然冒出了那个叫作石油的东西。村里没有人知道这个东西长得是啥个样子，只知道这东西比金子还金贵呢。

其实石油师刚来的时候没有这么多人，只有几个去过大庆油田的，还有玉门油田的技术专家。他们找了好久也打了好久，都没有见着东西从地下冒出来，在他们就要放弃了的时候，华八井出现了。既然有井打出了油，石油师三个团三个营三个连的一万多人就都来了，据说还有北京石油学院的专业人才也要过来，总之有很多人，八大村一下子热闹了起来，不像以前那么死气沉沉了。

他们在狼窝附近建厂。

其实说是狼窝，不过就是一块丘陵地，地势比周边高出几米。老一辈人说，那里真的有狼，但我从来没有见过。狼窝上都是一些黄土，尽管厚，但松松软软的，走在上面双脚会不由自主地往下陷。上面也有水源，但不是那种苦水坡里的地沟水，不用拿茶叶去掉苦咸味儿，能够直接喝。四周都是高低不平的盐碱洼地，长满了高高低低的芦苇和红柳。大概正是因为这儿有植物生长的条件，所以石油师才会在这儿选址建厂。那一块相对平坦的长着芦苇、红柳的滩子地，也便于就近开垦周边的荒地，种一些粮食，小麦、玉米、黄豆、高粱啥的。

厂建好了，建得非常大，有办公楼、会议楼、图书馆、体育馆、文化广场、职工食堂、职工宿舍、职工家属小区、职工医院……还立了新的厂牌。说是为了纪念1962年9月23号这天发现了新中国成立后的第二大油田，厂名就叫九二三厂。因为最早是在胜利村那儿找到的石油，也有人说这是胜利九二三厂，再后来这个油田还真就叫胜利油田了。

确切地说我也不知道到底发生了什么，因为那个时候我正在村里肮脏的街上拉着客人努力地奔跑着，头顶是灰色的天空和大块大块掠过的云朵。街两旁的景物迅速地冲进眼帘又迅速地消失，我感觉自己的眼睛就是一辆奔跑的车。先是那些破旧的货棚的牛毛毡顶盖，经过风吹雨淋像破报纸一样挂在那里，紧接着是各个店铺门口堆积的花花绿绿的货物歪歪扭扭，最后是石油师的旧厂子大铁门上的那把沉重的大铁锁，撅着屁股。当然，村里唯一一家小饭馆的那个戴着白帽子的厨师吴大春依旧站在门口。

据说，吴大春在北京拜师学的厨艺，刀工好，点心也做得好吃，还会做几道宫廷菜。他自己更是吃得白白胖胖的，是这个村子里我所见到的最胖的一个人，胖得好像随时都能把衣服给撑破。我从他身旁经过的时候，他对我咧嘴笑了笑，露出了满嘴的大黄牙。实际上当时我正在努力拉着客人朝目的地的方向跑，客人很着急，怕晚点儿赶不上火车，我连鞋子都跑掉了一只，根本没有心思，也不可能看到吴大春嘴里的大黄牙，我只是扫了一眼，看到他的嘴动了一下，然后就想到他的大黄牙了。

吴大春站在门口是有原因的，他在等着拦一个人，那就是三莲。因为三莲每天这个时候一准儿就会出现在小饭馆的门口干瞪眼。每次三莲垂涎欲滴的样子就好像犯了病一样，有时候还会指手画脚地说："不对，不对，那酥皮不能那么包。形，形没了。"

吴大春的肩膀有点儿歪斜，一高一低，走起路来十分滑稽。他肥大的脚掌挤在黑布板鞋里，脚指头把鞋前尖撑得凸起，一个个调皮地要蹦出来似的。他没好脸色地跟三莲吵吵，嚷道："我说你一天跑两趟，贼眉鼠眼地看什么呢？你前脚走我后脚就得扫两遍地。你这不成心搞破坏吗？"

三莲说："这儿又不是衙门，装什么大尾巴狼啊？"说着，她就要往饭馆里走。吴大春吼了一声："站住！要想进去，把你这破东烂西的给我扔喽。手脚涮干净，里头怕招苍蝇。"

三莲白了吴大春一眼，说："哼，隔壁丫鬟骂奶奶，主子怕了狗奴才。敢情你们老吴家的苍蝇都是妖精啊，大冬天的也能出来遛遛腿儿？"

"你！——"吴大春气得直跺脚，指着三莲的鼻子，吼道，"你说啥呢你？还以为自个儿是当年的格格。呸，瞅瞅，瞅瞅，就一拾破烂的脏老太太。"

"捡破烂怎么了？我愿意捡破烂。我前半辈子扔破烂享富贵，后半辈子捡破烂我长见识。你成天扫你的破饭馆，扫出富贵还是扫出见识了？五迷三道，四六不懂，我要是你，冲着笤帚疙瘩撞死得了。"三莲说着就动开手了，"看招！抹脖——小别子——"

吴大春可不是打不还手骂不还口的软柿子，下手也不知道个轻重，吃亏的总是三莲，但是只要三莲吃了亏，她女儿胡婷婷就跑来讨公道。这是常有的事儿，大家都见怪不怪了。胡婷婷的身上总有一种浓郁的香味，和村里其他女人不一样，她腔大，细腰肥臀的。人也长得特别好看，白白净净的，还读过书。不过她没有爹，十二岁的时候才跟着她娘三莲来到八大村讨生活。村里人只知道三莲是以前的格格，一直靠捡破烂把胡婷婷拉扯大。吴大春还为此抱怨过，说这个胡婷婷她冤，比那窦娥还冤呢，三莲好歹当过几天穿金戴银的格格，可这胡婷婷连黄马褂长什么样没有见过，怎么就背上封建社会孝子贤孙的骂名了？人家小姑娘长得那么好看，水灵得就好像一朵花儿似的，哪个忍心骂她啊？尤其是她唱歌的时候，那娇滴滴的声音像软糯的点心，好听得简直要人命了，谁也唱不出她那个味儿来。

最好听的要数那首："九九那个艳阳天来哟，十八岁的哥哥呀细听我小英莲，哪怕你一去呀千万里呀，哪怕你十年八载呀不回还，只要你不把我英莲忘啊，只要你胸戴红花啊回家转……"

也正因为如此，胡婷婷才能够去九二三厂的广播室当播音员。厂里的人都管她叫厂花。反正胡婷婷走到哪里，哪里的男人就像闻了腥味儿的猫似的，一个个馋得口水直流。吴大春说："人家广播员是唱给十八岁的哥哥听的，你们一个个都长褶子了，该干吗干吗去。"话虽如此，但最馋的却是他自己。

吴大春的下巴就好像要砸到了地上了一样，两只眼睛瞪得比铜铃还大，恨不能长在胡婷婷的身上，一步都挪不开，胡婷婷说啥就是啥，面对自己媳妇的时候也没这样厌过。但吴大春说这事不能怪他，要怪就怪那婆娘自己的肚子不争气，没能生出一个儿子来。他已经有三个女儿了，想要儿子想得都要疯了，他连儿子的名字都想好了，就叫吴星红旗，然后等有了孙子，就叫吴星红旗迎风飘扬。可吴大春人糙不会说好听的话，只会说一句："就是你娘那馋嘴闹的。"这便算是道歉了。当然胡婷婷也不会不依不饶的，她拉上三莲，转身就回自己家去了。

面对如花似玉的大闺女，三莲宝贝得不得了，她有些不好意思地说:"不是我贪嘴,我不是有这份喜好嘛。当年御厨那小八件蜜三刀是拿槐花蜜浸供的,腊月出炉的点心,得透出五月的花香,吃一口想一辈子……唉,不提了。不是我没羞没臊,这也是没法子嘛,打小吃惯了,我就馋这口。一闻到那点心味儿,我这胃呀,就抽抽,我这两条腿就不听使唤了,我真不听使唤。"

胡婷婷急忙说:"妈,老话说,六六寿,妈吃女儿一刀肉。下个月就是您生日了,我还没孝敬您呢。妈,您不就想吃这一口嘛,我向您保证,一准儿给您准备好小八件,让您好好地打回牙祭,成吗?"

三莲不信,一个劲儿地问道:"真的呀?你……你可别随便打保票啊,那到时候把我的馋虫勾上来了,真刹不住。"

胡婷婷拍着胸脯保证,说:"真的,我说得出就做得到。"

但三莲心里还是犯嘀咕。她叹了口气,说:"唉,可妈老了,嚼不动了。再者说了,就你每月上交那工资,它也抽不出这份儿活钱来不是?"

胡婷婷噘着红红的小嘴,说:"妈,您就放心吧,包在我身上。您不就想吃这口儿嘛,没问题。行了妈,您赶紧回屋歇着吧,我上班去了。"说完,她哼着小曲朝九二三厂的方向走去。

太阳就要落下的时候,我看到从远处的沙丘上走来一个人,如果从我站立的角度来看,她行走的速度并不算快,几乎是一点儿一点儿地挪动,但她走起路来像踩着鼓点,雄赳赳气昂昂的,夕阳照着她的脸,她的脸模糊一团。

我不知道这个人要到哪里去,或者她刚刚干了些什么,是不是要从我身边经过,是不是即将走到我面前,却又会绕道而行,这样的事情时常发生。我想,即使她真走近我了,也不一定和我说话,而是擦肩而过,留下一种陌生人身上独有的气味。

在我的眼里,一个人散发一种气味,只凭着这气味,就能找到和自己一样的人。

她手里拎着的是什么东西?远远的距离让我看不太清,我的眼神不太好了。如果她是个农民,那么她手里可能是一把镰刀,已经磨得飞快,能削断任何一种谷物的秆,这使她感觉良好,觉得自己是个英雄。或者,她很沮丧,认为削掉了世上最好的东西,那一捆捆躺倒的谷禾了无生趣,不如立着时的模样好看。

她朝我身后的方向走去,那里有一个男人在等着她。

那个男人我认得,他是九二三厂政治部的主任,还兼着治安保卫科的科长,名字叫作付雨泽。付雨泽人如其名,很斯文的模样,戴着金边眼镜,围着咖啡色的围巾,声音尖细得像个女人。但教训起人来,可就不一样了,他双手叉着腰,凶巴巴的,嗓门儿也跟着粗了。大家伙儿私下里都爱管他叫"叉腰科长"。不知怎的,每次见到他时,我就忍不住想象一下他老了的时候的样子，我想他会是一个又干又瘦的干巴老头儿。

当那个名叫荆小惠的女人扎着马尾，背着行囊，雷厉风行地出现在付雨泽面前的时候，付雨泽真忍不住自己的激动，握手时竟让左手抢先伸了过去，以至于握住的是她的右手背，连带着说话也跟着结巴起来。他好像从来没有这么激动过，至少我从来没有见到过。他握着荆小惠的手，说："你好，荆小惠同志。欢迎战斗英雄来到九二三厂。早就听说战斗英雄要来我们厂，能和英雄一起共事是我的光荣，向英雄致敬。最……最可……可爱的人……我在英模大会上见过你一次，这么多年了，你依然……依然英姿飒爽！"

没想到付雨泽也会有舌头打结的时候。

这一幕让我差点儿笑起来。我竟然联想起来大街上的两辆三轮车，先是互相躲避，最终却撞在了一起，酿成一个不大不小的交通事故。

后来我才知道荆小惠是参加过抗美援朝的战士，难怪付雨泽会管她叫最可爱的人。这个荆小惠个子不高，长着一张娃娃脸，总是在身上斜挎着一个帆布做的小书包，小书包里一天不知装了多少东西，看起来还挺沉的样子。听说，她出生在腊月，老奶奶说，要是能把长城上的泥土抹在孩子的肚脐上，这个孩子将来能当将军。可惜天冷路滑，未果。荆小惠长得确实蛮可爱的，但她的大粗嗓门说起话来像敲铜锣似的，一点儿也没有小女人的那份娇羞，就不怎么可爱了。不过这也难怪，她是一名女战士啊，女战士就应该是这样说话的，中气十足，掷地有声。一般部队转业都去政法口，荆小惠却自己主动申请来九二三厂。可她学的不是石油专业，做不了技术工种，便被分配到了保卫科。保卫科还是第一次分来一名女员工，而且还是一个女干部。

就算是傻子也能看出来，付雨泽对这个荆小惠有那种意思，要不然他也不会亲自去火车站接荆小惠到九二三厂报到。其实付雨泽在厂里还是很受女人们欢迎的，有不少人给他介绍对象，但是他发了话，要是搞不成高产油井，他就不在厂里找对象，要是再有拿了人的洗澡票、副食票，还有香烟什么的帮着人家介绍对象给他，他就让对方好看。至于是怎么个好看法儿，到目前为止还没有人敢冒险尝试。

等到九二三厂的时候已经是饭点，荆小惠坐了一天两宿的火车，又赶了一天的路才到这里，付雨泽原本要带她去宿舍安顿下来再去吃饭，但厂里紧急召开会议，付雨泽只好塞给郝兴亮两张饭票，让他负责接下来的接待工作，然后自己匆匆忙忙地赶去开会了。

郝兴亮长得像一个熟透的西瓜那样圆滚滚的，他是厂里专门安排给荆小惠打下手的，说白了就是一个小跟班。他一五大三粗虎背熊腰的大老爷们儿，给快矮自己一个脑袋的荆小惠当小跟班，却乐得屁颠屁颠的，因为荆小惠是战斗英雄啊。

荆小惠提议说："咱们先去看看石油大会战的现场再去吃

饭吧。"

郝兴亮拍拍要饿扁了的肚皮，说："那里离食堂可远了，咱们还是先吃饱饭再说吧。"可荆小惠执意要去，郝兴亮也只好点头答应。

路上，荆小惠问他："保卫科都戴帽子吗？你和付科长戴的帽子怎么不一样？"

郝兴亮回答说："女战士的观察能力就是强，付科长的帽子是宽檐苏联工人阶级驾驶帽，我这个是郭晋鹏郭博士送的，美国的窄檐帽，看起来区别不大，但其实完全不一样。"

荆小惠又问："你能简单给我介绍一下咱们厂子的情况吗？"

郝兴亮立马来了精神，眨巴着眼睛，说道："其实你只要记住我们厂里面的顺口溜就行，'胡厂花的嗓子，付科长的腰，郭晋鹏的脑子，王厂长的笑'。"

荆小惠有些不明白地问道："这是啥意思？"

郝兴亮笑哈哈地说："都是一般群众消遣不起的料。"

荆小惠也跟着笑了笑，说："挺有意思的。"原本她跟郝兴亮聊得还挺愉快的，然而到了石油会战现场，看到了郭晋鹏，她就不怎么愉快了。

说到这个郭晋鹏，在九二三厂，那可不是一般的人物。人家是从北京来的技术人员，是厂里唯一留过洋的博士，懂英语和俄语，吃的都是精白面的馒头，据说这是国家重点工程给的照顾。他还有不少洋玩意儿，特别是那个起士林的巧克力，我曾经看见他在等车的时候吃过一次，后来我把他扔进垃圾桶里的包装纸捡了来，拿回家珍藏了起来。当然比起他为厂里所做的贡献，让他吃得好一点儿也是理所当然的，更何况有很多还都是他自费。据说，新中国成立前他家是开工厂的，在全国各地有七八家颇具规模的工厂，后来因为他父母发生意外去世了，他家里的产业也就跟着败落了。但瘦死的骆驼比马大，更何况他可是大资本家的后代，怎么着也比我们这些普通老百姓有钱多了。

除了付雨泽，郭晋鹏是厂里长得最帅气的男人了。厂里那时候流行一句话说，付雨泽和郭晋鹏是那昆仑山上的两朵花。但郭晋鹏比付雨泽更了不起，更有名气，他是有很大的功劳的人，在厂里的宣传栏上还贴着一张1955年他和七十四名专业留学生回国时拍的照片。石油师那个时候在到处找石油，但其实有很多人连石油长什么样子都不知道。刚开采出来的石油是绿色的，经过提炼才会变成黑色。跟着石油一起开采出来的天然物质，除了石油伴生气以外还有不少值得研究利用的。

郭晋鹏是唯一一个敢修改苏联专家方案的人。那时候厂里的标语是"学大庆精神，走自己的油田开发道路"。

有人说郭晋鹏太了不起了，也有人说他太自负了。当然他还是厂里唯一一个不住在职工宿舍的技术员，他和他的姐姐郭晋萱，还有一个叫常妈的用人，一起住在小白楼里。那小白楼是八大村里唯一的一栋洋楼，也是唯一的家里装了电话的建筑。那电话比九二三厂的电话还要漂亮许多。那时候我们整个八大村也没有一个电话，后来石油师来了，我们才知道电话是怎么一回事。

我曾经跑车去过一次小白楼，那里面可香了。满院子的花啊，树啊，玫瑰石榴白玉兰，还有好多不知道名的高级花儿，总之不像我们住的院子。据说连里面的家具都是进口的，要花很多的外汇，关键是有的时候有钱也买不到。后来荆小惠第一次去小白楼的时候，说的第一句话是："哦嚯，比一个排的营房还大，可真够威风的呀。"她那时候满脸的不屑。她不怎么喜欢小白楼，就像不怎么喜欢郭晋鹏这个人一样。

郭晋萱原本是不想来九二三厂的。据说她是农科专业，学的是怎么种庄稼，研究的是土地和粪便的关系，九二三厂是搞石油的，她一点儿都不感兴趣。但郭晋鹏在北京石油学院工作，石油会战需要技术方面的专家，他就被推荐来了。郭晋萱比郭晋鹏大九岁，他们父母去世的时候郭晋鹏才十一岁，郭晋萱又当爹又当妈地把郭晋鹏拉扯大，不放心他一个人，所以才把家都搬了来。其实起初郭晋萱是不同意郭晋鹏来的，还为此去找过他们领导谈过话。这就让郭晋鹏有点儿不高兴了，对她说："凭什么对我的前途指指点点？"

郭晋萱说："就凭我是你姐。怎么留了几年学，你就老虎屁股摸不得了，是不是？"她也有点儿不高兴了。她没想到一向听话的郭晋鹏会先斩后奏，这么重要的事情连跟她商量一下都没有，就自己做了决定。

其实他们姐弟俩之间没有什么矛盾，一直都是郭晋萱强势惯了，郭晋鹏很少反抗，就算偶尔反抗一下也不会很激烈，基本都是采取迂回战术。但是这次不一样，郭晋鹏急吼吼地说："想摸你也得爪子够硬啊。你这是找难堪。这叫什么呀？这叫为老不尊！"

郭晋萱一听这话，脾气上来了，说道："谁老了？你放尊重点儿好不好，你太恶毒了郭晋鹏，怎么说话的，没大没小？你不能收敛点儿啊，一回来就弄得鸡犬不宁的。再说，我这也是为你好。你要是去了你的事业才真就完了，你是留苏回来的研究生，正儿八经的科研人才，你去那儿干吗？那有科研所吗？有科研设备吗？有合作人员吗？"

郭晋鹏坦然道："那倒是没有。"

郭晋萱说："就是嘛，我也告诉你们的所长了，你留在北京对研究工作有用，你去那儿能干什么呀？用人要用其所长嘛！你以为搞科研跟开荒一样，扛个锄头就能成事啊。"

"大姐，这事儿咱俩慢慢说。"郭晋鹏还想继续说下去，可是郭晋萱却说："甭说了，说什么呀？这有什么可说的呀？你给我留在北京，也给你自己留点儿尊严，堂堂一留洋博士跑到那种穷乡僻壤去，成何体统。"

郭晋鹏说："大姐你这可有点儿叛徒的意思啊。一个人身上血不够就会贫血,一个国家没有石油,工业、农业就都运转不起来。你知道吗?1961年3月5日,一块褐黑色的油砂被紧急送往北京。在那个早春的茫茫夜色中,这块来自八大村地层深处的油砂,如同一道曙光,牵动人心,开启希望。是为祖国寻找石油的人们找到了它!为了祖国的石油事业,我必须去!"

郭晋萱摆摆手,说:"得得得,你可别给我背教科书,背也没有用。不管怎么说,留在北京就对了。"

郭晋鹏说:"姐,你这还没有到糊涂的年龄,怎么开始说糊涂话了?留在北京有什么好的?留在北京于我而言就是掉落在果园的鲸鱼,果园是很美,但鲸鱼属于大海,在那红砖绿瓦的大宅子,只是天天纸上谈兵的研究。姐,你知道的,石油是新中国经济建设中的短板,旧中国留下的底子很薄。1949年的时候天然油年产量不过七万吨,人造石油,也就是页岩油才五万吨。反正这事你拦也拦不住,我一定要去!"

"那你赶紧把婚结了,这样也有一个两地分居的理由回北京。" 郭晋萱见郭晋鹏是铁了心地执意要去,任凭她软硬兼施也说不通,就只好提要求,说:"这是我的底线。"可郭晋鹏却说:"真没劲,结婚就是为了保住户口啊?大姐,在你心里我个人幸福重要还是户口重要?"

"这分得开吗?我不是想多个人照顾你嘛。"

"那大不了咱姐弟俩一起上路吧。"

"你瞎说什么呢?上路,你别说那不吉利的词啊。"

"我没那意思,我说大不了咱俩一起去九二三厂。"

"我不去,我出门看不见白塔就心慌,过了丰台我就水土不服。"

尽管嘴上这么说,可最终郭晋萱还是跟着郭晋鹏一起来了。

郭晋鹏天天忙得脚打后脑勺,连喘气儿的工夫都没有,但他乐在其中。用他的话来说,这个世界上大概找不到像这样复杂的油田,像一个盘子掉在地上,摔得粉碎般的断块油田。他认为每一个碎片里面都能找出油来,所以他每一个碎片都不放过。他还专门申请成立了科研技术小组,研究如何提升油纯度和更高效便捷地利用好石油伴生气。至于他和荆小惠,那简直就是冤家路窄,同属一地,不同待遇。

这俩人的故事得从我到修车铺换闸皮那天说起。因为这些事儿都是修车铺的老板闲着没事儿唠磨牙嗑时说的,至于他是从哪里道听途说来的,我就不得而知了。那天,郭晋鹏和荆小惠坐的是同一班火车来九二三厂。郭晋鹏是给厂里进设备回来,荆小惠是来厂里报到的。

那个时候躺在上铺的荆小惠别提有多煎熬多难受了,这咣当咣当的火车都快把她的脑袋咣当出香油来了,她就对坐在下铺正在看书的郭晋鹏说道:"麻烦你打开车窗,透口气吧,我晕车晕得头疼。"可她"同志,同志"地叫了老半天之后,人家才抬起头,瞅了她一眼,然后摆出一副爱搭不理的样子,说道:"这么冷的天开窗户容易感冒。再说了,蒸汽火车煤烟味儿大灰尘重,你一个人舒坦了,可一火车人去哪儿洗澡啊?"

荆小惠觉得夸大其词,便不由得翻了一下白眼,说道:"不至于吧。"

郭晋鹏悠闲自得地翻着书,说:"我们现在正在爬接近千分之三十的坡,再加上无风的自然条件,煤烟的浓度比平时要高五倍以上。做人不能总想着自己,要多考虑大家。"

"你知道此时的坡度是千分之三十,是科学家吧?真了不起。可是同志,我真是晕车……"荆小惠边说着边从上铺爬了下来。站在过道上,她才发现原来郭晋鹏竟然占着两个下铺的位置,其中一个铺位上根本没有人,只放了两只大皮箱。她便指着那两只箱子,说道:"你看能不能把放在下铺的箱子挪地上或者是放行李架上,让我躺一下。"

郭晋鹏头也没抬地说:"不能。"然后还没等荆小惠问是因为什么的时候,他就从口袋里掏出一个小瓶子放到桌面上,说道:"吃晕车药肯定比挪箱子疗效好,这是常识。"

瞥了一眼这个写满英文字的小瓶子,荆小惠的眉毛鼻子都快要皱到了一起,她嘟囔道:"你又不是医生,凭什么第一次跟人见面就要人吃这个外国药呀?"

郭晋鹏说:"动怒只会加重眩晕。病人同志,我又没请你为我站岗,你不要总站在我的面前。"

荆小惠一听这话就更不乐意了,拍了一下胸脯,说:"我只会为祖国站岗，你配吗？"

这个时候，一名查票的乘务人员走了过来，问道："是谁把箱子摆在床上了？"

荆小惠立刻指了指郭晋鹏，说道："他！是他！"

乘务员说："同志，你不知道这卧铺有多紧张吗？"

郭晋鹏从上衣口袋里掏出两张卧铺票，扬了扬，说道："我的箱子很重要，所以我特意给我的箱子也买了一张票。"

乘务员检查了票，把票还给郭晋鹏，然后又检查了荆小惠的票，才离开。也不知道是有意还是无意的，郭晋鹏在放回车票的时候把口袋里的美元露了出来。荆小惠撇了撇嘴，说："有钱了不起啊，有美元就能多吃多占了？资本家的大少爷。"

郭晋鹏不以为然地扯了一下嘴角，然后不咸不淡地说："还知道美元啊？"然后他在荆小惠面前晃了晃手中的车票，继续说道，"这是车票，更是我和火车的契约，如果起哄、嘲讽、谩骂就可以不遵守契约，那这个国家就会被无理搅乱。"

"你这是歪风邪气！我不能助长你的歪风邪气！"荆小惠义正词严地说道："人民铁路为人民，这是让人民睡的卧铺，不是让你的箱子睡的！"说完，她像拎小鸡一样把其中一个箱子拎了起来，郭晋鹏才反应过来，刚说了一句"你别动我箱子"，荆小惠已经把他的箱子扔到了一边，然后一屁股坐在了下铺上面，接着是另外一只箱子……

郭晋鹏一看，急眼了，喊道："放下！我告你抢劫了。"

荆小惠抓着箱子，任凭郭晋鹏怎么过来夺都没有用，她的力气比郭晋鹏大。她神气地从鼻子里哼了一句："你告一女的抢劫？你不嫌丢人啊？"

正当他俩你夺我抢谁也不让谁的时候，前面车厢里突然传来一声高喊："抢劫了！——"紧接着是一声枪响！

火车突然拐进隧道里，郭晋鹏没来得及反应过来，整个人就已经压到了荆小惠的身上，嘴唇还差一点儿碰到了荆小惠的脸颊。荆小惠猛地推开郭晋鹏，毫不客气地吼道："臭流氓！你给我等着！"然后她好像没有晕车这回事一样，风风火火地朝着前面的车厢奔了过去——

郭晋鹏愣在原地，好半天才反应过来。他伸长了脖子瞅了一眼，见荆小惠早已经跑得没影了，他才把脖子缩了回来，收拾好他的宝贝箱子，撇着嘴喃喃自语："抓贼比晕车药还灵？这么彪悍，是女人吗？"

等荆小惠赶到前面车厢的时候，那里已经乱成一团。不断地有枪声和呼救的声音传来，她对正做部署工作的列车治安保卫队亮出了自己的身份，负责管事的孙全虎队长核实后，说道："荆连长您好，前面太危险了，您最好在这里指挥工作。"

荆小惠说："指挥要上前，部队没教过你吗？跟我来。"然后她率先冲了上去，一面安抚着慌乱的乘客，不停地说道，"坐下，坐下，大家都坐下，都不要慌，大家都不要慌。"一面朝着开枪的贼追了过去。

那个贼见前面车厢的门打不开,只好折返,想跳车逃走。

这个时候,荆小惠假装是慌乱的普通乘客,趁机把厕所的拖把拿了过来,握在手中,等那个贼跑到她身边的时候,就猛地朝他砸了过去!但那贼反应很快,一般人要是被荆小惠这么个砸法儿,早就不分东西南北了,但他竟然还有力气还手。

荆小惠尽管占了上风,却还是敌不过贼人的狡猾,差一点儿就让他溜掉了,幸亏孙全虎带人赶了过来,一顿噼里啪啦地扭打才将贼人拿下。

这个贼不是一般的贼,他是一个带着炸弹的特务。孙全虎他们缴获了他的皮箱子,里面有许多机密文件,还有一个发报机和一个炸弹。

孙全虎对荆小惠又是佩服又是感激不尽,说:"你这几下子还挺厉害,谢谢你啊。"

荆小惠不好意思地摆摆手,说:"我是三下子忘了两下子,就这一下子,不客气。"然后她像是想起了什么似的,问道,"这家伙还有同伙吗?"

孙全虎说:"还不确定呢,我们也是看他那么紧张那皮箱才觉得有古怪……"

说到这儿,荆小惠猛地想起郭晋鹏来,这家伙不是也很紧张他那个皮箱嘛,于是她立刻带着孙全虎去抓郭晋鹏。但等他们跑回来的时候,郭晋鹏和他的皮箱子已经不在了,卧铺被收拾得干干净净、整整齐齐的,就好像根本没有人来过一样。乘务员说:"刚才躺在这儿的那个人换到软卧去了。"

荆小惠说:"换软卧去了?可坐软卧是要有级别的,他是什么人?正处级以上干部,五十岁的副处,四十五岁的高级职称,一样都不是。你们检查他的证件了吗?"

乘务员说:"当然,补办软卧是要列车长批准的,列车长肯定核查过他的身份。"

荆小惠越想越觉得不对劲儿,刚才那个特务上车的时候不也核查过身份了,又有谁知道他的箱子里放的是炸弹和发报机呢?刚才这个人死活不让她动他的箱子,那个特务一出事他就转移了,他的箱子里面一定有问题!

难道也有炸弹?

荆小惠带着孙全虎跑到软卧车厢,一间一间地找,好不容易找到了郭晋鹏的包厢。孙全虎说:"要不我们等到列车长来核实后再进去?"

荆小惠说:"那你问问这个特务,他要不要等列车长过来核实了再引爆炸弹。"

孙全虎只好和荆小惠一同冲了进去。郭晋鹏还没来得及反应过来是怎么一回事,就被荆小惠给摁在了地上。荆小惠说:"赶紧检查箱子。"

郭晋鹏一边挣扎着,一边气呼呼地嚷嚷道:"你疯了吧!放开我!别乱动我的箱子!"但他此时此刻被摁得死死的,就像砧板上待宰的鱼。

孙全虎小心翼翼地打开了箱子，可里面装的东西让他傻了眼，这不就是一堆破铜烂铁吗？荆小惠也傻眼了，虽然她从来没有见过这些东西，但这些东西怎么看也不像是炸弹啊。她这才松开手，问道："到底是怎么回事？"

郭晋鹏简直气炸了。他掏出自己的介绍信和工作证，说："我是特务的同伙是吗？我没资格坐在这儿，是滥竽充数对吧？可你和公安也不是同行吧？你有什么资格未经我同意踹开我的门，对我的肉体和精神进行摧残？我是为国家找石油，为国家开采能源的技术专家，这些都是好不容易弄到的国外设备，它是炸弹吗？它像炸弹吗？"

荆小惠和孙全虎不停地道歉，说："是我们搞错了，对不起，我错了。"

郭晋鹏瞪着荆小惠，说："你不是错了，你是违法了。如果一句对不起就能解决违法乱纪的事情，那还要法律干什么？"

"你！——"荆小惠气得涨红了脸，跟郭晋鹏大眼瞪小眼，一旁的孙全虎赶忙劝说道："这事赖我，我是乘警，对不起，我一定认真地反省，是我的工作失职，不过我们的动机是好的。"

郭晋鹏转得二五八万似的，对荆小惠说道："乘警先生属于工作失误，谁都会偶尔犯错，不碍事。而你是打击报复，性质恶劣。我搬到软卧的主要原因是怕特务破坏列车，把我的精密仪器和设备弄坏了，次要原因就是想离你远点儿。好在以后我们都不用再见面了,在这临别的时候我免费送你一句话,条件反射是最低等动物的特征,高等动物是用大脑支配行为的,比如人。现在,请你出去,我要休息了。再见,再也不见。"

"挑衅?叫板?"荆小惠唇角抿出冷冷的线条,说道,"你知不知道免费的都不是什么好东西。我没有想过打击报复你,不管你信不信,这纯粹是一个误会。"

郭晋鹏不知从哪里掏出来一张卫生纸,揉成了两个小团儿,然后塞进耳朵里,一副两耳不闻窗外事的样子,翻开书,看了起来。

荆小惠心里头的火噌的一下子就冒出来,她指着郭晋鹏的鼻子,正要准备和他好好理论一番的时候,孙全虎怕再继续下去会闹得更加不可开交,便对郭晋鹏说了一句:"对不起,打扰了。"然后,他把荆小惠拉出了包厢。

出了包厢,荆小惠重重地呼出一口气,然后又连着深呼吸几下,让心情努力平静下来,才换上笑容,对孙全虎说:"对不起,是我连累了你。"

孙全虎连忙摆摆手,说道:"这倒没啥。不过这家伙也太狂了,你最好离他远一点儿。"

从此荆小惠便和郭晋鹏结下了梁子。

郭晋鹏说荆小惠给他的印象是非常深刻的,荆小惠说这个印象深得需要刮骨疗毒。不过在我们这些普通的人看来,他俩一个是技术专家,一个是军人,一看就是不一样。可他俩谁都没想到会再遇上，竟然还都是在九二三厂里工作。

荆小惠瞪了一眼才刚离开火车站的、和她一样坐了一天两夜火车的郭晋鹏，此时此刻的他竟然一点儿疲惫不堪的神色都看不出来，在石油会战的人群中他反倒是闪闪发光最扎眼的那一个。他在指挥着大家作业。当他走过来的时候，一股刺鼻的香水味儿扑面而来，荆小惠立马撇撇嘴，说："简直熏死个人了，净整这些没用的。"

郭晋鹏不紧不慢地说："跟你讲讲道理，每个人身上都是有体味的，咱们坐了一天两宿，没洗过澡，身上体味一定很重，即使我们自己没发觉，但是并不表示没熏着别人啊。我喷点儿古龙水是对别人最起码的尊重，明白吗，女士？"

荆小惠说："得了，别女士女士地叫，看清了，我是战士！"

郭晋鹏说："那好啊，人民军队为人民，连长同志，不，现在是代理副科长同志，你是不是可以考虑一下职工群众的感受啊？你保卫科的就做好后勤服务保障工作，别没事儿跑到我们一线来。"

荆小惠懒得搭理叽叽咕咕的郭晋鹏。她看着身穿工服、头戴安全帽、皮肤黝黑的汉子们忙碌着的身影，问一旁的郝兴亮："你们这儿搞会战都这么安静的吗？"

郝兴亮支支吾吾了半天，才说道："以前不这样，大喇叭广播，宣传队搞演出什么的，大家都特别喜欢，但是后来有个别人反对,说不喜欢这些不实际的东西,花里胡哨的容易耽误生产的时间,所以这些就都取消了。"

郝兴亮说这个"个别人"的时候,眼睛不由自主地瞅了一下郭晋鹏。荆小惠立刻心领神会,瞟了一眼郭晋鹏,说:"什么都得依着他的喜好?洋博士又不是土皇上,我终于知道他为什么是这样一个扭曲拧巴、一身臭毛病的人了,都是你们给惯的。"边说着,荆小惠竟然从背包里找出一个快板,打算来一段快板书。郝兴亮赶忙拦下她,说道:"这不好吧?咱们是保卫科,不是宣传队。"

荆小惠义正词严地说:"别忘了,我们一切干部都有宣传鼓励的义务。"然后她边打快板边说道:"先辈们,打下了好江山,艰巨的任务咱承担。年轻人,有骨气,流血流汗不流泪,咱们掉皮掉肉不掉队!老师傅,走在前,千斤的重担挑在肩,熬红了眼,不安眠,只为建设新家园。女同胞,半边天,再苦再累也笑开颜,是英雄是好汉,咱们石油大会战上争贡献!啊!争贡献!"

大家都不自觉地停下了手中的活儿,围着荆小惠,有鼓掌拍手叫好的,有乐得合不拢嘴的。这时郭晋鹏跳了出来,一张脸拉得比驴脸还长。他拿眼珠乜荆小惠,说:"这位战士大姐,你就不能学着安静点儿,如果掉皮掉肉能打出石油来,就能达到高产油井的产量,你剐了我都行。找油打井靠的是科学,靠的是冷静的大脑,不是打快板赶庙会,更不是吹冲锋号抓特务。"然后他又冲着人群高声喊道，"闲着看什么热闹，都接着干活儿去！进度不是她打两下快板就能赶上的。瞎搞什么，添乱！"

人群很快散了，大家回到自己的岗位各忙各的。郭晋鹏对郝兴亮说："我要的是苏联专家，专家不来，你把她弄来，我怎么干活？一个厂三线人员，往我们一线凑什么凑？"然后他下了逐客令，也去忙了。

荆小惠被晾在一旁，后知后觉地憋出一句："我怎么就跟他唱不到一个调调上呢？"

在那个时候，有很多的开采技术和科技研发都得依赖苏联帮助。九二三厂里就有一个苏联技术专家组，负责领头的那个大鼻子瓦希里是最早一批来中国的，他的中国话说得已经很好了。但可能是俄语说惯了，他说中国话的时候好像会不断地咬到舌头一样。我真心担心，哪一天他会因为说话而把自己的舌头给咬掉了。

瓦希里和付雨泽喝过伏特加，聊过柴可夫斯基，但跟郭晋鹏的关系好像就不怎么好了，其他大鼻子也都一样，他们好像都不怎么喜欢郭晋鹏。但那些人不会说中国话，至少我从来没见过他们说过中国话，如果他们碰巧坐了我的车，会比画着告诉我目的地，然后就是沉默不语地坐到终点，付了车钱，下车离开。那个名叫娜塔莎的女人是例外，她的中国话说得很好，还会对我微笑，好像我是豁嘴子这件事儿对她而言没有什么好

035

奇怪的。

娜塔莎是我见过的最美的女人了，而最让我佩服的男人就是郭晋鹏，我打心眼里希望娜塔莎能和郭晋鹏在一起。但瓦希里不允许娜塔莎和郭晋鹏有什么交流，他说这超出了纯洁的友谊范畴，违反了苏联专家不能和中国人谈恋爱的规定。可没想到娜塔莎直接承认了自己确实喜欢郭晋鹏，她说关于这一点她也无法左右自己。

瓦希里不知道什么时候偷拍了娜塔莎和郭晋鹏在一起的照片，拿出来威胁娜塔莎，说："如果我拿着这些照片去找他的上级，想给他一些教训，应该还是比较简单的，毕竟他是资本家的后代。"

娜塔莎又担心又着急，大眼睛祈求地望着瓦希里，说道："是我一厢情愿爱上他，他并没有爱我，所以有什么错误，都让我一个人承担，别连累他。"

瓦希里犹豫了一下，最终还是答应了，但是他要求娜塔莎必须把资料柜的钥匙交出来。

娜塔莎说："我的爱跟钥匙没关系。"

瓦希里说："我刚刚接到总部通知，核心技术不得告诉中国工程师，尤其是你负责的喷射钻井技术和稠油注蒸汽吞吐工艺技术。"

娜塔莎说："可我们不是在进行中苏友好合作吗？"

瓦希里不再解释什么了，而是恼火地吼道："交出来！这是命令！"

娜塔莎愣了一下，最终还是交出了钥匙，然后她又说道："资料柜里有我一个私人日记本，我希望能拿走。"

瓦希里把那个日记本找出来，不管娜塔莎的反对，直接翻开来检查。其实这只是一个普通的日记本罢了，但因为是郭晋鹏送的，所以娜塔莎在里面写了许多关于爱情的诗。

瓦希里越看越不舒服，铁青了脸说道："你这么聪明，但怎么就看不懂时局？"然后他把日记本丢给娜塔莎，关上资料柜的门，从口袋里掏出一小瓶鱼子酱，说，"这是你爱吃的鱼子酱，刚从莫斯科寄来的。"说完，他转身要离开。

娜塔莎叫住了他，问道："到底怎么了？发生什么事情了？"这段时间，她总感觉有些不对劲儿，可又说不出来是哪里不对劲儿。特别是这几天，瓦希里的表现，让她感到不安，好像有什么不好的事情正在酝酿发酵……

瓦希里说了一句："娜塔莎，该问的问，不该问的别问。"之后便离开了。在走出专家组的宿舍楼时，他对负责站岗的门卫下达了一个命令，说："如果没有我的允许，任何外人都不允许随意进出！"说实话，其实根本也不会有什么外人进去，他这个命令只是下给郭晋鹏一个人罢了。因为专家组住的地方也挺高级的，和郭晋鹏家的小白楼距离不远，拐一个弯就到了，所以郭晋鹏没事儿的时候就爱找娜塔莎研究讨论技术上的问题。孤男寡女共处一室就难免会搞出点儿事情来，他俩搞出事情的那天是晚上八点钟左右。因为那天天不好,我想夜里也拉不到什么人了,便收了车,准备回家。当我路过专家组的宿舍楼的时候,突然听到有人高喊道:"不好了!出事了!出人命了!"

付雨泽和荆小惠正好在附近巡逻。荆小惠立马问道:"出啥事了?"

负责看守苏联专家宿舍楼的警卫员立刻说道:"是郭晋鹏和娜塔莎,他俩在房间里,出事了。"

荆小惠还以为是有特务挟持了两个重要专家呢,二话不说立刻夺过警卫员肩上的枪,端着带刺刀的枪就冲了上去。结果进屋一看,哪里有什么特务挟持,此时的郭晋鹏和娜塔莎竟然一身酒气地趴在了床上。虽然他俩都穿着衣服,但这个姿势也太不像话了,尤其是郭晋鹏的手竟然还搭在了娜塔莎的胸前!

臭流氓竟然公开耍流氓!

荆小惠怒气冲冲地正要拿刺刀挑开郭晋鹏的手的时候,付雨泽急忙阻止道:"哎,不管怎样你也不能一枪挑了专家啊!"

荆小惠啐了一口,说:"他就是一个流氓专家。"但最终还是把枪放下了。

付雨泽说:"这屋里的味道不对劲儿啊。"然后他观察了一下,立即说道,"是煤气中毒了!煤气中毒了!"他赶紧试探了郭晋鹏和娜塔莎的呼吸,说:"好在还活着。快!快来人把专家们抬出去!"

先被抬出去的是娜塔莎，苏联专家组很快就把她抬走了，付雨泽匆匆交代了几句，也跟着苏联专家组一起离开了。这一路上，付雨泽没少赔不是。他一再保证说："实在对不起，这个事情厂里面一定会妥善处理，保证会给苏联方面一个交代的。"

当郭晋鹏被抬到院子的地上的时候，几乎奄奄一息了，但医护人员还在赶来的路上，荆小惠见这样下去不是办法，就先用自己的法子进行急救。她的急救法子就是嘴巴对嘴巴地对郭晋鹏吹气，然后使劲儿地按他的胸，然后再吹气，再按胸。

那场面十分壮观，苏联的专家组出动了，九二三厂的保卫科出动了，郭晋鹏的姐姐郭晋萱也出动了。

当救护车赶到的时候，郭晋鹏也终于醒了过来，他像一摊烂泥似的瘫软在地上，有气无力地看了荆小惠一眼，才说道："谢谢你救了我命，但是我还是要说你，做这种人工呼吸的时候，你应该用块纱布或者是手绢隔着才卫生。"

荆小惠没好气地从鼻子哼了一声，说："还有呢！"

郭晋鹏说："还有我这头好晕啊，你扶我起来，快点儿。"

荆小惠说："我要不是党员，我早就大嘴巴子抽你了。"

郭晋鹏蔫蔫地问："为啥啊？"

荆小惠懒得再费口舌，直接跟警卫员要了一副手铐，把郭晋鹏铐了起来，说："总得给苏联方面一个交代吧。"

郭晋鹏没有反抗，不是他不想反抗，而是他已经没有力气反抗了，医护人员很快就抬来担架，把他给抬走了。围观的人群见状也就都跟着散了。荆小惠正要离开的时候，付雨泽又跑了回来了，说："丢人，真丢人，幸亏没有光着。这个郭晋鹏是在制造国际纠纷呀。他本来在厂里就有名，现在就更有名了！哼，好事不出门，坏事传千里，看他郭晋鹏以后还敢这么嚣张。哼，娜塔莎醒过来还好，要是醒不过来了，他有没有以后都很难说了。如果是他要流氓肯定蹲大牢，就算是谈恋爱，也违反了不能和对方专家谈恋爱的内部纪律，处分肯定少不了，干脆让他直接从厂里滚蛋！"

荆小惠问道："那石油怎么办？"这是她最关心的。她说："咱们的格局要大，要一切以国家利益为重。"

付雨泽扶了一下眼镜，说："有苏联专家呢。你刚到厂里，我就把这个案子交给你，你把它办成道德败坏、蓄意破坏中苏友好的铁案，一战树威，对你有好处。"

荆小惠摇摇头，说："还是等郭晋鹏同志清醒了再说吧。"

付雨泽咬牙切齿地说："同什么志，他压根就不是同志。再说狡辩有听的价值吗？这种事情一出，今年厂里的先进肯定没有了，五好文明单位也丢了，随之而来的各种补贴、各种采购就会从原先的优先照顾变成排队等候，就连副食品店里面的白菜、猪肉、盐都会紧缺。菜里没盐，生活还能有味儿吗？这个该死的郭晋鹏，简直人神共愤。"

荆小惠想了一下，说："有没有可能是娜塔莎喜欢他呢？"

付雨泽冷哼了一声，说："有没有可能我不知道，但在瓦希里那里答案一定是没有。就是郭晋鹏臭不要脸地纠缠娜塔莎。"

这根本不可能。第一个说郭晋鹏绝对不会干这种事情的人是厂花胡婷婷。郭晋鹏出事那天，她去了一趟小白楼，回头就拿着刻着娜塔莎赠予郭晋鹏字样的套娃，昭告天下说："这个就能证明，是娜塔莎追的晋鹏。"但这并不能让郭晋鹏手上的铐子摘下来。没想到她竟然直接对外宣布她已经和郭晋鹏订婚了，还直接去保卫科找荆小惠，说："郭晋鹏是被冤枉的。"

保卫科瞬间变成了广播站了，大家把保卫科长的办公室围得严严实实的。荆小惠不乐意了，她让郝兴亮把人都赶出去，才对胡婷婷，说："你是广播员，不是侦察员。"

胡婷婷说："可我是郭晋鹏的未婚妻。"说着，她从肩上的皮包里掏出一封订婚文书。

荆小惠接过来看了看，又找出郭晋鹏的笔迹对照了一下，确定无误之后，又问道："怎么没按手印啊？"

胡婷婷坦然道："晋鹏说，按手印有种签卖身契的感觉，不喜欢。"

荆小惠继续问道："哦，那既然已经订婚了，还出这种事情，你不生气？"

胡婷婷不屑地说："娜塔莎倒追晋鹏，证明晋鹏有魅力，我高兴才对。再说了，这只不过是一次意外的煤气中毒事件。"

荆小惠说:"那郭晋鹏喜欢你跟老爷们儿……"

胡婷婷耸耸肩,说:"这是个人隐私。"

荆小惠说:"隐什么?隐什么我也得提醒你,做伪证后果很严重。"

胡婷婷不以为然地笑了一下,说:"荆科长,非要大做文章吗?全厂职工缺糖少油也很严重。"其实她一点儿也不担心,因为她早就已经和郭晋萱计划好了。那天晚上她大着胆子去找郭晋萱的时候,心里也没有十足的把握。她试探地说出了自己的想法:"如果对外宣称,晋鹏跟我已经订了婚,凭借晋鹏这些年积攒的良好口碑,解除这次的麻烦并不难。"

可是郭晋萱却说:"你觉得这样会有说服力吗?还有将来要是你们结不了婚呢,他是一个大男人没事儿,你却要承担名誉上的损失,你可是黄花大闺女啊。这可不一样,因为我不能承诺你们真的会结婚。"

为了打消郭晋萱的顾虑,胡婷婷直截了当地说:"我愿意为了晋鹏做一切事情。"

郭晋萱心里一动,说:"谢谢,不过这世上没有无缘无故的爱,付出了就要有回报,我希望你能说到前面,等事后再说,大家尴尬。"

胡婷婷犹豫了一下,还是说道:"因为我喜欢晋鹏,想要嫁给他,这个理由行吗?不过我只是想,晋鹏要是看不上我,我也不会赖着他。"

郭晋萱想了想，说："行，虽说有点趁火打劫的意思，但勇气可嘉。那就这么说定了，晋鹏那边我想办法通知。"

第二天一大清早，郭晋萱就拎着一个绿色的饭缸去了职工医院。这个饭缸不像厂里的工人们平时用的那种饭缸，这个饭缸很精致，盖子是金灿灿的黄色，在阳光下，随着郭晋萱优雅的步伐一晃一晃的，别提有多晃眼了。

郭晋萱走到半路的时候，正好遇到谭向东和费玉兰两口子挽着胳膊去上班，便说道："谭主任上班去呀？能不能麻烦您帮晋鹏请个假，他煤气中毒住院了。"

谭向东是老石油师里的技术骨干，是从玉门油田来的那批老技术专家。他为人老实巴交的，一门心思全在科研工作上，很少跟别人打交道。不过他老婆费玉兰就不一样了，总是一副鼻子长在眼睛上的样子。都说有本事的人脾气就大，这就不奇怪了，费玉兰是名牌医科大学毕业的，别说是职工医院了，全市也没两个，而且她人长得漂亮，无论是娘家还是婆家都是高干家庭，本来在市里有房子，但是因为上下班出入不方便，所以才搬来职工宿舍住。要说这日子谁家过得最舒坦，当然要数他们两口子。其他人老家大都是农村的，和媳妇孩子两地分居，当然也有跟着过来照看着丈夫起居的。而能跟着过来的，大部分都是婆婆家日子过得还可以的。像他们这种条件的人，在九二三厂那可是能数得上的，所以别说鼻子长在了眼睛上，就是长到脑门顶上也是应该的。

谭向东对郭晋萱点点头，说："好，请假的事情你放心好了。晋鹏他身体现在怎么样了？"

郭晋萱说："谢谢你了谭主任了。晋鹏他没事儿，过几天就能出院了。"

一旁的费玉兰拽了拽谭向东的胳膊，说："老谭，你是厂技术办的负责人，人家晋鹏跟你不是同一个部门，这假怎么请啊？"

郭晋萱冷冷地笑了一下，说："是啊，我忘了。"

谭向东撇开费玉兰，对郭晋萱说道："楼上楼下的事情，你就交给我好了，你赶紧照顾晋鹏去吧。"

郭晋萱不咸不淡地说了一句："谢谢了。"便拎着饭缸走了。她前脚走，后脚费玉兰就轻蔑地说："还煤气中毒呢，亏她好意思说出口，明明就是郭晋鹏对苏联女专家不怀好意。我可听说了，两个人被发现的时候可是叠在一起的。"

费玉兰的声音不大不小，郭晋萱听得清清楚楚，但她只是停顿了一下脚步，还是头都没回地离开了。

谭向东说："好了，这种事情你好意思放在嘴边上讲呀？不要在这里道听途说。"

费玉兰说："谁道听途说了？那新来的保卫科科长都出动了。你说这次郭晋鹏真要跟那个苏联女专家有点儿什么，那总师的职位可就没有人跟你争了。一山岂能容二虎，没有他郭晋鹏，就是你的天下了呀。"

谭向东不耐烦地说:"好了,你不要在这里打小算盘,多想想厂里的事情。"

费玉兰说:"哼,说得好像你多么支持郭晋鹏一样。你要真这么支持他的话,在技术论证会上,你为啥要反对他提出的油苗计划,那个用液化气代替石油给车加油的项目?"

谭向东一副理所当然的模样,说:"技术上的事情,你懂呀?地下虽然没有找到油,但在地质理论不断深入丰富的同时,很难不冒出油花。郭晋鹏他就是太冒进了,打出来古生代奥陶纪的地层已经很不容易了,这时候妄想找到中生代的海相地层,根本不可能。我反对他的做法不代表我反对他这个人。"

"就你有道理。"费玉兰说,"我是不懂你们的什么技术,但我懂得像这种给厂子丢人、给大家丢脸的家伙,直接通知公安局抓人就完了。"

谭向东说:"这事儿跟医生关系大吗?"然后他抱着一堆图纸,气呼呼地朝办公楼走去。费玉兰冲着他的背影嘟囔:"死样子。"然后也转身上班去了。

虽然娜塔莎已经暂时脱离了危险,但是还处在意识昏迷期,需要进一步观察。荆小惠带了两队人分别守着职工医院的两个病房,郭晋萱刚走到门口就被拦下了。她生气地说道:"岂有此理,我有权探视我弟弟,我要找王正礼王厂长评评理。"

荆小惠脸色稍霁,不软不硬地说:"找厂长那应该去厂长办公室,而不是这儿。不过现在厂长他人在北京开会,你还得去北京才能让他来评理。"

郭晋萱尴尬地咳嗽了两声,说道:"你凭什么不让我看我弟弟?凭什么不让我给他送汤?"

荆小惠说:"这个案子正在调查,办案程序规定你不能见他。"

郭晋萱冷哼一声,说:"吓唬我呢?煤气中毒就算有罪了?再说了,是娜塔莎追求我们家晋鹏。"说着,她找出一个计算尺,递给荆小惠说,"喏,这是娜塔莎送给晋鹏的,上面写着'亲爱的',你看看。"

荆小惠看了一眼,上面写了一堆鬼画符一样的东西,她根本看不懂。但郭晋萱的样子不像是在撒谎,而且她也不敢拿证物说谎,因为她只要找个翻译一问就知道是不是真的了。于是荆小惠说道:"这个我会交给组织处理,希望你没有欺骗组织,你弟弟已经醒了,现在希望你回去。当然,这汤我可以帮你带给他。"说着,她就从郭晋萱手里把饭缸拿了过来。

郭晋萱离开前又说了一句:"请你顺道给我弟弟带句话,周瑜打黄盖,别怕。"

"你这是劝你弟弟改邪归正吗?"荆小惠说。

郭晋萱挑眉,说:"我弟弟要是邪,他就不会回国了,就不会放弃北京那么好的工作,到这鸟不拉屎的地方。我警告你,别伤害他,否则,我不会放过你。"

荆小惠检查了一下饭缸，里面除了鱼汤，并没有什么其他东西。可她心里面感觉不对劲儿，但究竟是哪里不对劲儿，她也说不出来。这，周瑜打黄盖，不是一个愿打一个愿挨吗？郭晋萱为什么要带这样的话？可既然答应了人家要把话带到，她就得把话带到。

郭晋鹏早就醒了，但病房的门被锁上了，他根本没有办法出去，就只好躺在病床上，无聊得都快要发霉了。看见荆小惠进来，他一脸嫌弃地把头别过去。荆小惠把饭缸放下，刚要把饭勺递给他的时候，突然想起之前给他做急救的时候，他挑三拣四地嫌她不用手帕不讲卫生，她便用衣角使劲擦了擦饭勺，觉得自己已经擦得很干净了，才递过去，说道："这么爱干净，就别干那么不干净的事啊。"

郭晋鹏没有接过勺子，也没有吭声搭理她，好像完全把她当成了空气。

荆小惠不慌不忙地说道："多香的鱼汤啊，不吃怎么对得起你姐姐？"

郭晋鹏这才说道："谁不干净了？"但他自始至终都是那个姿势躺在床上，一副懒得动弹、懒得搭理人的样子。

荆小惠见状，干脆把勺子丢到一旁的床头柜上，说："我当过战地护士，知道打针消毒。话说你被医生护士整整抢救了一个晚上，应该没少消毒吧。"

郭晋鹏终于坐了起来，但还没等他开口说话，荆小惠又说道:"这就对了嘛,有个好的态度是重新做人的开始。"

郭晋鹏吼道:"这是医院,不是监狱。你凭什么关着我,不让我出去?"

荆小惠点点头,她搬来一个小板凳,坐在病床边上,从随身携带的帆布包里掏出一个小本和一支笔,一边做着记录一边问道:"说说吧,说清楚了,就放你出去。"

郭晋鹏说:"娜塔莎怎么样了?"

荆小惠从鼻子里哼了一声,说道:"没想到你还挺关心人的。"

郭晋鹏一副理所当然的样子,缓缓地说:"她是我们的石油专家,她要是出事了,我们的石油怎么办?"

荆小惠嗤笑一声,说:"想他人所想,急他人所急,我不是在采访一个先进工作者吧?这时候装什么大尾巴狼呀,你把人家压在身子底下的时候怎么就不想石油呢。"

郭晋鹏说:"我们是工作上的正常交往!"他的声音很大,好像只有这样,才能发泄心中的不满。

荆小惠撇撇嘴,说:"你所谓的正常,跟我们大家想的不是一回事儿吧。"

郭晋鹏也撇撇嘴,说:"那是因为你们没进化好,还在树上呢!"

荆小惠气得差点儿动起手来,她指着郭晋鹏的鼻子,说道:"好,正常交往,那你为什么要从房顶潜伏进去?正常工作，那为什么要喝那么多酒，又到床上去研究？你们在床上能研究什么！"

郭晋鹏义愤填膺地说："我们在研究图纸。我在轴对称磁场上遇到了一些问题，我找我的专家朋友研究，研究的时候多喝了一点酒，我酒量不好……这……这违法吗？"

荆小惠说："我会找到证据证明你违法的。"

"哦，那就说明你现在还没有证据。依照法律规定，如果没有证据，你羁押我的时间不能超过十二小时，现在已经过了，我被正式拘留了吗？你有拘留证吗？没有吧。哼，我要告你，告你违法羁押。"郭晋鹏振振有词地说。

荆小惠说："你想造反吗？我可没有羁押你，这是医院，我们在治病救人。"

郭晋鹏再三强调，道："我没有病。"

可是荆小惠仍然咄咄逼人地逼问："接着说！"

郭晋鹏不乐意了，一脸不情愿地说："我现在犯病了。"

荆小惠皱眉，道："刚才不说没病吗？你这不是欺骗组织吗！"

郭晋鹏说："我怎么就欺骗组织了？我现在说犯病就犯病，说倒了我就倒了，不信，你试试。"

荆小惠说："你就这么点儿思想觉悟？我连脚指头都鄙视你。"

"好吧，既然没有办法沟通，那就不要沟通了。"郭晋鹏说完,像一个跟家长赌气的小孩子一样,倔倔搭搭地拿起放在床头柜上的饭缸,拧开盖子,吹了吹还冒着热气的鱼汤,完全把荆小惠当成透明人一样,自顾自地喝起鱼汤来。也不知道他是有意的还是无意的,总之他喝汤的动静很大,好像只有这样的声音,才可以把荆小惠给驱逐出去。

荆小惠挑了一下眉,说:"好,不说也行,那就写。"然后她把手中的本子啪地放到郭晋鹏的面前,又说道,"我可警告你,要是漏了一点儿少了一处,那都是隐瞒病情,都不利于你康复治疗。"说完,她懒得看郭晋鹏一眼,砰的一声把病房的门关上了。她需要到走廊上去透口气,跟这个郭晋鹏在一起待久了,会呼吸不顺畅。

这时在娜塔莎那边吃了闭门羹的郝兴亮回来了,说:"娜塔莎醒是醒过来了,但苏联专家组不让任何人去询问。"

荆小惠说:"不让询问你就回来了呀?你对待工作的态度就是这个样子的吗?"

郝兴亮觉得委屈,只好一五一十地说道:"这是付科长的意思。"

"是人就会犯错。"荆小惠说,"娜塔莎的房间勘查了吗?屋子里有没有图纸?"

郝兴亮点点头,说:"勘查了。应该没有。"

荆小惠回忆了一下,说:"不对啊,我冲进去的时候,记得桌子上明明放着几张图纸啊。"

郝兴亮说:"可能是你记错了吧。"

荆小惠寻思了一下,然后很肯定地说:"我没有记错。一定没有记错。不行,我得去复查一下现场。"

郝兴亮急忙拦住她,说道:"科长,你等等。你想想,全厂的白糖和猪肉都被他搞没了,所以我觉得吧,这复查现场你可以去也可以不去。你懂我的意思吧?我是为你好,科长。"

荆小惠白了郝兴亮一眼,说:"再多的白糖和猪肉也换不了高产井!换不了先进的技术去采油!"

话虽如此,可是她把娜塔莎的屋子翻箱倒柜地找了一个底朝天,也没有找到郭晋鹏说的那个什么图纸。这时候付雨泽从郝兴亮那里得知她又来复查现场的情况,便追了来。一进屋,付雨泽就直接开门见山地问道:"荆科长,你是想帮郭晋鹏吗?"

荆小惠不置可否地说道:"我是要弄清真相。"

付雨泽一脸不悦地说道:"真相已经很清楚了。"

荆小惠指了指靠窗的桌子,说:"我记得当时那儿是有一沓图纸。如果真有的话,至少可以证明郭晋鹏确实是因为工作而来。动机变了,案子的性质也就变了。"

付雨泽说:"即便有图纸,也可以挂羊头卖狗肉。还有就算是娜塔莎追郭晋鹏,那也不能顺水推舟……"他斜了一眼床,又说道,"不是推舟,他这是推人……他太不要脸了,做这种事情。"

荆小惠皱了一下眉头，说："不管怎么样，先找到图纸。你不觉得很奇怪吗？明明有图纸的，可现在却没有了，图纸去哪里了？是不是有人想栽赃郭晋鹏？如果是那样，我们更要查清楚了。"说完，她又开始翻箱倒柜。

付雨泽站在一旁，压根没有想帮忙的意思。他说："哪里有什么图纸？这个房间就这么大，从事情发生到现在，就你、我还有瓦希里进来过，我是没有见到什么图纸，瓦希里肯定也没有，所以说这根本就是郭晋鹏开脱的借口。"

荆小惠还在不停歇地找着。当她翻到靠门的柜子的时候，竟然打不开了，这个房间里所有的柜子，唯独这个柜子被上了锁。付雨泽说："这是苏联专家的档案资料柜，我们没有权力打开。"

荆小惠说："要办成铁案，今儿个这个柜子就必须得打开。"

付雨泽为难地说："别给我出难题，你想帮郭晋鹏也不能把保卫科搭进去。"

这时，不知什么时候进来的瓦希里突然满脸不悦地吼道："荆科长，你的工作作风很犀利，犀利得有点儿扎人。"

这个瓦希里看起来好像熊那样吓人。他留着络腮胡，长得也非常高，比一般的苏联男人都要高。要是一般女人被他这么个吼法儿，早就吓得直哆嗦了，但荆小惠是战场上下来的女人，她才不怕这个。

付雨泽连忙赔着笑脸,说:"瓦希里同志您误会了,荆科长她不是这个意思。"

荆小惠倒是一副坦然面对的样子,她直言不讳地问道:"怎么,要求您打开柜子,就扎到您了?"

瓦希里说:"是的,因为你想替一个道德败坏的家伙辩解,甚至开脱。"

荆小惠打断他,冷冰冰地说:"您的结论下得太早了。第一,娜塔莎怎么会爱上一个道德败坏的人呢?第二,案发当时这里有图纸,如果复核现场取证,证明图纸就在柜子里,那么无论是从动机还是事实论,就都构不成犯罪,最多也就是个违反规定。这种对大家都好的事您要阻拦,难道有什么不能说的吗?"

瓦希里想了一下,说:"我可以打开柜子,但是如果里面没有荆科长所说的图纸,我就有理由怀疑荆科长的动机。"

付雨泽心想多一事不如少一事,便说道:"大家都是为了工作,不要伤了和气。荆科长,今天就到这儿吧。"

可是荆小惠执意要打开柜子取证。她态度冷硬地说道:"请打开柜子。"

瓦希里冷哼了一声,打开了柜子。可是荆小惠把柜子里的档案全都翻了一个遍儿,也没有找到什么图纸。

付雨泽赶忙打圆场,说:"瓦希里同志,荆科长刚从部队到我们厂,很多事情还不太了解。您还多见谅。"说着,他朝荆小惠使了一个眼色,小声说,"还不赶紧给瓦希里同志赔礼道歉。"

可荆小惠就像没看见、没听见一样,仍然继续翻着找着,最后她终于在一个档案盒里找出一份密封着的红色文件。但她正要打开来看的时候,瓦希里一把夺了过去,厉声说道:"付科长!你在莫斯科待过,你认识俄语。这个你来解释一下吧。"

付雨泽尴尬地点点头,说:"这上面写着绝密机密,是苏联专家组的核心机密,连厂长都没有资格看。我们厂有规定,苏联专家所有的东西我们都不能碰,苏联专家不说,我们就不能问,问了不回答,就不可以再问。"

荆小惠"嗯"了一声,但还是不死心地盯着瓦希里手中的文件,说道:"我又不懂俄文,看了也白看。"说着她就伸出手要去抢。瓦希里生气地把文件收进柜子里锁了起来,然后轻蔑地说道:"你确实不懂。"然后他转向付雨泽,冷冷地说道,"付科长,我郑重建议,荆科长不适合再从事这个工作,也不适合再次进来我们这个房间。"

荆小惠一听这话急了,说:"让娜塔莎出面承认是她追郭晋鹏,不要把事情搞复杂了,大家一起搞生产不好吗?"

瓦希里斩钉截铁地说道:"娜塔莎是不可能喜欢郭晋鹏的!请吧!"

付雨泽只好连拉带拽地把荆小惠给拽了出去。付雨泽说:"事已至此,你就别生气了,先回办公室休息,善后的事我来处理。"

荆小惠甩开付雨泽，说："他凭什么不让我工作？"

付雨泽说："你小声点儿，你还真打算把这芝麻绿豆大的事变成外交事件啊？"

荆小惠说："我就是想不明白，既然他们是来帮着咱们快速发展的，那些资料为什么还要藏着掖着？看一眼还有罪过了？"

付雨泽说："想不明白也得执行，人家是来提供帮助的。"

荆小惠忍不住嘟囔道："不行，我还得找找这个瓦希里，让他配合咱们。"

付雨泽拦下她，说："别，别，瓦希里是一个傲气执拗、崇拜权威的人。郭晋鹏之前因为原油破乳剂的研制，在技术问题上冒犯过他，这次还出了娜塔莎的事，他肯定不能让步。"

荆小惠拉着脸，说："让娜塔莎承认爱上郭晋鹏很麻烦吗？大事化小、小事化了不好吗？"

付雨泽说："承认这件事，娜塔莎就会挨苏联方面的处分，这样对她个人前途一定会有影响，对整个专家组也会有影响。再者说，光靠写着'亲爱的'的计算尺和套娃，还不能支持这个结论吧。"

荆小惠说："那就让郭晋鹏背黑锅？"

付雨泽说："反正郭晋鹏他也不是什么好鸟儿。我过来的时候，听说他故意破坏公物，医院为处理这事正在头痛呢，你赶紧过去看看吧。"

这次郭晋鹏还真的破坏公物了,他十分坦白地说他就故意破坏的。他在病房的墙上乱涂乱画了一幅荆小惠的肖像,并且在一旁写了一段小字:"荆小惠,老虎钳子般的爪子,电钻般的嘴,探照灯般的眼,钢轨般的腿!气死张飞,不让李逵!"

盯着墙上的画看了老半天,荆小惠才从牙齿缝里挤出一句:"也就是小孩尿尿和泥的水平,也好意思画。"

郭晋鹏大摇大摆地说:"不画,你也不来啊。就我一个人在这儿,着急上火还费药。"

荆小惠说:"我现在来了,赔钱吧。"她这话不光是说给郭晋鹏听的,还有一旁的费玉兰。费玉兰早就看郭晋鹏不顺眼了,再加上郭晋鹏又是唯一一个能跟她家老谭争总师位置的人。医院现在让她负责这件事,她恨不能立刻马上处理掉眼前这个眼中钉、肉中刺。于是她不依不饶地说道:"这事不可能赔钱了事。"

荆小惠两手一摊,说:"那再加罚款。"

费玉兰说:"这可不是钱的问题,他说了这个画就是荆小惠,跟中邪了一样。"

荆小惠见怪不怪地说:"他一贯喜欢打击报复,不过这么大人了还破坏公物,是不是脑子不正常啊?"

费玉兰也说:"我看呀是应该把他送到省医院的精神科,好好地检查检查,不排除妄想症和精神分裂。"

荆小惠点点头,说:"哎呀,这人都不正常了,咱们就不跟他一般计较了吧。"

费玉兰这才反应过来,荆小惠这是在帮着郭晋鹏说话呢。她是一个医生当然知道郭晋鹏没有什么妄想症,自己不过是信口胡诌的,但说出去的话泼出去的水,现在又不能跟"妄想症患者"一般见识,只好说:"这事一定要严肃处理。"然后找了个借口离开了。

荆小惠笑得都快岔气了,说:"哈哈,妄想症和精神分裂。"

郭晋鹏悻悻地说:"这俩就不是一种病。"

荆小惠说:"你多有本事啊,多得一种很正常。"

一听这话,郭晋鹏的脾气立刻就上来了,他急吼吼地说道:"本来就是一起煤气中毒的小事,被你们放大成了丑闻,搞得沸沸扬扬的。是你们把我逼成神经病的。"

荆小惠突然问了一句:"你订婚了没有?"

郭晋鹏没想到荆小惠会问这个,先是愣了一下,然后心虚地说道:"你的第二职业是媒婆啊?"其实,他早已经从饭盒的盖子里找到了郭晋萱的信。原来,周瑜打黄盖的黄盖不是荆小惠理解的那个意思,而是指饭盒黄色的盖子。

郭晋萱在信里面写道:"大姐相信你没有错,咱们资本家后代的身份没法跟苏联专家的声誉相提并论,要学会夹缝生存。姐只能安排你跟胡婷婷订婚,躲过此劫赶紧出国。"

郭晋鹏心想，这绿饭缸配黄盖子，还能玩出典故来，姐你可真有才。可是让他假订婚，他就有些犯难了。现在又被荆小惠直接问到面前了，他一时不知道如何回答是好。

荆小惠说："回答我。你要是再不说实话的话，有人就会因为做伪证受到查处。"

这让郭晋鹏感到很无奈。他像一个被抓了的小偷一样，用很小的声音从牙齿缝里挤出两个字："订了。"

荆小惠说："心虚还是啥虚啊，声音这么小。"

郭晋鹏好像不知道在跟谁生气一样，突然吼道："订了！"

荆小惠说："不就订个婚吗，至于这么大声嚷嚷？怎么不到广播站广播一下，未婚妻姓张还是姓马？"

郭晋鹏说："胡，胡婷婷。"

这话刚巧让赶来的佟宝钢听到了。他心里别提什么滋味了，整个人就像是泄了气的皮球一样。早上的时候，有人告诉他，说是刚从保卫科听到消息，胡婷婷订婚了，订婚对象还是他的师父郭晋鹏。他不相信，笑着说："这不可能。"那人也笑了，说："不能因为你追胡婷婷，你就自欺欺人啊。"佟宝钢说："第一，我压根就不相信我师傅耍流氓这件事；第二，更不想听你道听途说他订婚了我就相信。"可是现在，他却亲耳听见了，而且还是他的师父郭晋鹏亲口承认的。他第一个反应就是去找胡婷婷，问个清楚明白，但眼下这个情况，他还不能离开。研究组的项目出了问题，他得汇报。

都说佟宝钢是八大村的骄傲。他人长得出类拔萃，别说是在村里了，就是放到市里，也是少有的漂亮男人。他干起活儿来也是出类拔萃的。最重要的是他是郭晋鹏的首席大弟子，只不过技术方面他成了专家，但面对感情的时候就完全是一个愣头青了。谁都知道他喜欢胡婷婷喜欢得要命，但好像就胡婷婷不知道。不过也有人说其实胡婷婷早就知道了，只是装作不知道罢了，因为胡婷婷不喜欢佟宝钢。这事还得从三莲要过六十六大寿开始说起。

既然答应了要准备小八件，胡婷婷就得想办法赚钱。这天她值完班从厂里出来，就跑到了吴大春的小饭馆。吴大春倒也爽快，说只要她肯在小饭馆帮忙一个月，他就少要点儿钱开小灶做小八件。于是胡婷婷每天下了班就跑到小饭馆里当服务员。眼瞅着月底结钱的日子到了，这天佟宝钢和郝兴亮约好一起去小饭馆开荤。其实佟宝钢早就计划好了，在厂里见面的机会少，而且他每次去找胡婷婷，除了工作上的事情，基本都是被拒之门外的，像这样私下里见面的机会真是难得。如果他真能把厂花给拿下了，那别提有多威风了。所以他得意扬扬地对郝兴亮说："不到两分钟，哥们儿让你见到她的笑脸。"

郝兴亮见佟宝钢从兜里掏出一块手绢，像小孩带饭兜那样挂在了胸前，便撇撇嘴说道："你这过了。"

佟宝钢不以为然地说："我师父说他们在苏联吃饭都这样，这叫文化。"

郝兴亮撇撇嘴，说："那你文化去。"

说话间，胡婷婷已经把饭菜端上了桌。虽然都在一个厂上班，但不同的业务口见面的次数不多，再者胡婷婷的追求者也多，要不是因为佟宝钢是郭晋鹏的徒弟，她压根就不会搭理他。

佟宝钢指着桌上的菜，问道："咱这个芥末墩儿是酱园的呢还是自己做的？"那时候通车虽然不方便，但厂里去北京却有班车，很多物资要是批得快，可以连夜送到。那时候大家都说这是胜利专班。

胡婷婷说："这有什么区别吗？"

佟宝钢说："芥末，芥末属于十字花科，一年生的草本……"

胡婷婷从点菜单上撕下一页来，放到桌上，不耐烦地说道："你有意见，写在本上，我给你交到后厨去。"

佟宝钢说："大家都是一个厂里的，没必要那么严肃嘛。"

胡婷婷说："你是在找芥末墩儿的碴儿，还是在找我的碴儿？"

佟宝钢说："找碴儿？没有啊，我不就是跟你说说这个芥末……"

胡婷婷拉长着脸，摆出一副比桌上的这盘芥末墩儿还呛人的架势，说道："这儿是吃饭的地儿，不是卖弄学问的地儿，甭在这儿套瓷。"

佟宝钢说:"这可不是套瓷,对不对?见着漂亮女孩表示敬意这是理所应当的。"

胡婷婷说:"你别酸文假醋的,这儿不兴这规矩。您的菜点齐了,还有什么事?"

佟宝钢说:"我要酒。"

胡婷婷伸出手来,说:"酒票。"

佟宝钢说:"我没有酒票。"

胡婷婷说:"有议价的,要吗?一瓶三块三。"

佟宝钢点了两瓶酒,从裤兜里掏出一块钱,又在上衣口袋里掏出两块钱,可还是不够,最后还是郝兴亮帮忙垫的钱。问题就出在这个钱上面了,胡婷婷当时随手放进兜里,事后忘了上交,等吴大春对账的时候,她才想起来。要说她没有这个贼心,谁都不相信。反正后来小八件也没有做成,胡婷婷气得就把这事全算到佟宝钢的身上了。

所以佟宝钢越献殷勤,胡婷婷就越烦他。

第二章　星空一角

荆小惠就这样双手叉着腰，在郭晋鹏眼前来回踱步，已经快有半天的时间了。郭晋鹏看着心烦，不耐烦地说道："你晃什么晃，要锻炼你去操场。"

荆小惠好像没有听见一样，继续踱着步子。郭晋鹏忍无可忍地说："莫须有的案子已经破了，我要去娜塔莎的房间把我留下的三张图纸拿回来干活儿。"

荆小惠立刻冲到他面前，跟他眼对眼鼻子对鼻子地问道："真有图纸啊？"

郭晋鹏两眼一翻，嚷嚷起来："这还能有假啊！我都说了几百遍了。我干吗要骗你？骗你对我有什么好处？"

荆小惠猛地拍了自己的大腿一下，说："我今天去娜塔莎的房间看了，没有。瓦希里同志也说没有，我不信，坚持把娜塔莎的资料保险柜打开了，真没有。然后他就要求我撤出这个案子……"

郭晋鹏一听荆小惠这么说，气得差点儿晕过去。他几乎是吼出来的："撤出？你都没权力了，你……你问我订没订婚干什么?"说着,他气急败坏地冲向房门,但他的手才刚抓住门把手,还没来得及拧开,荆小惠就一巴掌拍在门上,说:"我觉得不正常,好奇。"

郭晋鹏一边使劲儿拽着门,一边使劲儿叫着:"放我出去!放我出去!快放我出去!"可是任凭他连吃奶的力气都使出来了,那门就是纹丝不动。荆小惠的手虽然小小的,但却好像一座五指山一样,牢牢地摁在门板上面。郭晋鹏感觉这个门把手都要被他给拽断了,可是荆小惠却跟没事儿人一样。她的力气本来就比他大,他又才刚恢复,看来硬碰硬是没有用的,要想离开,他还得用别的法子。

郭晋鹏清了清嗓子,说:"你的好奇害死了人。"

荆小惠挑了一下眉,说:"危言耸听,我害死谁了?"

郭晋鹏语重心长地说:"好,我不跟你争,但那三张图纸关系到新中国稠油、超稠油开采,我们不能总用老办法去开采吧,那样太慢了。我们慢不起了,你知道吗?你懂吗?"

荆小惠说:"我是不懂技术上的事情,不过你说不用老办法开采,那新的办法,它可靠吗?"

郭晋鹏说:"废话,老办法那是什么,那是硬靠人,得把人当机器去操控,你想想拿血肉之躯去捣鼓,这油是打出来了,那人也完了。而我研究的新办法就不一样了,是用机器去操控机器,反正都是机器,硬碰硬也没有关系。我这样说你懂了吧?总之就是很可靠,非常可靠,还很快速,非常快速。"

荆小惠沉默了。她整个人就像霜打的茄子一样，软了下来。她点了点头，接着又摇了摇头，然后若有所思地看着郭晋鹏。郭晋鹏继续说道："你一定要锁着我吗？"荆小惠好像突然想通了什么似的，松开了手。郭晋鹏没想到她能这么痛快，原本他还打算再说些什么，现在不用了。

他终于可以离开这个该死的病房了！

门被打开了，郭晋鹏突然有一种逃出生天的感觉。他才刚离开病房，就被守在门外等了好半天的几个人给围住了。其中佟宝钢的嗓门最大，他着急地问道："师父，您跟胡婷婷到底怎么回事？"

郭晋鹏说："别瞎打听。我问你，第二七八，三零五，七十九号图纸你收起来了吗？"

佟宝钢说："没有。"

郭晋鹏说："你确定？"

佟宝钢急眼了，说："没有，没有，我都说了没有。师父，你跟胡婷婷到底……"

郭晋鹏不耐烦了，几乎是吼着说："好了，现在问题的主要呈现你跟我描述一下。"

佟宝钢还想继续问下去，但他知道郭晋鹏的脾气，要是不想说的话就是拿把刀架在他的脖子上，也问不出什么来。所以他干脆别过脸，一脸不情愿地说道："更换了设备之后还是会出现逆弧，猛攻，注水，猛攻压裂，猛攻抽油井。"

郭晋鹏思索了片刻，又问道："今天井场谁值班？"

佟宝钢说："技术办的谭主任，他是个老石油，可是一直不看好咱们新的科研项目。"

郭晋鹏说："你马上去请娜塔莎来井场。"

佟宝钢本来想要拒绝的，但话到嘴边又咽了回去。他知道就算此时他有一千万个不高兴，也得去，谁叫人家苏联专家的技术好呢！

佟宝钢没好气儿地走了。郭晋鹏又对荆小惠说道："我要打电话。"

不知怎的，荆小惠突然乖得像只小猫一样，愣愣地点着头，说："嗯，好。"

郭晋鹏的电话是打给谭向东的，谭向东虽然有些顽固，不敢打破常规，但他的一颗心全在石油上了。反对新项目也是对事不对人。谭向东说："我原来就不大赞同仓促研究数字开采的项目。我们国家的基础工业太薄弱了，尤其是电子工业几乎为零，我认为还是集中精力坚持实际开采比较好。"

郭晋鹏说："谭主任，咱们今天就不讨论选择问题了，您是超稠油的专家，您帮我再检查一下，我会尽快赶过来。"

谭向东说："好的，这是没有问题的。不过我建议你，要是执意研究数字开采的话，去汀河屋子下窝棚，那个地方的油气田地层特性比较特殊，或许对你的研究有帮助。"

郭晋鹏道谢后，挂断了电话，连忙找出一张纸把汀河屋子下窝棚给记了下来。其实他刚来厂里的时候，听说过这个地方，位于八大村最南边的一个小村子。那里只有一个野外作业井，是利用苏联专家的技术，中苏联合开采的，这样的井并不多。它距离村里的堤堰不远，那个地方斜坡处全是松软的沙粒，而堤堰的上方是村里专门用来收拾庄稼的打场地。大人们在为丰收忙碌，孩子们在这片沙地玩得不亦乐乎。

堤堰被玩耍的孩童挖出一个个洞穴，沙粒下滑成了一个有平坦地的斜坡。这是玩过家家、打地洞、掏草窝、盖房子的天然好地方。

也不知道是因为什么，荆小惠对郭晋鹏的态度突然变得不那么犀利了，她竟然给他倒了一杯水。但郭晋鹏此时哪有喝水的心情，他说道："荆科长，你能不能不用偏光眼镜看人？"

荆小惠问道："我骗光你什么了？"

郭晋鹏叹了一口气，说："不是骗光，是偏光。偏光镜，又叫偏振镜、滤色镜，它最大的本事就是能选择它喜欢的颜色通过，对不喜欢的视而不见。"

荆小惠说："拐弯抹角骂我？"

郭晋鹏无奈地叹了口气，说道："现在不是争论谁对谁错的问题，每一个人的成长环境教育基础不一样，所以思维模式不可能一样。我的这一套，你们军队肯定不喜欢，你的那一套呢，我接受起来也困难，这需要我们大家互相换位思考一下。"

荆小惠指着自己的鼻子，说道："换位？你审我，你管着我，你就好了？"

郭晋鹏无奈地叹了一口气。他真是秀才遇见兵，有理说不清。

"这样吧，我们换个说法，比方说我的研究项目它就好比是你的阵地，现在要出事了，阵地要丢了，你能袖手旁观不冲上去吗？"

荆小惠一听这话，双手叉起腰来，像一只准备要发威的老虎一样，郭晋鹏以为她要动手，吓了一跳，赶忙说道："理论探讨不带动手的啊。"没想到荆小惠只是问："你说的那个研究，要是研究成了，咱们的井一天能增加多少产量？"

郭晋鹏眼睛放光地说："毫不客气地说，可以成为新中国第一口高产油井！"

荆小惠说："吹牛。"

郭晋鹏说："我从来不拿理想吹牛。"

荆小惠立刻说道："那还磨蹭什么，走啊！"

郭晋鹏丈二和尚摸不着头脑地问道："去哪儿啊？"

荆小惠像在战场发号施令一样，霸气十足地吐出两个字："放风！"

还别说这个荆小惠可真行。郭晋鹏做梦也没有想到她所说的那个"放风"，竟然就是带他去汀河屋子下窝棚。

这个彪悍的女人用她独有的彪悍姿势蹬着二八大杠，一路上雄赳赳气昂昂地朝汀河屋子下窝棚骑去。郭晋鹏坐在她的背后，简直哭笑不得。他心想就她这副瘦弱的小身板，到底是哪里来的这么大的力气？

不知道是不是因为此时此刻的心情好了，郭晋鹏整个人都是神清气爽的，连带着说话声音都带风，像哼着一首快乐的小曲子一样。他问道："你带我出来，回头怎么跟付科长解释啊？"

荆小惠轻描淡写地说："领导的事不用你操心。"

郭晋鹏说："其实吧，你也是个挺不错的女人。"

荆小惠说："哦嚯，放你出来就不错，不放你出来就错了？"

郭晋鹏说："要不我怎么第一次见你，就觉得你明辨是非，虚怀若谷，知过必改，闻过则喜，从善如流……"

荆小惠不禁翻了一个白眼，说道："得得得，背成语字典呢！我说你们这些读书人，说这些话嘴巴里不起鸡皮疙瘩吗！"

郭晋鹏说："更正，嘴里没有毛囊，不会起鸡皮疙瘩。"

荆小惠说："狡辩，领会精神实质。"

郭晋鹏说："其实吧，赞美人是一个特别好的美德。"

可是荆小惠却说："你越是赞美我，我就越觉得你是要害我。"

郭晋鹏不以为然地笑了笑，说道："其实呢，你可以像其他女人那样，坐在后面，换我来骑。毕竟我是一个男人，你是一个女人。女人一定要侧着坐在后面，这样你既舒服又斯文。"他说的时候加重了"侧着坐"这几个字。其实他不是有意这样说的，是那天他无意间看到的，荆小惠坐付雨泽的车的时候，像个大老爷们一样，双腿拉开，放在两侧。

荆小惠说："不可能，你想都不要想。第一，以你的速度，我们明天早上也到不了；第二，如果我侧着坐了，然后你故意往我背面一歪怎么办？我倒了，你跑了，想得美。只有这样坐，我才能随时抓你。"

郭晋鹏说："你押解战俘呢？"

快中午的时候，他们终于到了汀河屋子下窝棚，可瓦希里不让娜塔莎过来，说让他们这边自行解决。郭晋鹏只好自己对着油井研究了半天，然后得出结论："我们的设计施工安装工艺都没有问题，问题出现在苏联专家严格保密的那套核心技术模块上。"

荆小惠说："苏联专家也会出现问题啊？"

郭晋鹏说："科学不是神话，更不能盲目崇拜。"

荆小惠说："我看你是不撞南墙不死心。"

郭晋鹏说："有时候不但要撞，还要拼命地撞，万一把墙撞塌了，不就成功了？咱们石油人，探之茫茫，索之冥冥，就是要用奋斗做桨完成人生最有价值的横渡，它的彼岸叫无悔。你想想，把自己选择的路走得义无反顾，是多么骄傲的事情，这是咱们石油人的秉性啊！"

荆小惠说："好吧，我们可以理直，但不要气壮。说吧，你打算怎么处理？"

郭晋鹏想了想，说："拆了检修。"

荆小惠立刻不敢相信地瞪大眼睛，又问了一次："你是说拆了？你确定？好好的，你说拆就给拆了啊？你以为你是谁？天王老子吗！"

郭晋鹏说："哎呀，不是那个，我跟你解释不清楚，这个拆不是你想的那种。总之不拆没有办法，娜塔莎也不来。"

荆小惠说："我觉得不管怎样，这个事情还是要请示一下厂长吧。如果是咱们自己造的，你就是拆掉百八十件，厂里都能给你服服帖帖地装回去，可是这是跟苏联专家们合伙造的，你拆完了装不回去，这个责任算谁的呢？"

郭晋鹏无奈地说："看来我们没有的不仅是时间，还有自信。"

谁也都没有想到刚从北京开会回来的厂长王正礼，进厂的第一句话就是问付雨泽："付科长，谁让你把郭晋鹏扣押起来的？"

付雨泽说："我不是怕影响中苏关系的大局吗？"

王正礼说："那中苏关系能因为郭晋鹏和娜塔莎的煤气中毒就被破坏了？"

付雨泽说："可瓦希里坚持说郭晋鹏图谋不轨。"

王正礼说："谁爱说什么就让他说什么去，我要你政治部是干什么的？对待晋鹏这样的从海外回来的爱国知识分子，我们应该有起码的信任。"

付雨泽说:"我要是信任郭晋鹏,瓦希里就不信任我,我只能选择后者。"

王正礼说:"晋鹏在哪儿?"

付雨泽说:"职工医院。"

等他们来到职工医院的时候,早已是人去楼空。付雨泽立即把郝兴亮叫了过来,问道:"郭晋鹏呢?"

郝兴亮吞吞吐吐地说:"荆科长说带着他去放风了。"

王正礼盯着墙上的画看了一会儿,厉声说道:"付科长,你看看这幅画,就知道晋鹏同志心里有多大的怨气。我告诉你,晋鹏同志如果有一点点差池,影响了石油事业,你给我吃不了兜着走。"

不过王正礼和付雨泽怎么也没有想到,荆小惠竟然带着郭晋鹏放风放到油井现场去了。当他们赶到的时候,荆小惠正和郭晋鹏因为拆不拆油井的事儿而争得面红耳赤。

王正礼对荆小惠说:"你工作很有创造性,不过现在我接管他了,我跟他一块儿在这放风。"然后他又对郭晋鹏说道,"晋鹏,你确定要拆开检修?"

郭晋鹏说:"只有拆开检修,才能发现问题的根源。"

付雨泽赶忙说:"厂长,如果贸然拆开,瓦希里那边没办法解释,娜塔莎就更不会来了。"他的担心不是没有道理。

王正礼说:"你去,再去请娜塔莎。"

可是无论去了多少次,人还是请不动,瓦希里死活都不同意，说这事关专家组的体面和娜塔莎的名声。

郭晋鹏急得简直要吃人，他暴跳如雷地说道："非要我说我耍流氓了，我被开除了，他们才有面子，他们才能来，是吧！"

荆小惠也说："眼看着这锅水就要烧开了，马上要下面条了，他们突然撤火了，这是在干什么呀，做面糊糊还是面汤啊？"

王正礼说："现在不是争这个的时候，我们需要苏联专家，需要他们的核心技术，需要他们为我们的研究改造出谋划策。同志们，我们学习的时间不多了。"

付雨泽问道："厂长您这是什么意思啊？"

王正礼没有回答，只是说："想尽一切办法，必须请娜塔莎来！"

但看来正面去请人是行不通的，可又不能去职工医院直接把娜塔莎绑过来。所有人真是想破了头也想不出来该怎么办。其实娜塔莎已经好多了，完全可以正常工作了，但瓦希里说什么都不准她离开病房。因为这个，娜塔莎的心情本来就不太好，尤其是看到瓦希里拿来的牛排，她的心情就更不怎么好了。

瓦希里说："今天的牛排不错，你怎么不吃呀？"

娜塔莎说："中国人为了我们能吃到牛排，甚至把耕牛都给杀了，我们不能只吃不干活儿。人家都来请三回了，他们需要我！"说着，她不顾瓦希里的反对，准备要离开病房。

瓦希里吼了一句："站住！"然后他从公文包里掏出套娃和标尺，冷冰冰地扔到娜塔莎的面前。娜塔莎拿起标尺，那上面有她用俄文写的"亲爱的"。于是她一副豁出去了的样子，激动地说道："是的，是我爱上了郭晋鹏，是我让他喝酒的，也是我把他抬上床的。"说这话的时候，她整个人都在发抖，她从来没有这么激动过，好像只有这样才能证明她有多爱郭晋鹏。

瓦希里咬牙切齿地说道："愚蠢，你知道不知道，这个煤气中毒事件已经上报了，如果确认是你爱上了中国工程师，你回莫斯科得到的不是勋章而是处分，你的未来就完了。娜塔莎，我不想看到你这样的天才就这样毁了。"

娜塔莎说："你想怎么样？"

瓦希里说："只有让郭晋鹏承认对你不轨，你才能洗白，你才能有未来。"

娜塔莎猛烈地摇了摇头，说道："这是抹黑郭晋鹏，我做不出来。"

瓦希里说："我知道，你做不出来，所以才不让你去的。再说了，我们就要回国了，到了莫斯科我来帮你向他们解释。"

娜塔莎以为自己听错了，又问了一遍："什么？回国？"

瓦希里说："我暂时不能跟你说太多，但就这几天的事儿了，我们很快就可以离开这里了。"

娜塔莎幽幽地说道："那郭晋鹏的研究项目怎么办？岂不是要夭折了？"

瓦希里说："那不是我们需要关心的问题。"

娜塔莎说："不，不，我要帮郭晋鹏。"

瓦希里恶狠狠地粗声吼道："别为了这个中国人，把你后半生的前途毁掉。"

娜塔莎没有办法了，她根本无法说通瓦希里。

这天，荆小惠无意间听到瓦希里在副食店订了两箱军马场酒的时候，她突然想到了办法。但她也不知道瓦希里什么时候去拿酒，所以只好守株待兔，天天一大清早就去副食店等着，一直等到副食店晚上下班关门。就这样，她连续等了三天，终于等到了瓦希里。

但瓦希里没打算搭理她，而是径直走到售货员的面前，说道："同志，你好，我来取我订的酒。"

荆小惠就像一块黏人的狗皮膏药一样死缠着瓦希里不放。她话里有话地说道："知道你酒量好，也不至于一次性订好几箱啊。漱口啊？"

众所皆知，这个军马场酒也叫胜利九二三，是九二三厂自家酒厂生产的酒，外面是根本买不到的，就算是厂里面的职工要买，也得凭票限购。这种酒有点像威士忌，都是淡黄色的，只是多了一些槐花的清香，据说是酿酒的时候放了槐花蜜。总之苏联专家组对这个酒情有独钟，厂里当然会优先照顾他们，尽管这个酒的产量低得很,但基本都是苏联专家们要多少给多少,从不含糊。可这个瓦希里一下子竟然订购了这么多,说他心里没有鬼,恐怕只有鬼才会相信。

瓦希里冷冷地瞟了一眼荆小惠,并没有打算搭理她,而是跟副食店的店员说:"麻烦你,把我的酒给我。"

荆小惠头头是道地说:"经过上次的煤气中毒事件,各位专家的安全受到了影响;我们吸取教训,您的这批酒,要经过安全检查之后再给您。"

瓦希里说:"不必要了吧。"

荆小惠豪迈地说:"那可不行,万一再发生一次酒后煤气中毒事件,那可不得了。"

瓦希里脸上带着愤怒,对着她怒目而视,但他还是妥协地问道:"那你需要多长时间?"

荆小惠礼貌地微笑着说:"不是我,是省城来的专家,怎么着也得十来天吧。"

瓦希里的表情别提有多可笑了,他惊呼道:"十来天?"

荆小惠笑了笑,慢悠悠地说道:"不过呢,我这儿有两瓶已经检测好的酒……"说着,她还真的从贴身的帆布包里掏出两瓶东北烧刀子,接着说,"我请您喝,就算是为上次我的不礼貌行为跟您道个歉。"

瓦希里问:"好酒吗?"

荆小惠说:"放心吧,不比军马场酒差。这要是不如军马场酒,我也不好意思拿出手啊。这可是我小半个月的工资。您说怎么喝,我绝无二话。"

瓦希里说:"你先把这瓶喝了再说。"

荆小惠说:"一瓶一口下去我还能说话吗?"

瓦希里耸耸肩,说道:"只要我能说话不就行了吗?"

荆小惠只好把心一横,说:"行!如果我把这瓶一口闷完,煤气中毒事件,咱们就一笔勾销。"说完,她用牙咬开酒瓶子,眼一闭,正准备要喝的时候,瓦希里又突然说道:"你就这么确定我能答应你这个荒唐的建议?"

荆小惠说:"因为您是当兵的,我也是当兵的,军中无戏言,除非您这肩章是假的。"说完,她一口气儿把那瓶烧刀子给喝完了,然后支撑不住倒在了地上,浑身无力地呻吟了两声。她觉得喉咙里有一团火,灼烧得她好难受,不光是喉咙,她的头她的胃都疼得要命。可就算她整个人像丢了三魂七魄一样,已经分不清东西南北了,还是不忘问道:"现在可以让娜塔莎专家跟我去井场了吧?"

然而瓦希里却说:"我们会从莫斯科派其他专家来。"

也不知道荆小惠哪里来的力气,也许这是她身上最后的力气,她从地上爬了起来,拿着另外一瓶酒,说道:"我把这瓶也……也喝了行吧。"说着,她就迷迷瞪瞪地拧酒瓶子,一下、两下……这个瓶盖怎么拧都拧不开……突然有人一把夺走了她手中的酒瓶。

那个人便是郭晋鹏。他眉头紧皱地说道:"你就是把自己喝死,他也不会答应你。"

也不知道是不是因为自己喝醉了的缘故,荆小惠竟然感觉到郭晋鹏在心疼她,对她说话的时候,声音也温柔了许多。

荆小惠迷迷糊糊地说了一句:"你别管。"然后伸手就去抢酒瓶,但她抓到的却不是酒瓶子,而是郭晋鹏的手。她本想着要甩开,但郭晋鹏却不肯放手,紧紧地抓着她,她已经没有力气了,整个人都靠在了他的身上。她第一次觉得一个男人的肩膀是可以依靠的,而这个男人身上的古龙水味道,在此刻竟然让她感觉没有那么讨厌了。

郭晋鹏说:"瓦希里同志,是我无可救药爱上了娜塔莎,我跟你说声,对不起。"

醉醺醺的荆小惠已经晕乎乎的了,但听到这话,还是觉得哪里不对劲儿,便问:"你不是跟胡婷婷订婚了吗?"

郭晋鹏无可奈何地说道:"订婚了也有昏头的时候。"

荆小惠气得指着郭晋鹏的鼻子,可她还没来得及说话,就忍不住吐了起来。她吐了郭晋鹏一身,但是郭晋鹏并没有推开她,而是一只手扶好她,给她换了一个舒服的姿势,另一只手轻轻着拍她的后背,等荆小惠看起来没那么难受的时候,才抬起头,说道:"瓦希里同志,你要的结论已经有了,请娜塔莎赶紧去工作,全厂都在等着他。"

瓦希里说:"你这种私下里说的不负责任的话,怎么说都行,但是想要娜塔莎回到莫斯科不受处罚,需要白纸黑字,需要对你的处罚。但是你这么爱面子的人,做不到,所以最好维持现状,对谁都好。"

郭晋鹏说:"我做到了,你就不许反悔。"

瓦希里只说了一个字:"好。"

郭晋鹏说:"你明天带着相机,拍照为证!"

瓦希里仍然只说了一个字:"好。"

这边解决完了瓦希里的问题,郭晋鹏背着荆小惠赶紧跑到职工医院,他人还没到医院门口,就拼命喊道:"医生!医生!快来救救人!"

费玉兰走了出来,一看醉得半死的荆小惠,和满身污秽的郭晋鹏,惊呆了,说道:"你俩怎么回事?昨天她救你,今天你救她的,你们这是过家家啊,还是争当孩子王啊?"

郭晋鹏跑得满身是汗,喘着粗气,说:"您……您先救人,等一会儿再开小喇叭不行吗!"

费玉兰赶紧给荆小惠洗了胃,然后把已经脱离危险的荆小惠安排在了之前郭晋鹏住的那间病房里。

郭晋鹏不好意思地瞅了瞅墙上的画,说道:"费医生,麻烦你,能不能给换间病房啊?"

费玉兰摇摇头,说:"医院是你们家的啊?这里是医院,医院病房少。"

郭晋鹏只好说:"墙上不是有这幅画吗,我怕荆科长醒了不高兴。"

费玉兰说:"你怕她不高兴啊,那你当初别画啊。我告诉你啊,现在是我不高兴,因为你们谁都不来帮我刷墙。"

郭晋鹏连忙说:"对不起,明天我就请人来刷。"

费玉兰捏着鼻子,说:"那今天你赶紧走,就你这一身味儿啊,回头再把全医院弄得臭气熏天。"

要说此刻郭晋鹏身上的味儿,还真不怎么好闻,本来荆小惠就吐了他一身,他又背着荆小惠跑到医院出了不少汗,就连他自己也找不出形容词来形容此刻他身上的味道了。但是他还不能走,他得想法子不让荆小惠醒来第一眼就看到墙上的画。其实这个还真不太好办,因为那面墙正好对着床。郭晋鹏心想,这真是搬起石头砸自己的脚,当时光图痛快了,现在咋整?他思前想后,找来一块床单,用绳子系上,像挂蚊帐那样,把墙上的画给遮住了,这才放下心回家。

郭晋鹏一回到家,郭晋萱就问道:"你这刚出院又去喝酒了。"

郭晋鹏只好含含糊糊地点点头,说:"是。"

郭晋萱关心地问道:"又喝吐了?"

郭晋鹏立刻装成喝醉了的样子,摇摇晃晃着,说道:"啊,嗯。"

郭晋萱说:"你被人栽赃陷害还有心情喝酒?"

郭晋鹏想了一下,说:"我喝的是洗尘酒,这不是平反昭

079

雪了嘛。"

郭晋萱说："你能平平安安出来还真要感谢人家胡婷婷。"

不说这个还好，一提这个，郭晋鹏就郁闷了。他说："姐，你怎么还想出订婚这一出呢？"

郭晋萱说："是胡婷婷自己想出来的。"

郭晋鹏说："那以后你还真打算让我把她娶进门啊？"

郭晋萱说："我会让你娶一个连大学都没有读过的女人吗？行了，赶紧洗澡去，快。"

郭晋鹏不愿意了，说道："姐，你这不害人家胡婷婷吗？"

郭晋萱不以为然地说道："放心吧，我会处理好的。"

话虽如此，但郭晋鹏还是不放心，第二天一大早，天还没亮他就去广播室等胡婷婷了。这个时间厂里除了门卫和仓库保管员，也就扫大街的大爷在。胡婷婷是因为每天的晨读时间，所以也来得早。她有些诧异地问道："晋鹏，这么早，你在这儿干什么？"

郭晋鹏有些不好意思地说道："等你，有件事情想跟你说清楚。"

胡婷婷笑着说："不用说，这个主意是我出的，但你放心，我不会因为这件事情赖上你，逼着你跟我结婚的。"

郭晋鹏说："我真的很感动，也很感激。"

胡婷婷红着脸，娇羞地说："只要能帮你减轻一点儿麻烦，我心里就高兴。"

郭晋鹏说："但是，我还是要跟你说一声对不起，这次，恐怕真的要给你添麻烦了。"这个"麻烦"就是他昨天连夜写好的检讨书，胡婷婷一脸诧异，照着内容念起来："我的检讨，我无可救药地爱上了娜塔莎……"

胡婷婷实在看不下去了，说："一定要这样吗？"

郭晋鹏坚定不移地说道："为了我们的石油事业，只能这样了。"

胡婷婷急了，心疼地说："你会受处分的，会被全厂人耻笑的。"

郭晋鹏说："我怎么都行，可就是觉得对不起你。我在这等你，就是想听你一句话，你同意我就贴，你不同意，我再想别的办法。"

胡婷婷紧抿嘴，问道："你还有别的办法吗？"郭晋鹏没有回答，而是沉默地低下了头。眼泪已经在胡婷婷的眼中打转了，她吸吸鼻子，说道："你赶紧去贴吧，我要开广播了。"说完，她走进广播室里。就感觉像是掉进了一个自己挖的坑里，她的眼泪再也忍不住地落了下来。

郭晋鹏待在原地，后知后觉地说道："我一辈子都欠你的。"

那份检讨书在厂里的宣传栏里一贴，厂里像立刻炸开了锅一样。瓦希里还真拿着相机拍了几张照片，郭晋鹏翻了一个白眼，说："这下可以洗白娜塔莎了吧。"

瓦希里得意扬扬地说:"还差一份处分决定。"

郭晋鹏说:"一定会给你的。"

直到中午的时候,荆小惠才醒过来,她感觉她的头要炸开了一样的疼。她醒了的第一个反应就是,昨天她喝醉了?好像是,她去找瓦希里,喝了一瓶烧刀子,后面的事她就不记得了。

荆小惠从床上跳起来,发现自己竟然在医院里,看来昨天她真的喝醉了。病房里的药水味总是这么刺鼻。她试着下地走走,但头晕得要命,她又坐回到床上,这才看到床头柜上放着的几块钱和一张小字条。字条是郭晋鹏留下的,上面写着:"谢谢你昨天不要命地替厂里把台面上办不到的事给办到了。英雄流血不流泪,不能让你身体遭罪,钱包也遭罪,酒钱我出了。"

原来是郭晋鹏把她送到医院的,荆小惠心里美滋滋的,但嘴上却不饶人地说:"本来就该你出。"然后,她接着往下看:"专家楼事件到此结束,无论你恨我也好,骂我也罢,我都求你好好养伤,不要急着重返战场。"

荆小惠从鼻子里哼哼道:"哼,要是在战场上犯这事,我第一个就得把你给枪毙了,你信不信?"她现在终于想通了,她和这个郭晋鹏不是思维不合,也不是八字不合,是性格不合!

看完了信,荆小惠把信丢到一旁。这才发现墙上竟然挂着一块床单,她随手一扯,那床单后面竟然是郭晋鹏画的她。

"哼!"荆小惠在画前比量了老半天,然后气鼓鼓地说道,"一点儿观察力都没有,我是右边挎包!右边挎包!"

直到荆小惠出院,回到厂里,她才知道郭晋鹏的检讨书在宣传栏里贴了都有半天的时间了。几个多事的女人正围着胡婷婷,叽里呱啦地说个不停:"婷婷,婷婷,你说你怎么也不好好管管这个郭晋鹏?"

"婷婷,婷婷,我可告诉你啊,这男人不管可不行。"

⋯⋯⋯⋯⋯⋯

面对众人的七嘴八舌,胡婷婷只是轻描淡写地说了一句:"留过洋的,管起来就是费劲。"

佟宝钢在一旁替胡婷婷感到委屈,可是他又不知道说些什么好,只好说:"胡婷婷同志,你有气可千万别憋着啊。这件事情是师父他做得不对,我和很多同志都是站在你这边的。"

胡婷婷说:"我真的没事。"

佟宝钢说:"强作欢颜心更痛。"

胡婷婷瞪了他一眼,说:"你还嫌不够乱啊?"

确实够乱的,厂里上班没上班的都来了,把宣传栏围得水泄不通,好像赶大集一样,大家议论纷纷,指指点点,品头论足,把郭晋鹏说得体无完肤的。荆小惠实在看不下去了,打着厂长的旗号,把人群哄散了。没想到王正礼这个时候还真的来了。

083

荆小惠自责地说:"都怪我昨天酒没喝到位,任务没有完成。"

王正礼说:"昨天的事不赖你,可今天这检讨书,让这么多人都在这看着,好看啊?"

荆小惠无奈地说:"是不好看,可那能咋办啊?"

王正礼朝她使了一个眼色,说:"刮点风呗。"

荆小惠明白了。她赶忙点点头,说:"哦,胶水不大好使,再加上这风,风大,所以呢,检讨书就给吹没了。"说着,她就上前去把那份检讨书给撕了下来。

王正礼满意地点点头,说:"总算机灵了一回啊。"

荆小惠笑了一笑,说:"厂长,这检讨书都刮没了,那郭晋鹏的处分是不是也能没啊?"

王正礼叹口气,说:"还没到刮台风的时候。"

关于郭晋鹏的处分文件是第二天下来的,王正礼亲自拿给瓦希里,说道:"这是关于郭晋鹏同志的处分决定,专家组的名誉,娜塔莎的名誉,都保住了。"

瓦希里仔细地研究一下那份处分文件,然后才说道:"谢谢你们的理解。"

王正礼说:"瓦希里同志,我想给你讲一个故事。这是一个真实的故事。头几年,你们列宁格勒石油学校的一位姑娘,爱上了我们的中国留学生,当时我们的纪律要求是不准谈恋爱的,可是这位姑娘居然通过学校和你们的外交部,向我方提出了交涉，说如果我们不同意他们结婚，她将卧轨自尽。后来我们同意盖章，但不支持，你听明白了吗？"

瓦希里冷笑了一下，说："您想说明什么？"

王正礼说："我想说娜塔莎现在是不是可以去井场了？"

瓦希里跷着二郎腿，说："我们很快要回国了。"

王正礼说："据我所知，离正式通知还有四十八个小时。晋鹏、胡婷婷和我们厂，为了中苏友好都承受了巨大的名誉损失，难道这样还不能换回这四十八个小时吗？瓦希里同志，谁都不知道窗户外面是什么，你我也都不是捅破这窗户纸的人，对吗？"

瓦希里终于同意让娜塔莎跟郭晋鹏一起去汀河屋子下窝棚做研究。

王正礼再三叮嘱郭晋鹏："你现在最重要的任务，就是要尽快掌握他们手里的技术资料，能掌握多少就掌握多少。时不我待，分秒必争。"然后他又去找谭向东，让他马上成立专业组，从勘探、开发、机械、测井和作业、物探这几个队里调人，交给郭晋鹏统一指挥。"

吓得谭向东一个劲儿问："厂长，我是不是犯什么错误了？"

王正礼说："别瞎想。"

谭向东说："那为什么这么着急啊？这是不符合常规的。"

王正礼说："别问了，到时候你就会知道，抓紧办。"交托完，他又连夜赶回北京开会。

尽管谁都没有说破，但大家好像察觉到了什么。这可能是厂里最具规模的一次现场研究了，谭向东把全厂的技术团队都带来了，娜塔莎不厌其烦地一遍遍讲解问题，解决问题。终于所有问题都解决了，所有人都松了一口气，回厂里了。临走前，谭向东把郭晋鹏拉到一旁，说："我还是重申我自己个人的意见，目前中国的技术水平，不能做超稠油的研究。"

郭晋鹏说："难度确实不小，所以特别要感谢你今天把全厂的技术团队全带了来。"

谭向东说："你也不用谢我，能把苏联的那些东西全都学来，那是不可能的事情，光学一些皮毛是不堪重用的。"

郭晋鹏说："你说得对，不解决核心技术全都是白费。"他提出的研究，苏联人不答应，领导们不同意，保守派们也都不支持，恐怕弄到最后不是提不提升产量的问题，而是还能不能生产的问题了。可即便如此，他还是坚持自己的选择。他坚定地说："不能因为屠夫走了，咱们就不吃肉了吧。"

等所有人都走光了，只剩下郭晋鹏一个人的时候，娜塔莎又回来了，她好像哭过了，眼睛红肿着。郭晋鹏赶忙问她："怎么了？"

娜塔莎哭着说："因为你说是你厚脸皮爱上我，我知道这是假话，但我很爱你。"她已经接到正式的命令，还有三十个小时，她就会离开中国回到莫斯科，也就是说她这辈子都将无法见到郭晋鹏了。

娜塔莎擦擦眼泪,说:"晋鹏,我现在还不饿,我们去厂里把你研究的超稠油项目中几个疑难问题再来研究一下吧。"

尽管胡婷婷再三要求三莲不许去讨公道,但三莲还是跑到小白楼骂街了。那天三莲背着拾破烂的大筐,站在大门前,扯着嗓子骂道:"郭晋鹏你给我滚出来,瞧你那操行!"

旁边路过看热闹的人,一副不嫌事儿大的样子,说道:"大娘,你怎么在这儿骂呢?他听不见,要骂得进去骂。"

三莲说:"这是老规矩,在外边叫板是给街坊邻居打招呼,告诉他们讨公道的来了。"说完,她就冲进院子里。

郭晋萱闻声出来,看见三莲,立刻皱起眉头。她早就知道胡婷婷的娘是拾破烂的,可没想过这么埋汰,不由得一脸嫌弃地说道:"晋鹏上班去了,有什么事儿你直接跟我说就行了。"

三莲把拾破烂的大筐往地上随手一扔,说道:"我进这个院就是讨一个理,你们老郭家心眼未免也忒好了吧,我闺女是偷了抢了还是上错炕了,他郭晋鹏凭啥吃着锅里的惦记着碗里的,咋着还想找个洋妞儿当小老婆?"

郭晋萱心里的火气往上冒,她忍着火气说:"真是不可理喻,请你把这个时代想清楚了再说话。"

三莲说:"什么时代也得讲良心。"

郭晋萱把常妈喊了过来,对常妈说道:"常妈,把这垃圾,还有这脏了吧唧的人,清出去。"

常妈点点头,对三莲做了一个"请吧"的姿势,可三莲无动于衷,扯着粗嗓门喊道:"靠句屁话就想把我从院里撵出去,有能耐把我抬出去。我就不信了,一个识文断字的人良心让狗吃了。你今儿个不把话说清楚,我把你这院变成垃圾场你信不信?"说着,她把筐里的垃圾全都倒了出来。弄得满院子都是。等胡婷婷赶来的时候,小白楼已经被三莲弄得乌烟瘴气,臭气熏天。郭晋萱看见胡婷婷的第一句话就是:"晋鹏这样做,确实没跟我商量过。"

胡婷婷咬了一下嘴唇,说:"这样也好,我就彻底赖不上你们家了。"然后她又对三莲说,"不是不让你来吗,还嫌不够丢人的吗!"

三莲说:"咱们不能让姓郭的这么给欺负了,你又不是一盘菜,让他们老郭家扒拉来扒拉去!"

胡婷婷又气又委屈,什么话也说不出来,在一旁不停地吧嗒吧嗒掉眼泪。

郭晋萱把脖子上的金项链摘了下来,塞到胡婷婷的手里。胡婷婷泪眼汪汪地看着手里金灿灿、沉甸甸的项链,说道:"你就这么看不起我吗?"

郭晋萱说:"没什么看得起看不起的,我替你算过,投入和产出比不合理,吃亏了就应该有相应的补偿,补偿到位,大家才平等。"

三莲立刻说:"这话撂得寸,可丁可卯,有点儿意思。婷婷，咱拿着。"

"不行。"胡婷婷瞪了三莲一眼，然后把项链还给郭晋萱，说道，"我不要。"

郭晋萱又把项链还给她，不容拒绝地说："晋鹏说欠你的，戏演到这份儿上只能往下演了。"

胡婷婷咬着嘴唇，想了想，说："你说得对，穿帮了谁都不好收场。"

但事情还是让荆小惠给知道了，但那都是后话了。

本来三莲拿了金链子，讨了公道，这事儿就算完了，可胡婷婷要搬到厂里的职工宿舍住。三莲知道就算她拦也拦不住，那宿舍离小白楼近，离胡婷婷上班的地方也近，干啥都方便。最重要的是胡婷婷不死心，说她自己还有机会。三莲心想舍不得孩子套不来狼，这郭家有钱，随便去闹一闹就有一条大金链子给她，若往后真成了一家人，她还愁不能吃香的喝辣的吗？所以她连拦都没拦，还帮着胡婷婷一起收拾行李，送到职工宿舍。

原本职工宿舍是要两人一间，但胡婷婷运气好，分房的时候只有她一个人。这可把胡婷婷美坏了，她开心地布置着新分的宿舍，屋外传来了敲门声，她哼着小曲儿，打开门一看，竟然是拖着大包小包行李的荆小惠。胡婷婷不由地皱了一下眉头，说道："你不是就要被调走了？"

荆小惠摇摇头，说："我又没有犯错，为什么要调走我？"

胡婷婷说:"你立了功也能被调走的呀。对不起,我用词不当,是升迁。"她心里巴不得这个瘟神赶紧离开,但面上还不能说什么。

荆小惠一边拖着大包小包的行李走进屋里,一边说道:"我没有调走,也没有升迁,总务科把我安排在这儿住了。"其实是她自己要求和胡婷婷住在一起的,她觉得出了检讨书事件,厂花变成了笑话,胡婷婷心里肯定不怎么好受,她既然是政工干部,就有义务抓好厂里的思想政治工作。

胡婷婷一听这话,急了,皱着眉说:"为什么没有人通知我一声啊?"

荆小惠安顿好行李,看着胡婷婷,说:"你这是要拍电影去?"

胡婷婷今天确实格外好看,她化了妆,还穿了一件红色的外套。她酸溜溜地说:"想去,没人找我演。"

荆小惠说:"那你为什么要涂口红、擦红脸蛋啊?"

胡婷婷说:"我高兴不行啊!"

荆小惠扬起脸微笑,说道:"挺好看的。"但转念一想,"不对啊,未婚夫当着全厂职工的面儿承认自己爱上了别人,这么重的打击,这要是换成一般人,早就瘫了,你还能这样笑对人生,精神一定不正常了,你确定没事儿?要不我带你去医院吧。"说着,荆小惠拉起胡婷婷的手,要往门外走,胡婷婷只好假装抹着眼泪,说:"我还不是因为脸哭肿了,嘴唇都哭裂了，就怕全厂人看我笑话，才用化妆遮掩一下嘛，其实……其实我想死的心都有。"

荆小惠说："你为什么要去死？缺德冒烟的是他，你就应该立刻跟他提出分手，迅速跟他解除婚约。"

胡婷婷说："我再想想行吗？"

荆小惠说："我已经帮你通知了厂妇联和工会，一会儿就来。"

胡婷婷尖叫道："荆小惠，我们的事儿你能不能不瞎掺和啊！"

荆小惠说："这怎么叫瞎掺和呢，我就看不得咱们半边天受欺负。"

胡婷婷说："半边天？你整天在男兵堆里滚着，你见过几个女人啊？你懂女人吗？懂爱情吗？"说完，她从衣柜里找出一块崭新的床单，吊起来，把她和荆小惠的床给隔开了。

荆小惠对这个并不在意，她更在意那个让她想不明白的事情，于是她直接问道："你是不是也觉得郭晋鹏贴的大字报有问题？"

胡婷婷说："你有见过往自己身上泼大粪的吗？"

话虽如此，可是荆小惠就更想不明白了。她之前去找付雨泽的时候，付雨泽给她看了厂里关于郭晋鹏的处分通知，还说道："没问题，能捞个处分吗？好好看看这个吧。"可当她再想问些什么的时候，付雨泽又说道，"别问，别说，咱们俩都是政工干部，可不能站错队啊。"

夜已经深了，可荆小惠还在厂子里巡逻。这是她的一贯作风，遇到想不明白的问题的时候，就拼命地工作。今晚正好轮到她值班。她已经和郝兴亮走了快一个小时了，一点儿也没觉得累，但她身旁的郝兴亮快支撑不下去了，一个劲儿地说："荆科长，咱们厂子可大了，你想一晚上就巡视完，那是不可能的。"

荆小惠大步流星地走着，说道："所以要快点儿走完这一圈，加速。"

郝兴亮不由得叫苦连天，说："走完这一圈，腿都瘸了。"

荆小惠说："郝兴亮啊，我觉得你这个身体条件确实不适合留在保卫科。明天我跟上级说一下，你调到锅炉房去吧，一天走不了几米。"

去锅炉房烧锅炉可不是什么好差事，郝兴亮苦着一张脸，说："别锅炉房啊，我……我是跟你开玩笑的，我这好不容易当了英雄的战友，别说腿瘸了，腿断了我都跟你走。"

路过科研室的时候，里面灯还亮着。荆小惠说："这么晚了，还有人加班？"

隔着窗户，听不清里面在说些什么，只见郭晋鹏他左手托腮，右手没有动弹，想来是在寻思着什么，而娜塔莎则在纸上演算着什么。

郝兴亮说："科长，你还跟我说他俩是清白的，他俩要是再黏在一起，那就真麻烦了。"说着，郝兴亮就要冲进实验室里，荆小惠拦下了他，说："娜塔莎专家可是费了老鼻子劲才请过来的，你要是敢把她吓跑了，真去锅炉房。"

郝兴亮不敢动了，但还是放心不下，皱着眉头，说："这……这……这深更半夜的，你就不怕这郭晋鹏再干点儿惊天动地的事儿啊？"

可荆小惠却说："怕？怕什么呀？"她寻思了一下，又说道，"郝兴亮，你觉不觉得是有人逼着郭晋鹏写的检讨书？"

郝兴亮说："全厂下巴仰得最高的人就是他郭晋鹏了，他怕谁呀？谁能逼他？"

话虽如此，但荆小惠始终觉得这事儿有猫腻。可问谁？谁都说不出个什么来。

不知道过去多久，娜塔莎好像终于演算完了，她把演算纸交给郭晋鹏，郭晋鹏说："你说的这些我都记下来了，娜塔莎，谢谢你对一个中国工程师的爱，但……"

娜塔莎深情地说："别说出来，我爱你与别人无关，我只是希望从现在起，我们珍惜每一分每一秒单独在一起的时间。"

郭晋鹏问："你真的要走啊？"

娜塔莎说："你们厂长安排所有技术骨干来，这还不能说明我们要走的事实吗？"

郭晋鹏长叹一口气，说："看来这是真的。"

娜塔莎说："你不是已经着手技术革新了吗？主要是中国

的工业基础太差，尤其是核心技术的工艺，达不到设计要求，未来的路会很难的。"

郭晋鹏说："再难也得走啊。你们走了，我们也不能中断发展。"

娜塔莎问："那你有想过去苏联吗？站在那儿和站在巨人的肩膀上一样，你的高度和视野是完全不一样的。诺贝尔奖可不在乎你在哪里取得的成绩。"说着，她用充满希望的眼神深深凝视着郭晋鹏，但郭晋鹏摇了摇头。她好像再也克制不住自己，激动地扑到了郭晋鹏的怀里，然后用手搂住他的脖子。

眼看着她的唇就要吻上他时，荆小惠和郝兴亮闯了进来。

荆小惠尴尬地咳嗽了两声，娜塔莎这才松开了郭晋鹏。

本来郭晋鹏还在想怎么拒绝娜塔莎，这下好了，被荆小惠解决了。他第一次充满感激地对荆小惠笑，说道："呵，刚大醉一场就值夜班？够敬业的。"

可不知道怎么回事，荆小惠就好像吃了炸药似的，撇撇嘴，说道："刚贴了检讨，领了处分，就化悲痛为力量，用汗水洗刷耻辱，我这都是向你学习。没有打搅二位携手攀登科学高峰吧？"

郭晋鹏觉得好笑，她在气什么？不过这个女人的思维逻辑一直都和正常人不一样，他也习惯了，于是他耸耸肩，说："全厂还有很多地方需要保卫，二位就别在这耽误时间了。我们下班了，走。"说着，他拿起娜塔莎的公文包，拉起娜塔莎的手,就要往门口走。

荆小惠立刻拦下他们,说:"郝兴亮,送娜塔莎专家回去,我来照顾腿脚不利落的郭博士。"

郝兴亮二话不说,上前拿走娜塔莎公文包,抱在怀里,说:"娜塔莎同志,请吧。"

他们前脚刚离开,郭晋鹏后脚就质问荆小惠:"你成心的是不是!"

荆小惠挑了一下眉,说道:"是诚心,诚意,成语。"

郭晋鹏说:"我腿脚怎么不利落了?"

荆小惠说:"你脚踩两只船啊,一只乌篷船,一只洋舰艇,当心翻了船,扭了腰。"

郭晋鹏翻了一个白眼,说:"有完没完?"

荆小惠说:"你去向胡婷婷同志道个歉,收起一只脚,我就完了。"

郭晋鹏说:"你是她什么人?姑妈?姨妈?二奶奶?"

荆小惠指了指自己的脸,说道:"我有那么老吗?"

"你说的话都可以考古了。"郭晋鹏说完,转身就离开,结果被荆小惠像薅秧子那样给薅了回来,他差点儿没摔倒在地。这个荆小惠她是女人吗?郭晋鹏心想,女人有这样的力气,太吓人了。

荆小惠说:"我还没完呢,别走啊。"

郭晋鹏吼道:"我说完了!"然后他又要往外走,结果又被荆小惠给薅了回来。论武力，恐怕十个他加在一起才能勉强是荆小惠的对手，所以他只好放弃了，清清嗓子，说道："君子动口不动手。"

荆小惠笑笑，说："虽然我没跟你打过几次交道，但我还真没见你发过慌。"

郭晋鹏说："我发慌了吗？我没有啊。"

荆小惠说："别死鸭子嘴硬了。我承认那天我拿刺刀想把你从床上挑下来，有些冲动，欠考虑，不过这回我吸取教训，给你充分解释的机会。你告诉我，这个陈世美的臭帽子，是不是有人逼你戴的？"

郭晋鹏做了一个双手抱拳的动作，然后说道："包公大人，大理寺下班了。"说完，他装成要从荆小惠右边冲出去的样子，然后顺利从另一边溜走了。他跑得麻溜儿的，简直比兔子还要快。他边跑边得意地想这下终于把荆小惠这个狗皮膏药给甩掉了，可还没等他跑到厂门口的时候，荆小惠已经等在那里了，还气定神闲地对他笑了一笑。他气得差点儿岔气，指着荆小惠，说道："你就……你就是只蚊子，你也别……别总叮我一个人呀。"

荆小惠不屑一顾地笑道："你已经一头包了，也不差多叮这几个。"

郭晋鹏说："你满大街地追一个未婚男青年，不嫌丢人啊！"

荆小惠说:"放走坏人丢人,冤枉好人更丢人。我这回一定要查个水落石出,办成铁案。"

郭晋鹏说:"已经是铁案了。"

荆小惠摇摇头,说:"可我觉得有疑点,有什么你就直说,别怕。"

郭晋鹏二话不说,直接开溜。他跑,荆小惠就追。就好像是遇见了鬼一样,无论他耍什么花样,到最后荆小惠都能追到他。简直比鼻涕还讨厌,比地里的杂草还顽强。跑到最后,郭晋鹏实在没力气了,只好瘫坐在地上,说:"你能不能不要追了?"

荆小惠说:"这才几里路啊?也就刚活动活动胳膊腿,接着跑啊。"

郭晋鹏摇摇头,说:"我真的跑不动了。"

荆小惠双手叉腰,居高临下地望着他,说:"你要真是个男人,你就别停下来。"

郭晋鹏上气不接下气地说:"是不是男人不管了,再跑我就成死人了。"

荆小惠却像没事儿人一样,脸不红气不喘地说道:"比算数我比不过你,比跑步,我在部队,三天一次全副武装十公里,跑不死你,小样儿。"

看样子来硬的还是不行,郭晋鹏心想这个有点儿二有点儿彪的疯女人实在太难搞了,他只有妥协服软的分儿,说道:

"解放军阿姨,我认输了。你优待俘虏,你能不能让我回家?我从上午到现在连轴转,快一天没有吃饭了。"

荆小惠也不死缠烂打,直截了当地说:"我这也是本着惩前毖后,治病救人的原则,本来我是想让你和胡婷婷把婚约解除的,但现在我也想通了,这事儿不能强迫你们。我刚才就跟你说这事呢,你怎么个态度?"

郭晋鹏立刻说道:"好,我明天身上就绑着藤条,去找胡婷婷赔不是,行不行?"

荆小惠满意地点了点头,说道:"还有呢?"

"还有?"郭晋鹏想了一下,说,"还有把人家医院的墙给刷了。"

荆小惠"嗯"了一声,又说:"还有呢?"

这次郭晋鹏摇了摇头,说:"没有了。我实在想不出来了,我还犯了什么错误?"

荆小惠说:"你真不替自己解释解释啊?"

郭晋鹏说:"都是事实,有什么好解释的。"

荆小惠说:"那好,你就先踏实工作吧。胡婷婷那里暂缓,刷墙,我去。"

郭晋鹏说:"谢谢你理解,那墙也不用你刷,我花点儿钱请个人刷就行了。"

一听这话,荆小惠不乐意了,说:"显得就你有钱是吧?你不亲自把你犯的错误刷净了,态度就有问题;态度一有问题，思想就有问题；思想一有问题，灵魂就有问题；灵魂一有问题……"

荆小惠的长篇大论还没有论完，郭晋鹏连忙摆摆手，说："行了行了，你再说，我……我就快得绝症了我。"说到这儿，他不由得感叹道，"唉，我剩的时间真不多了。"

这可把荆小惠吓了一跳，她立刻紧张地问道："你真得绝症了？"

郭晋鹏无可奈何地叹了口气，说："我要用所剩不多的时间弄懂弄通苏联专家的核心技术，而不是去刷墙。"

荆小惠不以为然地说："哪来的所剩不多呀？中苏友好。"

郭晋鹏一时半刻也解释不清楚，再说这事也没有人明确地挑明，他只好说道："好好好，我用词不当。我可以回家了吧？"说着，他站起身，拍拍屁股走人了，这一次荆小惠没再拦着他。

郭晋鹏蹑手蹑脚地回到家，他不想惊动郭晋萱，但郭晋萱却像皇太后一样端坐在客厅等他。郭晋鹏只好干笑了两声，说："姐，这么晚了还不睡，可是要长皱纹的。"

郭晋萱斜睨着他，说："这么晚你不会是去练书法了吧？"

郭晋鹏在心里叫苦连连，干活儿时女英雄盯着，回家时姐盯着。不过这些人都是为了他好。于是他跑到郭晋萱面前，无比殷勤地说道："比起姐的字，我那就是鬼画符。好在鬼画符还起了作用，娜塔莎也来上班了，荆小惠也不找麻烦了。这事就算过去了,姐可以踏踏实实地安歇去了。"然后他又叹了口气,说:"哎呀,没个人照顾就是不行啊。"

郭晋萱幽怨地说:"嫌我嫁不出去了是吧?"

郭晋鹏说:"哪能啊,我姐要是抛个绣球,全厂都得停工。这魅力,比中国第一的大庆油田产量还吓人。"

郭晋萱被郭晋鹏说话时的滑稽样子给逗乐了,宠溺地说:"油嘴滑舌。"

郭晋鹏说:"我知道,姐都是为了这个家,为了我,才不结婚的。我这不也是为了你好吗,希望姐姐可以早日找到如意郎君。"

郭晋萱说:"等你找到一个靠谱的女人结婚了,我就可以安心踏实地去嫁人,这个家就转交给你了。"

郭晋鹏摇头,说:"我可不要啊。"

郭晋萱说:"不要也不行,你是咱爸唯一的儿子,这家你必须负责。"

郭晋鹏眼珠子一转,说道:"你找个入赘的不就行了?"

"我可瞧不上这种没味儿的男人。"说着,郭晋萱闻了闻郭晋鹏身上,立马皱起眉头,说道:"你这一身什么味儿啊?"

郭晋鹏下意识地闻了闻自己的衣服,然后拍了一下胸脯,自豪地说:"还能有啥味儿,男人味儿呗。"

郭晋萱笑了,说:"别闹。"她突然想起那个放了小字条的保温桶还在医院呢,便嘱咐道,"晋鹏,你赶紧把那个保温桶拿回来，万一要是被那个端着刺刀的荆小惠给发现了，她能把咱家给拆了。"

郭晋鹏拍着胸脯保证道："姐你就放心吧，明天一早我就给拿回来，保证不让她拆了您的小白楼。"

郭晋萱又叮嘱道："你别忘了找个袋子放保温桶，越少人注意越好。"

但最终还是让荆小惠发现了。第二天天才蒙蒙亮，郭晋鹏、娜塔莎和谭向东，还有厂里的技术骨干就又都集中在了汀河屋子下窝棚，做最后的研究。等郭晋鹏想起要去医院拿保温桶的时候，已经晚了。

荆小惠没闲着，出完早操，她就带着家伙什儿到医院去刷墙。她正努力刷着，费玉兰不知什么时候凑了过来，说："哎哟，我以为是郭晋鹏的大姐呢，怎么是荆科长？"

荆小惠吓了一跳，说："郭博士加班，我来帮忙。"

费玉兰阴阳怪气地说道："哎哟，干坏事的人不来，您来啊？"说着，她暧昧地笑了笑，又说道，"看来这个战斗英雄也有私心啊，这变化怎么那么快呢？"

荆小惠问："什么意思啊？"

费玉兰笑不语地离开了。荆小惠想去追问，结果一转身就把桌上的保温桶碰到地上，摔碎了。

她一边收拾保温桶的碎片，一边心疼地说："完了，赔吧，半个月工资没有了。"

她在那堆碎片里捡起纸条，一看，立刻气不打一处来："好一个周瑜打黄盖！"

她把纸条收好，去广播室找胡婷婷。胡婷婷一见到她，立刻一脸嫌弃地问道："你来这里干什么呀？"

荆小惠双手背在身后，说："来谈谈怎么帮你挽救婚姻呀。"

胡婷婷两眼一翻，说："男人都这样，没办法，过了这个劲儿就好了，所以说挽救婚姻的办法不是你一哭二闹三上吊，而是女人的胸怀。"

荆小惠点点头，"哦"了一声，问道："准备什么时候打结婚证啊？"

胡婷婷说："晋鹏说等到超稠油项目研究成功了之后。"

荆小惠说："打结婚证的时候别忘了按手印，否则就是假的了。"说着，她从口袋里掏出那张小纸条，啪地拍到桌子上，说，"好大的胆啊，竟然胆大包天拿着假的订婚文书到我办公室去，我看你这个厂花是不想在厂里待下去了！"

胡婷婷看了纸条，吓了一跳，急得都要哭了，支支吾吾半天才吐了一句："你没有这个权力。"

荆小惠冷冷地说："要不咱们换个地方聊，保卫科不行，咱们就去派出所。我知道一定是郭家的人威胁你这么做，对不对？"

胡婷婷哭着摇摇头。

荆小惠说:"没什么好怕的,跟我来。"说着她就把哭成泪人的胡婷婷拉到了小白楼,把纸条往桌上一摆,说道,"档案里说郭家大小姐是辅仁大学学农科的,我怎么觉得您是学特务学的。我这个保卫科副科长都成了您的蒋干了,好一个周瑜打黄盖。"

郭晋萱泡了一杯咖啡,喝了两口,才缓缓地说:"不用挖苦,那是我写的。"

荆小惠说:"你承认就好。"但她瞅了一眼咖啡,又关心地问道,"你病了?喝中药?"

郭晋萱忍不住翻了一个白眼,说:"这是咖啡。"

荆小惠并没在意人家的嫌弃,只是说道:"没病就好,没病就好。胡婷婷,你说,郭家是怎么收买威胁你的?"

胡婷婷坦白地说:"没有威胁也没有收买,是我自己确实喜欢晋鹏,我这么做就是想让晋鹏早点儿摆脱困境,让晋鹏早点儿去干他自己想干的事。"

郭晋萱说:"我也是这个目的,但动机不一样。这原本就是一个简单的煤气中毒事件,但你新官上任要树威,非把这小事变成大案,我是怕晋鹏受委屈才出此下策。"

荆小惠说:"您的意思是我的错,是我逼着你们这么干的喽?好,我承认,开始是我错了,可后来我帮着郭晋鹏撇清关系了,他也出来工作了,为什么还要接着演戏?还要写个检讨贴到厂门口,把全厂上下都给耍了,合伙欺骗组织,对抗组织调查。"

胡婷婷说："晋鹏也有他的难言之隐，但是现在还不能说。"

荆小惠说："还要跟我在这装神弄鬼是吧。"

胡婷婷说："你如果能睁一只眼闭一只眼，只需要几天的时间，晋鹏会感谢你的。"

荆小惠说："我不是猫头鹰，但也不许糊弄我，想要郭晋鹏平平安安的，你们俩就待在屋里，不许往外打电话！"说完，她就气势汹汹地去找郭晋鹏。她前脚才走，后脚郭晋萱就对胡婷婷说："你该回广播室上班了。"

胡婷婷早已经被吓得像一只六神无主的小白兔了，她结结巴巴地说道："可是……荆小惠她不让我走啊。"

郭晋萱冷哼一声，说道："她还没想好这件事情要不要报告给上级，就是私下调查而已。"

胡婷婷犯难地说："大姐，您倒是可以带着晋鹏一起去北京，可是……可是我怎么办呀？"

郭晋萱说："你放心，晋鹏会一个人把这件事情担下来的，他会说这件事情是他一个人策划，你只是被利用而已。"

胡婷婷说："不行，我不能让晋鹏一个人扛雷。"

郭晋萱叹了口气，说："以后的事以后再说吧。"

胡婷婷这才说了一句，"行，那大姐，我先回去了。"便离开了。

郭晋鹏他们已经从井场上回来了，正在开临时会议。他们有一部分核心的技术环节问题没有突破，他打算散会之后去找娜塔莎解决。这时，荆小惠硬闯了进来，郭晋鹏好像已经知道她为什么会来找他一样，把会议结束了，带她去办公室，搬了一把椅子，让她坐下来谈，可是荆小惠却没有坐。

郭晋鹏说："我不习惯仰着脖子跟别人说话。"

荆小惠说："我也不习惯跟我审问的坏蛋平起平坐。"

郭晋鹏说："请你注意一下用词，在我被法院审判有罪之前，我们俩之间的对话，只能称之为询问、调查，无关审判。"

荆小惠还是没有坐下，而是把那张纸条拿出来，拍到桌上，说："跟我玩这个是吧？"

郭晋鹏看了看纸条，又看了看荆小惠，说："对不起，这件事情的做法确实不对，但事出有因。"

荆小惠说："目的很善良，手段很缺德，那就还是缺德。"

郭晋鹏说："目的合规，程序不合规，它也是违规，你说得非常对。"

"这还差不多，态度还算端正。"荆小惠说着，便坐下来，掏出小本子，边记录着边说道，"说说吧。"

郭晋鹏说："能不能过两天再说啊？"

荆小惠说："缓刑有意义吗？你不说是吧？"

郭晋鹏无奈地说道："我不是不说，是不想跟你说。"

荆小惠突然嗲声嗲气地问道："请问尊敬的郭博士，你还要跟谁说?"这事不能怪她,她什么方法都用了,可郭晋鹏死活都不肯说实话,她只好用这一招,这还是胡婷婷告诉她的,男人都喜欢温柔一点儿的女人。这女人只要一温柔了,男人就脚软了,让他干什么他就干什么。可是郭晋鹏好像没有什么反应啊,难道是她不够温柔吗?

其实郭晋鹏浑身鸡皮疙瘩都起来了,他憋着笑,说:"你中邪了?吃错药了?好好说话,你这样比辣椒水、老虎凳还吓人。你放心,我会跟厂长说,而且你可以旁听。"

荆小惠清了清嗓子,又严肃起来,说:"你明知道王厂长开会去了,你这就是拖延时间。"

郭晋鹏说:"等王厂长一回来,我就当着你们俩的面,把这件事一五一十地说清楚讲明白,到时候要杀要剐我都认。"

荆小惠说:"早也是一刀晚也是一刀,何不早点儿说出来,还能睡个踏实觉。"

郭晋鹏说:"我怕我跟你说不清楚。"

荆小惠说:"那是因为你嘴笨。"郭晋鹏把脸别过去,说了一句英文,荆小惠嚷嚷道,"说我能听得懂的。"

郭晋鹏忍无可忍,大喊道:"我还有很多工作要做,我要去找娜塔莎,你别耽误我的时间。"

荆小惠说:"我最后再问你一句,你的检讨书是不是有人逼你写的?"其实她不是无理取闹,也不是得理不饶人,她就是想弄清楚,想帮郭晋鹏,只要能证实是有人逼他写的检讨书，那么关于他的处分就可以取消了。

这时广播室里放的"中苏人民是永久弟兄，中苏两大民族的友谊团结紧……"的歌，放到一半突然停了。

荆小惠纳闷地说："广播怎么停了？难道是停电了？"

郭晋鹏说："灯亮着呢。"

这时音乐又响了起来，但已经变成了《社会主义好》。郭晋鹏立刻灵机一动，说："肯定是敌人占领了广播站，你赶紧去救人，不用管我。"

荆小惠不屑地翻了一个白眼，缓缓地说道："雕虫小技，你当我是三岁小孩那么好糊弄啊？"

郭晋鹏尴尬地笑了笑，说："我知道，我就是跟你开个玩笑。"说着，他好像突然想明白了什么似的，大叫一声，"坏了！"然后就往门外跑去。

荆小惠也跟着跑了出来，问："什么坏了？到底怎么了？"他们一路朝着科研室的方向跑去。郭晋鹏急得好像疯了一样。荆小惠不停地问："到底怎么了？你告诉我啊，这音乐怎么了？有什么不对劲儿的地方吗？"

郭晋鹏说："这就是你一直在追问的秘密，苏联专家要撤回国了，而且是提前撤，所以广播室才会换了音乐，从煤气中毒开始到后来的检查处分，都是在争取时间，争取在娜塔莎回国之前，解决掉我的技术问题。"

荆小惠说："我问了你这么多次都不说，你是不信任我吗？"

郭晋鹏说："有点儿，但主要是时间太紧，容不得闪失，希望你能理解。"

荆小惠猛地点着头，说："需要我帮你做点儿什么吗？"

郭晋鹏说："那就一起来吧。"

科研室里，谭向东和佟宝钢正在商量接下来的演算程序。谭向东说："现在最关键的问题就是苏联老大哥能不能把核心技术给我们，如果不能的话，那么我们这些项目改进完全就是空想。"他话音刚落，娜塔莎抱着一个大文件包冲了进来，着急地问："晋鹏在吗？"

佟宝钢说："还没有回来呢。"

娜塔莎把文件包交给佟宝钢，说："我现在去休息室等你们，你们能拍多少是多少，拍完了什么也别说，给晋鹏，明白吗？"

佟宝钢其实并不明白发生了什么事情，但他还是点点头，说："明白。"然后他和谭向东分工合作，快速地对娜塔莎抱来的资料进行拍摄，他们的速度快得好像不能喘气了一样。速度同样快的是苏联专家组的其他人，他们正在清理资料，并把他们参与研究的方案一并整理搬走了。

等到郭晋鹏和荆小惠赶到的时候，科研室里早已经一片狼藉，所有的资料几乎都已经被搬空了，瓦希里又指挥人来搬设备。

郭晋鹏问郝兴亮："这是怎么回事？"

郝兴亮哭丧着脸，说："他们来了啥也没说，就把东西全搬走了。"

郭晋鹏又问娜塔莎："为什么要把设备和资料都搬走啊？"

娜塔莎沉默着低下了头，一旁的瓦希里说道："我们得到了莫斯科的命令明天要回国，这些东西也要一并带走。"

荆小惠急忙问道："那其他一百二十四个援助项目呢？"

瓦希里说："应该跟这里一样。"

听到这话，在场所有的人都不乐意了，尤其是郭晋鹏，要不是荆小惠拽着，他就要一拳打过去了。荆小惠压低了声音说道："君子动手不动口，就你那两下子，回头再被揍了咋整。"于是郭晋鹏忍了忍，才说："你们走我能理解，为什么要搬走全部的资料、图纸、计划，甚至是一些关键设备的核心部件，为什么？"

瓦希里说："我没有解释权，只有执行权。"

郭晋鹏说："但你们执行这个命令的后果就是，我们的石油工程板块要处于半停顿，甚至停顿状态，我们的工业和经济发展也将大大放缓。这才几年啊，不是说中苏友谊长久吗？"

瓦希里说："我只能说深表遗憾。"

娜塔莎说："晋鹏，我们都是做研究的，你见过真能长久的吗？有一种长久的我见过，它叫作爱情。"说着，她无比优雅地走向郭晋鹏，正要朝他吻下去的时候，瓦希里抓起她的胳膊，硬是把她拉走了。

瓦希里从来没有当着这么多人的面对娜塔莎发火,他好像已经气疯了,任凭娜塔莎怎么挣扎,他都不松手,他吼道:"娜塔莎,我们时间不多了,快走!"

在场所有人都惊呆了,不敢相信地看着眼前的这一幕,大家的眼珠子都好像要掉下来了一样。但只是一小会儿,所有人又都沉痛起来,好像心里被挖了一个大坑,又好像被扔到无边无际的大海上,连根救命的稻草也没有。

荆小惠不忍看着大家垂头丧气的样子,便说道:"既然苏联专家走了,他们走他们的,咱们干咱们的。你看看你们一个个都跟霜打了的茄子一样,耷拉着脑袋干什么呀?"

郭晋鹏说:"荆科长,核心设备没了,图纸资料没了,怎么干?怎么昂着头?"

本来苏联人要撤回国,他们走了之后,郭晋鹏的麻烦算是解除了,但这个麻烦是解除了,他的中国石油梦恐怕就要破了,梦破了,他在这里就没有价值了。今天早上他出门前,大姐还提醒他再想走就真的来不及了。其实他不是没有想过离开,大姐也不止一次要他回北京,或是出国,但他除了不甘心,还有不舍得。

为了欢送苏联专家回国,厂里特意搞了一个欢送晚会,政治部还下了通知,要求大家务必热情。说是欢送晚会,其实就是散伙饭罢了。为此郭晋鹏第一次有失风度地破口大骂:"一锅米饭蒸到一半,你把火给撤了,还得让我捧着这夹生饭,笑脸相迎说您辛苦了，这饭太好吃了，有这道理吗！"

荆小惠说："夹生饭是不好吃，可这也不是苏联专家的错啊。咱们把礼数做到了，赢得了朋友，山不转水转嘛。大家都回去洗个澡，换身干净的衣服，一起参加这个欢送会。"

尽管大家不情愿，但还是照做了。

所有人都离开了，空荡荡的科研室里，只剩下郭晋鹏和荆小惠了。荆小惠说："你说说你，这么大的一个人了，怎么还跟小屁孩儿一样，那么不成熟，太冲动了。"

郭晋鹏说："能别理我吗！"

荆小惠又开始用嗲声嗲气的声音，说："我怕你卧轨。"

郭晋鹏说："荆小惠！你能不能别这么说话，我鸡皮疙瘩都掉了一地。"

荆小惠反倒乐了，有些扬扬得意地说："激将法奏效了，你理我了。"

郭晋鹏说："好好好，算我小瞧你了。"

荆小惠不以为然地说："小心眼儿的人都有这个毛病。"

郭晋鹏说："你心眼儿大，所以咱俩确实不在同一个思维体系生活。"

荆小惠说："咱俩要真搁在一起生活，那得天天打架，摔锅砸碗火上房。"

郭晋鹏愣了一下，说："一起生活？"

荆小惠的脸一下子就红了起来，说："比……比喻，比方，这个国文课上教，这是修……修什么方法……"

郭晋鹏看着荆小惠，红扑扑的样子真是可爱极了。他柔声地说道："辞，是修辞。"

他狭长深邃的眼眸看着她，似乎想知道她到底想怎么样。这让荆小惠的脸更红了，她差点儿咬到自己的舌头，结结巴巴地说道："对，对，就是……就是修辞。"见郭晋鹏的心情好像没有那么糟糕了，她又说道，"你跟我说句实话，苏联专家走了，咱们的石油还能行吗？"

郭晋鹏说："我刚回国的时候，苏联专家还没来支援我们的石油呢。"

"可你让娜塔莎帮你攻克技术难题。她走了，你还有别的招吗？"

"有，但需要花很长时间。"

"也就是说，一定要娜塔莎帮忙。"

"对。"

"可你现在见她一面都难。"

"所以你能不能帮我个忙？"

"可以。但是先说好了，我不是为了你，是为了石油。"

郭晋鹏请荆小惠帮的忙就是缠住瓦希里，这样他才有时间去找娜塔莎。他说："为了学技术是需要点儿手段。"

荆小惠说："我知道，一切为了新中国。"

于是他俩就分开行动。本来瓦希里不允许娜塔莎参加欢送晚会，可等他到了晚会现场，发现郭晋鹏也没来，便立刻又跑回专家宿舍楼。他要盯好娜塔莎，绝不让她再和郭晋鹏见面了。但这个该死的荆小惠就像跟屁虫一样紧紧跟着他。他只好耐着性子，说："荆科长请不要妨碍我的工作。"

可荆小惠却理直气壮地说道："请柬你收了，我这要开席了，你人却不来了。"

瓦希里说："见谅。"

荆小惠还是那种不容拒绝的口气，说道："一屋子人都等着你开席呢，客人没来菜已经上桌了，你说人家是吃还是不吃啊？不吃，人家准骂娘，要是吃，老大哥没来，怎么结账呢？"

瓦希里说："我确实有急事。"

荆小惠说："我们请的是你，你要是不去，钱包去也行，把账结了。"说着，她就伸出手要钱，"你还差这顿饭钱吗？"

瓦希里只好说："行，我去，但你把郭晋鹏请过来一起去。首席工程师不去，我去有点牵强啊，如果他不来，我去也没有多大意义。"

这下荆小惠犯难了。

这时郭晋鹏竟然端着一个用报纸包着的砂锅，走了过来。荆小惠扯了扯他的衣角，说："你怎么来了？"

郭晋鹏对他使了一个眼色，然后对瓦希里说："我听说娜塔莎不去今天晚上的欢送会了，这是我姐做的竹笋炒腊肉，砂锅竹笋煲腊肉，雨过蕉溪岭梅香，给娜塔莎尝一口，就算给她践行了。"

瓦希里狐疑地拆开报纸，掀开锅盖，瞅了老半天。

郭晋鹏说："审贼呢？一会儿菜凉了可就不好吃了。"

瓦希里说："这回不会再发生一次煤气中毒了吧？"

郭晋鹏说："我不上楼，让娜塔莎自己下来取。"

瓦希里说："菜里面没下药吧？"

郭晋鹏随手拿了一块边吃边说道："除了氰化物，连砒霜中毒都要半个小时才能发作，那时候菜也凉了。你确定要等着看我中毒吗？"

荆小惠指着那锅腊肉，说："胡说八道什么呢？这是中国人民真挚的感情，瓦希里把它送上去，咱们一起去晚会。"

见瓦希里不动弹，郭晋鹏便说："荆科长，还是麻烦你去送一趟，毕竟人家是客人。"

荆小惠端着砂锅上去不一会儿，娜塔莎就打开窗户，对站在楼下的郭晋鹏，说："谢谢。"

郭晋鹏对娜塔莎笑着说："不客气。"然后他竟然从口袋里掏出两个山楂来，往嘴里塞了一颗，大喊道，"酸死我了！"

他滑稽的样子把在场的人都逗乐了。

瓦希里狐疑地问："你在做什么？"

郭晋鹏没有回答，而是把另一个山楂扔到地上，又动作夸张地捡了起来。

瓦希里更看不明白了，尽管他清楚地知道郭晋鹏一定是在捣鬼，可只是吃山楂、捡山楂，又不能说明什么。他没有办法，只好和他们一起去欢送晚会。他想，反正只要他盯住郭晋鹏，就没事了。

但是他错了，他低估了郭晋鹏和娜塔莎的默契，此时的娜塔莎已经明白郭晋鹏吃山楂和捡山楂的意思，那就是，酸和捡，暗示的是酸碱指数，而酚酞遇碱会变红。

娜塔莎往包着砂锅的报纸上喷了一些肥皂水，很快报纸上就出现了关于石油增稠剂的算式，其中几个重要部分都空出来了，需要她来解答，但时间不多了，她必须在天亮之前完成。这是她最后能帮郭晋鹏的了。

为了能让娜塔莎安心演算，一向滴酒不沾的郭晋鹏答应和瓦希里喝个痛快。但他才喝了小一杯，就喝不下去了，好在荆小惠的战斗力还是可以的。

荆小惠一边把杯里的酒倒满，一边说道："我们这个酒啊，比你们那个'我特尬'好喝多了，入口绵，回味甜，还不用您掏钱，您得抓紧喝啊，回去了可就没得喝了。"说着，她干了一杯，瓦希里只好也喝了一杯。

他们连着喝了两杯，瓦希里看了看手表，说道："我不能再喝了，我要走了。"

郭晋鹏也站了起来，拉住瓦希里，又倒了一杯酒，说："咱俩合作这么长时间，你之前总批评我，不尊重苏联科学家，你马上要走了，以后就没人批评我了。来，我也敬你一杯。"

就这样,郭晋鹏和荆小惠一唱一和地轮番上阵敬酒,瓦希里喝了一杯又一杯,可他就像是怎么喝都不会醉一样。

郭晋鹏想这样下去不是办法,便说道:"这酒不能这样一杯一杯地喝,怎么也得连喝三杯呀。"

瓦希里沉声说:"你什么意思?"

荆小惠立马说:"这是中国规矩,这第一杯是留,但是现在留不住了。这第二杯叫忘,中苏人民的友谊,忘不了忘不了。这第三杯叫转,万丈红尘三杯酒,山不转来水还转,喝!"

也不知道是不是醉了,瓦希里就只会问一句:"你什么意思?"

郭晋鹏说:"也就是说之前是你们转,这过了几年了,该我们转了,该我们的抽油机转了。所以得喝!中国人讲感情,感情深一口闷!"

瓦希里说:"没有我们的帮助,你们根本不行。"

郭晋鹏不服气地说:"不可能,你酒都喝不过我。"

一听这话,瓦希里立刻从柜台拿来两个大杯子,然后倒了满满两杯酒。荆小惠一看这架势,不由得在心里打鼓,她赶忙上前,说:"我来跟你喝。"

可瓦希里说:"我们搞科研的一起喝。"

郭晋鹏只有硬着头皮和他喝。

喝到最后,两个人都喝得趴到桌子底下了。

不过,好在这一晚上总算是熬过来了。

荆小惠已经不记得那晚她是什么时候睡着的,只记得她喝了好多酒，还有郭晋鹏喝到最后的样子，她都不忍再看下去了。

伸了一个懒腰，荆小惠觉得自己腰酸背痛，浑身跟散架了一样，尤其是脖子，疼得就好像要断掉了一样。郭晋鹏和瓦希里还没有醒，东倒西歪地睡着。郝兴亮跑了过来，像背课文一样，一板一眼地说道："科长，紧急通知，保卫科负责此次苏联专家离厂到车站的安保任务，务必把本次任务当成一项重要的政治任务。做好本次任务，就会让苏联专家成为我国社会主义建设的有力宣传员和中苏人民……"

荆小惠听得头都大了，摆摆手，说："行了行了，别背了别背了，说具体的。"

郝兴亮说："说是让那个跟苏联专家有过节的，有深交的，尽量别去送了，以免引起不必要的情绪对立。"

荆小惠指了指一旁醉酒还没醒来的郭晋鹏，说道："你就直接说不让他去不就完了嘛。"

郝兴亮尴尬地笑了笑，说："我哪敢说啊。"

荆小惠拍了拍桌子，把郭晋鹏和瓦希里都叫醒了，说："起来了，散场了。"

这个时候，娜塔莎那边也已经演算完了公式。可是瓦希里派人守着专家宿舍楼，她根本没办法把数据送出去。这时她想起郭晋鹏送给她的日记本。她找来一根针，把答案一针一针地扎在日记本里。

等瓦希里回来了，娜塔莎说："我要把这个日记本还给郭晋鹏，也算是个了断。"

瓦希里用命令的口气，说道："还是不要还给他了，刚接到通知，不许郭晋鹏给我们送行。你现在跟他之间的任何接触，都会被认为是泄露核心技术机密的行为。"说着，他打开资料柜，从里面拿出上次荆小惠要检查却没能检查的红头文件，让娜塔莎把它装进资料箱里。

娜塔莎打开一看，这不正是上次她和郭晋鹏煤气中毒时，郭晋鹏拿来的那三张图纸吗！她不敢相信地说道："是你把这几张图纸藏起来了？"

瓦希里说："这不是为了你好吗？"

娜塔莎愤怒地吼道："把人家的东西还给人家！"

瓦希里抢过图纸，说："郭晋鹏的这个研究很有价值，我已经上报要带回。"

娜塔莎说："我们给人家的图纸你都一张不剩全都拿走了，人家自己的你也拿，你太无耻了！"说着，她就去抢瓦希里手中的图纸。

瓦希里一把推开她，说："你给我停下！郭晋鹏的这几张图纸对我们有重大价值，希望你能为咱们国家想想。"

娜塔莎轻咬了一下唇，说："好，那你让我研究一下这三张图纸。"

瓦希里这才肯松手。他不相信娜塔莎会冒着被发配到西伯利亚的风险，给郭晋鹏送资料。

但娜塔莎却这样做了。她趁着瓦希里整理其他资料的时候，把这三张图纸塞进日记本里，然后她合上日记本。

日记本在她手上，她摩挲着它的封面，像抚摸着婴儿的身躯，百感交集之下泪眼模糊。

所有人都认为郭晋鹏会听从命令不来送行，郭晋鹏也确实真的没有送行，驶向莫斯科的火车就要开了的时候，荆小惠还是不放心地又巡查了一遍，郝兴亮也向她报告，说："郭晋鹏同志确实没有来。"

但荆小惠还是不相信，问道："打电话去他家了吗？"

郝兴亮点点头，说："打了，打了很多个，电话班说也许是线路坏了，所以打不通。"

荆小惠看了看四周，确实找不到郭晋鹏，但她还是说道："他不可能没来。"

郝兴亮说："没来就没来吧，你还盼着他来啊？"

荆小惠说："他一定来了，一定要找到他，千万别出什么事！"

能出什么事啊？火车都启动了。可就当荆小惠想要松一口气的时候，不远处传来了手风琴的声音。

郝兴亮说："厂里好像就郭博士喜欢拉手风琴。"

闻言，荆小惠立刻朝传来手风琴声音的方向跑去——

"郭晋鹏！"

"晋鹏。"

同一时间，两种不同的声音异口同声地响起，

娜塔莎不敢置信地睁大眼睛，阳光下那个拉琴的少年，他的眼中好像充盈着淡淡的雾气，还有他的手风琴，竟然也带着忧伤。他拉的是她最喜欢的那首《田野静悄悄》，伴随着音乐声，他的声音也忧郁了起来。她坐在火车里面，他站在火车外面，他们凝视着彼此，深深地凝视着，世间万物好像都被融化了，融化在了他们的眼神里，融化在了他的手风琴里。这也许是他们这辈子最后一次见面了，他说："我只是想单纯地送送你，这样才对得起你那份不夹杂着任何杂质的爱。"

娜塔莎流下了眼泪，但她又笑着抹掉了，然后从包里把日记本拿了出来，毫不犹豫地朝车窗外扔了出去！

郭晋鹏捡起日记本，心里有种说不出来的感觉，激动和感动让他又想哭又想笑，还有一份不舍，不舍他的朋友。

他把日记本藏到手风琴的后面。

火车咔嚓咔嚓地消失在了他的视线里，与此同时，荆小惠也跑到了他的面前，掐着腰气喘吁吁地说道："郭晋鹏！我看你的反侦察能力超过了你的研究能力！"

郭晋鹏好像压根儿没看见荆小惠一样，二话不说转身就走，这下荆小惠火了，一把抓住郭晋鹏的后衣领，说："等等，当我不存在啊？怎么说我也是苏联专家撤离善后小组的组长。"

郭晋鹏只好停了下来，说道："法国的笛卡尔曾经说过，我思故我在，你想了你就在，跟不想的人无关，比如我。"

荆小惠摆了摆手，说："行行行，我说不过你。那你先回答我，为什么要违反规定？"

郭晋鹏说："厂里只是说不让我送娜塔莎，没说不让我拉琴啊。"

荆小惠说："别装了，刚才娜塔莎扔下的那个本子，是不是你让她给你演算的什么东西？"

郭晋鹏摇摇头，说："没有。"

荆小惠说："不可能吧。这两天咱们不是净为这件事忙活了吗？扔下来的不是这个，那是什么？"

郭晋鹏把日记本拿出来，说："是我跟娜塔莎的私人物品。"

荆小惠翻开来看，里面全是俄文，她一个都不认识，便问道："上面写的是什么？"见郭晋鹏不想回答，她又说道，"也许是娜塔莎用了什么隐形墨水给你写的答案，我看还是让付科长申请公安局技术科过来侦察一下。"

这下郭晋鹏急了，他让娜塔莎帮忙解决的是已经到了关键节点的演算方程，如果让付雨泽拿走了，以付雨泽的脾气一定会一层一层审查。那样的话，他就不知道要等到猴年马月，才能继续工作，他可等不起啊。况且付雨泽现在正领着一帮人到处清理苏联人留下的东西，现在交上去，还不是自己送到枪口让人打啊！

其实两个人经历了这么多，他不是不相信荆小惠，他也想过告诉荆小惠实情，但荆小惠这个人轴得很，万一她死心眼一定要按照程序去办，他岂不是白忙活了。所以他这次必须冒这个险。

郭晋鹏想了一下，说道："付雨泽他哪懂什么技术啊？他只关心我跟娜塔莎的情诗。"

荆小惠皱眉，问："情诗？这里面是情诗？"

郭晋鹏点了点头，说："是啊，我们俩的私人物品是受法律保护的，情诗你就更不应该看了。"

荆小惠随便翻开一页，说："那我不看，你用中国话给我读一下。"

可是郭晋鹏却说："听也不行。"

"那我怎么说服付科长？要不还是把这个笔记本上缴了吧，我也不想听……"荆小惠说着，就要把日记本拿走，郭晋鹏赶忙拦下她，说："别别别，我给你读，我给你读。"然后他深情地读了起来，"什么是爱，作者海涅，在你美丽的樱唇上，我惯用接吻代替语言，我的吻，就像从心底冒出的一团火焰一样……"

"这是什么诗啊？"

"强酸，pH值很小的那种诗。"

荆小惠的脸红得像猴屁股一样，她实在听不下去了，赶忙捂着耳朵，喊道："停停停！"

郭晋鹏得逞地笑了一下，然后说道："后面还有更热烈更澎湃的，你不想接着听吗？"

"你……你……你……"荆小惠口吃了起来，说，"郭晋鹏，资……资产阶级的情诗，你……你一定要用批判的眼光去阅读。"

郭晋鹏郑重地点点头，说："好，下回一定批判。"说完，他以为自己已经糊弄过去了，正要抬腿走人的时候，荆小惠又喊了一嗓子："等等——"

郭晋鹏心虚地问："又咋了？"

荆小惠笑笑，说："刚才你拉的什么曲子？怪好听的。"

"手风琴名曲，高山流水觅知音，两千年前的古曲，你听不懂的。"郭晋鹏边说着边慌慌张张地往家跑去。

荆小惠挠了挠头发，说："两千年啊？手风琴原来是中国人发明的。"直到郭晋鹏都跑得无影无踪了，她才后知后觉地反应过来，大声喊了一句，"好你个郭晋鹏！你耍我啊！"

第三章　万鸟岛

但无论郭晋鹏用什么方法，那个日记本就是一个日记本，除了情诗和那三张图纸，他什么也没有找到。

郭晋萱劝他："该放手的时候要学会放手，别到时候人家拿刀逼着你。这个本子里面不光有你想要的东西，也一定暗藏很多你意想不到的冲突。为了自己的安全，把这个本子交上去得了。"

可他仍然不死心，他相信娜塔莎冒着这么大的风险不会只是给他一本情诗那么简单，只是他还没有找到而已，他一定会找到的。

郭晋鹏说："再给我几天时间，我找到娜塔莎留给我的答案，我马上就交。姐，在一穷二白的时候，我们没有专家可以依靠，没有技术可以借鉴，我们只能自力更生、自主创新，你就理解理解我，支持支持我，好吗？"

郭晋萱恨铁不成钢地说："不放弃无非有两种情况，要不是诱惑力太大，要不是威胁不够强，这两种你都摊上了。听姐的，下周就回北京，我给你买回北京的车票，避避风头总是好的嘛。"

郭晋鹏不吱声了,这是他一贯的态度,表示他不同意。郭晋萱只好说:"你觉得苏联人走了,你的项目科研室还有机会继续研制下去吗?现在自上而下,所有人都没有底气,你不要在这时候拔尖儿。"说着,她把去北京的车票和护照一并拿出来,说:"如果你不愿意去苏联,我们可以到北京之后再商量去哪里。"说完,她不等郭晋鹏拒绝,便离开了。

苏联专家留下来的图纸,很多都是错版,不光这些,厂里现在急需的重要设备还有关键部件已经停止供应了。厂里的人几乎都垂头丧气的,像是还没断奶就被抛弃的孩子一样,尤其那些技术骨干们。他们集中在科研室整理还能用的东西,但整理了一个上午,几乎什么都不能用。谭向东估算了一下,说:"全国大概有两百五十多家企事业单位已经处于停顿和半停顿的状态,我们……估计也很难走下去了。"

可郭晋鹏却说:"同志们,既然师父走了,咱们这些当徒弟的也就只能自己给自己当师父了,好在我们现在不是原封不动地仿制,就是不知道大家是否愿意接受这个挑战。"

谭向东说:"虽说是师父领进门修行在个人,但是师父要是把这个门领错了呢?退一步讲,就算是门没有错,可我们腿短呀,是迈不过高门槛的。"

郭晋鹏焦急地说:"这个时候,信心要比黄金还重要。腿短,但志不能短,没有失败哪里来的成功?我们需要的是有长远考虑的中国方案。"

可谭向东又说了："你这年轻人，天不怕地怕是好事情，但也是坏事情，它关乎成千上万农民几年的口粮啊。如果我们失败了，这个责任你负得了吗？"

郭晋鹏几乎是吼出来的："你说的这个责任，我当然也怕，但我更怕的是自己丧失了对世界第一的追求，然后躺在前人的树荫底下安逸地老去。我们为什么非要别人一口一口地喂，自己就不能学着去吃？"

谭向东见再这样争下去也毫无意义，便说道："好了，我们不要争了，我是对事不对人。不过现在有一点是可以肯定的，就是咱们临时成立的技术骨干研究小组可以解散了，大家都各自回到自己的工作岗位上去吧。"

所有人又都散了，郭晋鹏只好去找荆小惠，请她帮忙查王正礼在北京的开会地址。荆小惠二话不说马上去机要室要来了联系方式。郭晋鹏打电话过去，说明情况："综上所述，我们的研发绝不能停，而且还要提速。"

可王正礼说："情况我都知道了，你觉得这是我一个厂长能决定的事情吗？"

郭晋鹏说："那我就去国务院找周总理。"

王正礼说："哦，好。那我问你，周总理如果问你说没有苏联专家的技术，我们能不能行，你怎么回答？不行，那废什么话啊；能行，那就更不用废话了。你这种怨天尤人的情绪啊，让其他技术人员看了，还能有信心吗？"说完，就挂断了电话。

荆小惠说："说一千道一万，轮子不转啥都不算。"

郭晋鹏说："我一定会让它转起来的！把咱们现在的唉声叹气变成扬眉吐气，找到真正意义上属于咱们自己的方案，你就把心放到肚子里吧！"

荆小惠边鼓掌边说："我就喜欢你……你这样的工作态度，特别好。可是，有一点我就不懂了，古为今用洋为中用，谁的方案好就用谁的，为什么非要弄自己的方案？"

郭晋鹏说："看来我得打一个你听得懂的比方，懂不懂波波沙冲锋枪？"

一听这个，荆小惠来劲儿了，说："不但懂，我还用过，木托的、铁托的都用过。"

郭晋鹏问："哪个漂亮？哪个精致？"

荆小惠想都没想就脱口而出："当然是木托带弹鼓的。"

郭晋鹏说："那为什么后来部队上都换成了木托弹夹式，再后来又换成了铁托弹夹式？这都是一个道理，没钱。木质枪托枪管上的散热筒再加上大弹鼓，在设计上是完美的，但对于现在的中国它就是奢侈。我们更需要的是生产的便利和成本的低廉，当然也是因为工艺落后，这就是国情。"

荆小惠不那么一头雾水了，她好像整明白了是怎么一回事儿了，于是她眼睛放着光亮，说道："明白了！"

郭晋鹏点点头,说:"但这还有很多关键的问题没来得及解决,娜塔莎就被撤走了。"

郭晋鹏正说着,付雨泽就来了。

本来付雨泽担心荆小惠再这么帮郭晋鹏,会把自己的政治前途给搭进去。想要阻止,但他来晚了,还正好看到荆小惠对郭晋鹏说话的时候那害羞的样子,他立刻摆出一副不高兴的表情,说道:"厂长支持你继续研究吗?"

郭晋鹏有些不高兴地嘀咕:"这家伙怎么来了?"

荆小惠小声地说道:"机要处归他管,他一定是知道我要厂长地址的事情了。我也没有办法,凡事得走程序。"

郭晋鹏一脸不耐烦,懒洋洋地说道:"至少厂长他没有反对。"

付雨泽"哦"了一声,说:"我很好奇你有什么办法?难道是娜塔莎临走之前给了你什么秘籍吗?"

没想到他会这样问,郭晋鹏一时心虚,愣愣地说"我……我……我……"结巴了老半天,也不知道如何回答,就在这个时候,荆小惠竟然站了出来,说道:"他的秘籍就是绝不认输。"

郭晋鹏立刻跟着点点头,说道:"是。绝不认输。"

付雨泽瞅了一眼郭晋鹏,并没察觉到有什么不对劲儿的地方,就说道:"苏联专家离开那天没什么情况吧?"

荆小惠含糊地回答:"一切都在掌握之中。"

原来她并没有上报郭晋鹏违反纪律去送行的事情,这让郭晋鹏心里有种说不出来的高兴，但纸是包住不火的，他想与其等付雨泽自己发现，到时候连带处分荆小惠，还不如现在他自己坦白。但他还是没有立即交代，至少要等到他破解了日记本之后。

等付雨泽离开，郭晋鹏才对荆小惠说："那个日记本除了情诗以外，确实还有别的秘密。"

荆小惠一听这话，马上紧张地问："什么秘密？"

郭晋鹏说："是石油增稠剂的研究方案。"

荆小惠这才松了一口气，然后说道："既然只有这些，你为什么要隐瞒？"

郭晋鹏说："我看到付雨泽在到处清除苏联人的痕迹，似乎要撇清跟苏联专家的任何联系。但技术是撇不清的，我怕他拿到这些东西东审西查，耽误了研究进度。"

荆小惠想了想，说："你还是交了吧。"

郭晋鹏说："那里面是国家的财富，不是我个人的爱情诗。心底无私天地宽……"

荆小惠说："好了好了，你不要再给我吟诗了。"他一吟诗，她就莫名其妙地脸红，心跳加速。"你爱她吗？"她清了清嗓子问道。

郭晋鹏叹息一声，说道："我一辈子感激她，亏欠她，现在唯有把她留下的技术方案做好做成，才是对她最好的报答。"

荆小惠沉默了一会儿，说："我想看看。"

郭晋鹏说："你看不懂。"

荆小惠说："可我看得懂女人。"

郭晋鹏觉得有道理,多个人会多个角度去思考,也许能破解呢?于是他把日记本交给荆小惠。荆小惠研究了半天,说:"娜塔莎还会湘绣啊?"

郭晋鹏这才发现日记本里有许多的针眼,他之前只想着用化学方法去解决,结果什么酸什么钠都用了一个遍儿,却没有想到这种最简单的方式。现在难题解决了,他开心得跟个孩子似的,手舞足蹈起来,就差没有振臂高呼"荆小惠万岁"了。

但现在还不能高兴得太早,郭晋鹏说:"这些针眼都是她留给我的答案,你快给我解释解释。"

荆小惠撇撇嘴,说:"扎小人有什么好解释的。"

郭晋鹏愣了一下,说:"怎么可能?娜塔莎是一个善良的姑娘,她不懂扎小人这一套,这些长短不一的针眼应该是一种编码方式。"

荆小惠说:"逗你的,你当我真不懂啊,我在部队见过,这应该就是密码。只是我不明白她为什么要扎着我的名字呢?"

郭晋鹏看了一下,在第一页被扎针眼组成的形状,还真是荆小惠的名字,他恍然大悟地说:"荆小惠?那就是让我找你喽。"

荆小惠不好意思地说:"可我只是听说过,我哪懂这么高级的东西。"

郭晋鹏拍了拍自己的脑袋，自言自语地说："军人，保卫科，编码，通用，俄语明传密码！"

荆小惠说："密码本我倒是能搞到，可是我不能搞啊，这违反纪律。"

郭晋鹏说："中国慢不起了，我们需要快一点儿，再快一点儿。"

荆小惠想了又想，还是决定冒险帮这个忙。

郭晋鹏说："但是这件事情绝对不能惊动付雨泽。"然后他跑回家拿了两斤白糖，又从郭晋萱那里搞到两张进口花布的布票，这个是限购的，厂里已经有很多人去排队了。他换了花布，便和荆小惠一起去找厂里电讯科的破译专家老徐。

荆小惠虽然答应了，但一路上还是在嘀咕："怎么一不留神我就成了你的帮凶了？眼睁睁地看着你贿赂老徐。"

郭晋鹏说："这怎么算贿赂呢？这是按劳分配，人家用业余时间帮咱们忙，付人点报酬合情理合法。"

荆小惠说："就是不合规。"

郭晋鹏说："这才显示你灵活机动、临机处置的能力嘛。"

问题是不灵活也不行了，郭晋鹏把日记本和白糖、花布一起堆在老徐的办公桌上，荆小慧就得跟着一起配合。

郭晋鹏笑着说："老徐，我知道你家孩子多，废布还贪嘴，这些是给孩子准备的一点儿心意。"

老徐看了看白糖和花布，说："我先替孩子谢谢你了，但这违反纪律的事情，我可真不敢干。"

郭晋鹏说："荆科长在这呢，你我违反纪律，这怎么可能呢？"

荆小惠也说："这里面是用密码编写的俄语技术报告，我们想请您对照着翻译一下。"

老徐就像是怎么点都点不透的牛皮纸一样，生硬地说："这得走正常程序。"

郭晋鹏说："走正常程序太耽误工夫，领导批完之后再转交给您，您再弄出来再给我，这就来不及了。"

郭晋鹏急得像热锅上的蚂蚁，荆小惠也只好拉下身段，跟老徐一番软磨硬泡。半晌，老徐终于答应帮忙破解。

郭晋鹏和荆小惠刚离开老徐的办公室，付雨泽就找来了。郭晋鹏赶忙给荆小慧使了个眼色，说："赶紧拖。"

谁知道荆小惠一听这话，把"拖"字听成了"脱"字，误以为郭晋鹏让她当众脱衣服去色诱付雨泽，便生气地吼道："脱什么脱？你信不信我敢揍死你。"

郭晋鹏连忙解释道："拖鞋的拖，拖拉机的拖，拖欠工资的拖。"说完，他像个贼一样，从后面溜走了。

付雨泽见到荆小惠的第一句话就是："日记本呢？"

荆小惠心虚地问："什么日记本呀？"

付雨泽说："就是娜塔莎走之前留给郭晋鹏的那个日记本。苏联专家撤退，很深层次的原因是两国意识形态上发生了矛盾，娜塔莎的日记本里肯定写了指责中国政府的话，这个郭晋鹏他就是叛徒，就是内奸，甚至是特务！"

荆小惠挠挠头发，说："没这么严重吧？"

付雨泽说："怎么不会，郭晋鹏竟然欺骗我，上次他只是说去送行，我就不该纵容他，放过他。这个狡猾的家伙，竟然还有一个日记本！小惠，我相信你，你并不知道这件事情是不是？"

"这个……那个……"荆小惠本想继续瞒下去，但现在看来是不行了，但如果她说不知道，那付雨泽一定会继续去追查日记本的下落，所以她干脆说："那个日记本被我收缴了，我都看过了，里面除了娜塔莎写的情诗以外，什么也没有，真的，我锁保险柜了，明天我亲自给你送过去。"

付雨泽并没有半点儿的责备的意思，也不追问荆小惠为什么没有上报给他，只是说了一句："这么重要的东西还是马上给我吧。"

"马上？"荆小惠急得手心里直冒汗。就在她都快要把脑袋想破了也不知道该怎么办的时候，突然看到对面的一个广告牌，便立刻说道："今天的电影，我想看，今天我休息，我想去看电影。"

荆小惠本以为这样说付雨泽会放过她，让她去看电影，只要拖过今天晚上，等老徐破译完，明天她再把日记本上交就可以了，可是没想到付雨泽却兴奋地说道："那我请你看电影！

你休息，我请你看电影！"说着，他不容拒绝地去买了两张票。

现在敢一男一女两个人一起去看电影，那就是对外宣布恋爱关系了，那就是两口子了。这件事情很快就传遍了全厂，等传到郭晋鹏耳朵里的时候已经演变得要多离谱就多离谱了。

有的说："付科长买汽水给荆科长，荆科长不小心把饮料洒在付科长的身上，他俩就一边看电影一边擦。"

也有的说："明明是那俩人一起去看电影，而且还看哭了，荆科长还帮付科长擦眼泪呢。"

可还有的说："昨天放的是喜剧吧，这喜剧也能把人给看哭了啊？"

于是大家都说："主要原因是窝边草好吃啊，咬一口他美哭了都。"

尽管荆小惠一再强调她和付雨泽只是纯粹的革命同志关系，但是没有人相信她。每个人看她的眼神都暧昧极了，还都一个个阴阳怪气地告诉她，对付男人要欲擒故纵，对男人而言难度越大越珍惜，太容易得到就不珍惜了，别到时候弄得和厂花一样下场凄凉。

荆小惠简直恨不能挖个地洞钻进去，所有人见到她都是一副古里古怪的样子。当然最古怪的莫过于郭晋鹏，他拿到了破解好的日记本，本来应该很高兴才对，但他却像霜打的茄子一样，好像谁欠了他钱似的，脸拉得比驴脸还长。荆小惠纳闷了，他是吃错药了还是喝了假酒？跑到她这里来发疯，还对她嚷嚷："要不要割一筐好草吃吃？"

荆小惠忍不住问："受刺激了？谁刺激的？"

郭晋鹏冷哼一声，没好气地说："可不，有人说要帮我，可转身就跟别人钻进电影院要多亲密有多亲密。"

荆小惠这下听出来了，她指了指自己，说："你说我呢？"

郭晋鹏说："不敢说你，恋爱自由，但你跟付雨泽谈恋爱，可以告诉我一声。这双簧唱的，都可以进京表演了。"说完，他掉头就走，也不给荆小惠解释的机会。

荆小惠气得跳脚，但还是追上前，说道："你骂完了，骂舒服了，骂痛快了就要走，凭什么呀？有这样的好事吗？你怎么着也得竖着耳朵听我骂一遍吧，这可是我的长项。"

郭晋鹏说："辱骂和恐吓绝不是战斗。"

荆小惠说："我知道，这是鲁迅先生说的。"

郭晋鹏说："鲁迅先生还说……"

荆小惠说："现在是我说！我！没跟付科长谈恋爱！"她也不知道自己为什么要跟郭晋鹏解释，但她很确定一点，就是她在意他，她必须要跟他解释清楚。她可不想他误会她。

郭晋鹏一听这话乐了，可下一秒又故作严肃地说道："我又不是街道妇女主任，我可不关心你跟谁谈恋爱。"

荆小惠说："你就是，不光是，你还是长舌妇，还是包打听，还是搅屎棍子，自己浑身上下长满毛，还说别人是猴，我要是不跟他去看电影能行吗？我跟付科长去看电影，还不是因

135

为你说的拖啊,不然昨天他就把日记本给拿走了。"

郭晋鹏闻言,更乐了,心里美得连鼻涕泡泡都要冒出来。他像打了鸡血一样,说道:"这么回事儿啊,对不起对不起,咱们换一个地儿展现你的长项,我绝不还口。"

郭晋鹏说的换个地儿指的就是万鸟岛上的马耳山。这万鸟岛可不是一个岛,只是当地的村民管这里叫万鸟岛罢了,它就在九二三厂的后面,不远的地方还有一个小村子。说来也奇怪,这儿每年春天都会飞来不少鸟,好像有什么魔力一样,或许正因为如此才会被叫作万鸟岛吧。说起马耳山,虽不大,倒也有山的模样,远看有着裸露出来基石,有着斑驳的苍凉,有一片郁郁葱葱的松树林。除了松林,它好像也没长其他树,繁茂的松树是人们栽种的。

山不是山,它就像是这片世界的守护者,霸气地宣示着它的地盘,它怀抱着身边的人们,就像怀抱它的孩子一般,为他们阻挡着北风的凛冽,渲染着他们的春夏秋冬。

村庄周围是成片稻田,这片稻田是八大村长得最好的稻田。稻田的东头有一条水渠,水渠的脚下有一长条形的水塘。稻田的西头有一片小树林,小树林再往西是一条小河。我们八大村的人把水渠称为堤,水塘叫作土坑子,把小树林叫树林棵子,小河叫河沟子。

先说水渠。据说早先我们那里是没有堤的,后来上面要搞农田水利建设,才组织人修了这条土堤。可以从拉渡水库引水。土堤高约二层楼，呈梯形，上顶面中间开有倒梯形的水槽，大约有三米高。整个工程土方量巨大，没有机械设备，全靠人挑肩扛。水渠建成后，夏旱时节便会放水过来，水很清澈，流速很快。每当这时，村里的小孩子便争先恐后地跑到水渠里去戏水。

水渠脚下的大水塘，其实是建水渠挖土时留下的一长条深坑。因为这里的水面开阔，水也清澈，是天然游泳池。当然这也是郭晋鹏的秘密基地，只要他有解不开的难题，到这里想上一想，问题就解决了。他从来都没有带人来过这里，荆小惠是第一个。

可是真换地儿了，荆小惠却发挥不出来了。

郭晋鹏开始研究娜塔莎的日记本。尽管有老徐的破解，但有很多符号数据公式和比对值、工程代码等还需要参考技术手册，他俩就边对比边聊天。

荆小惠说："这些数值看起来像鬼画符。"

郭晋鹏笑道："我给你科普一下，免得说出去丢人，你这个搞石油事业的不懂石油是个啥情况。"

荆小惠本想反驳，但话到嘴边却沉默了，她静静地看着郭晋鹏。郭晋鹏说道："浅薄低稠是咱们油田的特点。浅，油藏埋深只有一二百米；薄，油藏有效厚度只有二三米；低，油藏埋深地温不到30摄氏度；稠，原油黏度高达90000毫帕·秒。采用常规热力采油技术，注入1吨蒸汽，产油仅0.08吨。还有地球物理勘探测井、地震勘探技术、地震波数字化机械化轻便化都有待进一步提升。至于何为稠油？稠油在国外叫重质原油，是指在油层条件下，原油黏度大于50毫帕·秒或者在油层温度下脱气原油黏度大于100毫帕·秒，密度大于每立方厘米0.934克的原油。各国石油专家认为，轻质原油的开发受储量的限制，不会有太多的轻质原油储量供人类去开采。稠油之所以稠，主要由于油中胶质、沥青质含量高所致，原油中的胶质沥青质含量越高，油的黏度就越大。由于稠油黏度大，流动性差，有的在地层温度下根本无法流动，给开采带来许多困难。由于油稠，所以抽油机的负荷很大，不仅耗电量大，而且断抽油杆、断悬绳等等机械事故也随之增多。由于油稠，有时连抽油杆也下不去，影响正常生产。由于油稠，地面管线压很高，增加了原油外输困难。而且有的油特稠，在地层条件下无法流动，不采取措施根本无法生产。形象地说，咱们油田的稠油稠到什么程度呢？冬天，油凝结起来像块石头，踩几脚都不变形，夏天甚至可以卷起来抱走。在这样的油田，要想实现经济开发，确实是一个世界难题。这下，你懂了吧？"

荆小惠似懂非懂地点点头，说道："那有什么办法能解决这个难题？"

郭晋鹏说："最开始的时候，我和娜塔莎曾想运用水平井、降黏剂、二氧化碳、蒸汽四要素复合开发技术。然而，由于咱们油藏浅，保温效果不好，二氧化碳难以发挥效力，所以苏联的传统的技术不能照搬。"

荆小惠说："这个我懂，人治病尚且同病不同方。"

郭晋鹏说："对，就是这个道理，这个开发技术需要换个配方，于是我提出了用氮气代替二氧化碳的思路。在接下来的三十多天的实验摸索中，我终于攻克了浅薄层超稠油开发技术难题，可是有些地方就得依靠娜塔莎掌握的技术了。我们有对夸父追日的敬仰，对孙大圣筋斗云的神往，对千里马、飞毛腿、神行太保的喜爱，这是因为人的本能就是追求更快、更高、更强，不停奔跑、进步、突破自我，这就是人的精气神儿，也是新中国的精气神儿。这也是我毕生两大梦想之一，我还有一个梦想，就是陪我的爱人白首终老。"

说这句话的时候，郭晋鹏有意无意地看了一眼荆小惠。

荆小惠说："这两大神奇的梦想估计只能在梦里想想罢了。"

郭晋鹏说："为祖国，为爱人，这是我一辈子的承诺。"

等比对完所有的资料，郭晋鹏再也克制不住自己内心的激动，兴奋地说："中国方案，成了！"说着，他竟然抱起荆小惠。

荆小惠推开郭晋鹏，说："你敢抱我！"

郭晋鹏说："为什么不敢？这是一种庆祝方式，苏联专家在庆祝的时候，还要脸对脸亲三下呢。"说着，他噘起嘴来就要往荆小惠身上凑。荆小惠猛地抽了他一大嘴巴子，说："还来劲儿了是吧！"

郭晋鹏揉揉被打的脸，有一点儿失落地摇摇头，说："不敢。"

没想到这一幕刚好被郭晋萱给看见了，她一上来就不分青红皂白地推了荆小惠一下，气愤地说："荆小惠，你再敢动我弟弟一根手指头试试？我们躲着你，不想招惹你，你别欺人太甚。我们可不是怕你，我们只是不想跟你这样的人一般见识，可你刚才这种行为，已经触犯了我的底线，我一定要去控告你。"

郭晋鹏连忙说道："姐，你误会了，误会误会，真的是误会。"

"荆小惠同志，你是不是应该好好地跟我解释一下。"不知道什么时候付雨泽也来了。他幽怨地看着荆小惠，说："我去保卫科了，可我让郝兴亮打开你的保险柜，里面并没有娜塔莎的日记本。荆小惠同志，为什么要骗我？你为什么宁肯相信资本家的后代，都不肯相信我？你的组织观念呢，你的组织纪律呢，你的阶级立场呢？"

郭晋鹏说："这个我跟你解释一下。"

荆小惠立刻说："谁让你多嘴了？跟你姐回家。"然后她又对付雨泽说，"付科长，回厂里我跟你解释。"

回到厂里，付雨泽就安静了。他安静得让人觉得可怕。那是一种很压抑的安静。一切都太安静了，可太安静总不是好事儿吧。

荆小惠每次来付雨泽的办公室总有一种说不出来的压抑感。倒不是因为付雨泽的办公室比别人的都大一些、布置灰暗一些的缘故。付雨泽的办公室装饰也很简单，两张单人沙发，中间放了一张茶几，上面摆着茶杯还有烟灰缸，里面还有没有倒掉的烟灰。一张有点儿掉漆的办公桌，后面放着一把同色的椅子，后面一个柜子，塞着满满当当的文件袋。办公桌上倒是收拾得干净，一部电话，一个笔筒，一个茶杯，不过就是色调搭配得冷冰冰的。

少有男人的办公桌会如此干净。从办公桌上就能看出一个人的秉性，这个人绝对是有原则不轻易动摇的，用直白的话来讲就是犟。

荆小惠从来没有见过这样的付雨泽。她帮着郭晋鹏吧，他姐说她是军阀，付雨泽说她立场有问题，可她要是站在付雨泽那边就会耽误郭晋鹏研究。她到底该怎么办？她想自己只是一个看家护院的，真是左右为难死了，所以她只好解释说："我那不是怕耽误搞科研嘛。现在谜底揭开了，就是娜塔莎帮着郭晋鹏解决问题，不至于这么严重吧，生气多伤肝。"

付雨泽终于开口说话了。他郁闷地说："你想得太简单、太幼稚了！"

荆小惠摊了摊手，说："我没看出哪复杂呀。"

付雨泽不断强调，说："阶级斗争就是复杂的。"但他看不吱声的荆小惠,实在不舍得教训,便说道,"我知道我今天的话对你来说可能太严厉了,但如果不是因为咱俩的关系,这番话我是不会说的。"

荆小惠立马说:"这就对了,心平气和的就好谈多了嘛。再说咱俩看场电影就有关系了?一个营就我一个女的,我们一起看电影,我就跟三百多人有关系了?你是领导,说话得注意。"

付雨泽怔住了,他这才明白荆小惠压根就没有对他有特殊想法,一直以来都是他自己剃头挑子一头热。

荆小惠可没察觉到他的失落,说:"付科长,我就问你一句,郭晋鹏他整出的石油能送给苏联吗?不能吧。既然不能,那你就放心大胆地让他为社会主义贡献石油啊,你好好想想。"

把荆小惠借调到郭晋鹏那里当联络员的事儿,还上了厂里的职工大会,会议是王正礼亲自主持的,说是要她看护好科技人员的创造性和积极性。那天在职工大会上,王正礼说:"今天把大家请过来主要就是说一说,苏联专家撤退了,我们的一切工作不仅不能停,而且必须要提速提质,要充分相信我们的技术人员,要充分相信我们自己的方案。"

大家都没有反对,只有付雨泽说:"现在上级让我们集中力量肃清修正主义的流毒,这个时候大张旗鼓地在苏联的基础上展开科研,会不会授人以柄?"

王正礼说:"这不是修正主义,我们只要掌握了,那它就为我们社会主义服务。还有，为了让我厂的研究工作顺利进行，组织决定借调荆小惠同志到研究室，担任联络员，正科级，实行厂长督办制。做这样的安排呢，主要就是希望像郭晋鹏这样已经脱了帽的高级知识分子，能够在无产阶级的帮助下尽早实现身份的转变和事业的进步。"

这说白不就是厂长给他派了一个监工嘛，可郭晋鹏却笑得像个孩子一样。不过开心归开心，他还是对荆小惠提出两个要求："第一呢，少说话，没人问你，别说话；第二，别打快板。"

荆小惠说："挺好，那咱们一言为定。"说着，她友好地伸出手去握郭晋鹏的手，但她力气太大了，把郭晋鹏疼得龇牙咧嘴的，一个劲儿说："你假公济私是吧？"

荆小惠耸耸肩，说："我这个人读书少，最高学历就是部队基层干部文化提高班，相当于高小毕业，这个差距我就是骑着炮弹追大家也追不上。但要是有人破坏咱们的石油事业，天涯海角我也给他追回来。"

郭晋鹏见状，也赶紧表明态度："那我们这就算将相和了，接下来就是争分夺秒把握住最后的机会，在国家辉国部长来调研之前，完成实验。"

接下来一连几天，科研室一直在研究娜塔莎提出的方案。这虽然是一个解决的方法，却有一些难点。大家忙得焦头烂额，根本没有时间去吃食堂，都是吃了上顿顾不上下顿的。于是荆小惠只好又当联络员，又当炊事员，最后干脆去食堂给大家打饭回来吃。这天她打了饭回来，会议还没有结束，她便说："吃饭不积极，思想有问题，来来来，都把手里的活儿放一放，吃顿晚饭的时间，耽误不了地球转圈圈。"说着，她把饭分给大家。一旁的郭晋鹏说："我自己带了，我姐不让我吃外面的饭。"

荆小惠撇撇嘴，说："吃吃东西换换脑子，这吃不到一块儿就说不到一块儿，也就走不到一块儿。"说着，她拿出一个饭盒递给郭晋鹏，郭晋鹏没有接，她便又说道："算了，你那小鸡崽子的胃，也消化不了我们无产阶级的晚饭。"说完，她就和大伙儿一起吃饭。所有人都吃得津津有味，只有郭晋鹏一个人吃得没滋没味，就连吃着平时最爱吃的糖醋排骨也不知道是为什么，变得不香了。

后来，荆小惠征用了职工食堂专门用来买菜的三轮车，一到饭点，她就蹬着三轮车去扛饭盆回来。她还在胸前挂了一个哨子，每次开饭，她就吹响哨子。而且有她出面，食堂的两荤两素搭配得格外丰盛。大家伙儿都说，这不赶上过年的待遇了嘛！吃得好，活儿自然就干得好。

就这样，连续三天后，郭晋鹏再也忍不住了，也要跟其他人一样排队去打饭，荆小惠却拦着他，说："我给你打去，你的时间很宝贵，排队就是浪费时间。再说了，你的责任比任何人都大，坚持这样的形式主义还不如给你节约点儿时间呢。"

郭晋鹏听了，立刻笑得好像花儿一样灿烂，说道："这可是我生平听过最精辟的论断了。"

荆小惠从鼻子里哼了一声，说："哼，你这个表情看起来真像一个马屁精。"

郭晋鹏不以为然，笑得更加灿烂了，还振振有词地说道："你怎么能这么说话呢？我从来不拍马屁，我只会实事求是地说。"

荆小惠不再搭理他，转身去打饭，结果郭晋鹏又凑上前去，说："你打了饭，咱俩一块儿吃啊。"

荆小惠推开他，一本正经地说："炊事员都是等大家吃完了才吃的，这叫规矩。"

郭晋鹏说："那我能给你提个建议吗？以后开饭你能不能不吹哨啊？"

荆小惠说："可部队开饭都是这么吹哨的。"

郭晋鹏说："可这不是部队呀，你不能用管理士兵的方法管理知识分子呀，他们感情上接受不了，你这是最笨的方法了。"

荆小惠皱着眉头，说："不让我吹哨，我喊开饭了，你又嫌弃，你让我怎么办？"

"我都给你预备好了。"郭晋鹏从裤兜里掏出一个精致的小铃铛，说，"这是我从国外买的开饭铃，只要一摇，它特殊的铃声一响，大家就知道开饭了。"说着，他摇响了手中的铃铛。

虽然这声音确实挺好听的,但是荆小惠怎么听怎么不顺耳,一脸嫌弃地说:"吃个饭都这么资产阶级。"

"中国的资产阶级出现才不到一百年,中国的知识分子出现已经有两千年了,你要想跟知识分子交朋友,他不在乎你的官职大小,主要看你是否把他视为知己,真诚相待。士为知己者死,就是这个意思。"郭晋鹏说得头头是道。

荆小惠只好接过铃铛。她摇了又摇,觉得声音没那么刺耳讨厌了。郭晋鹏觉得她摇铃的样子真是可爱极了,不禁弯了弯嘴角,说:"你啥意思啊?咋还有餐后甜点啊?"

大家一听这话立刻都来了精神,一个个都嚷嚷着:"甜点!有甜点,还有甜点。"

郭晋鹏立刻说道:"今天晚上大家能把调压开关的问题解决了,餐后甜点,没问题。"

所有人都兴奋了,拍着胸脯激动地喊道:"保证完成任务!保证完成任务!"

荆小惠急眼了,把郭晋鹏拉到一边,着急地说:"哪来的甜点啊?你这不是骗大家吗?"

郭晋鹏胸有成竹地说:"我们家有啊。"

荆小惠说:"那……这不能报账。"

郭晋鹏笑了一下,说:"我说要报账了吗?"

荆小惠彻底崩溃了,她以为要让她出钱,便摸了摸口袋,说道:"我的工资都不够这么多人甜点一下的。"

郭晋鹏说："你请客，我出钱，可以了吧？"

荆小惠还是摇摇头，说："可我怕见你姐。"

于是郭晋鹏想了一招，骗郭晋萱说他跟厂里打赌打输了，得请人家吃甜点，大概六七十个人吧。郭晋萱虽然不怎么情愿，她觉得这未免也太多太败家了，但还是吩咐常妈把白糖、红糖、杏仁、蜂蜜等等食材全都准备好，然后做了杏仁瓦片和红豆卷送过去。其实不是郭晋萱心疼这些东西，这点儿钱对她而言不过是小意思，如果只是给郭晋鹏一个人，就是金山银山让她倾家荡产她都舍得。但对外人，她连一袋盐也要算上半天。

这个问题是解决了，下个问题又跟着来了，总之一个问题接着一个问题，郭晋鹏已经有好几天没有好好休息了。这天他又加班到深夜，荆小惠去准备把消夜拿过来。等她回来的时候，郭晋鹏已经趴在办公桌上睡着了。荆小惠不忍心叫醒他，心想这下累惨了，睡觉比吃龙肉都重要。

她从帆布包里掏出了一条毯子盖在了郭晋鹏身上，温柔地看着他，在心里面说："踏实睡吧，我给你站岗。"然后她坐到了一边，虽然她没有动脑子搞科研，但是这些天她跑前跑后的，也没有好好休息，这才坐下没一会儿工夫，她竟然也睡着了。不知道过去多久，等她一觉醒来的时候，原本披在郭晋鹏身上的毯子，披在了她的身上。而此刻的郭晋鹏正在望着她。

荆小惠还是第一次被男人这样近距离望着，她有些不好意思了，尴尬地咳嗽了两声，又清了清嗓子，才说道："你看着我干什么？"

郭晋鹏笑着说："不干什么。"

"不干什么，你龇着牙笑什么？"荆小惠的脸都被他给看红了，而且最要命的是又红又烫，她上战场挨子弹的时候都没有这么紧张过。她往后退了退，让两个人的距离拉开了一点儿。她感觉呼吸都困难了。

郭晋鹏说："我就是想谢谢你。要是没有你，我的研究也不会这么顺利。"

荆小惠说："那也不能有点儿突出成绩就翘尾巴。"

郭晋鹏说："我就是想真心诚意地感谢你，没翘尾巴啊。"

荆小惠说："那就学着夹着尾巴做人。"

郭晋鹏说："我们都已经完成了进化，怎么会还有尾巴？你不会有返祖现象吧？"

"你！——"荆小惠指着郭晋鹏，刚想站起来好好教育他一番的时候，却一个没站稳，整个人倒在了郭晋鹏的怀里，毛毯也掉在了地上。

郭晋鹏着急地问："你没事吧。"

"没……"荆小惠的心跳猛地加速，她捂着心口，摇摇头，说，"没事儿，脚麻了。"

都快要到凌晨两点钟了，郭晋鹏还没有回家，郭晋萱放心不下，便跑去科研室找人，结果却正好撞见了这一幕，她简直不敢相信自己的眼睛。她大声叫道："你们俩竟然一起睡在这儿！"

荆小惠赶忙从郭晋鹏的怀里跳开，头摇得活像一个拨浪鼓似的，说道："不是。"

郭晋鹏却拼命点头，说："是啊。"

荆小惠瞪了郭晋鹏一眼，然后说："我郑重声明，我跟郭晋鹏同志没有一起睡，只是一起在工作间睡着了。"

郭晋萱冷冷地说："那不就是在一起睡了吗！哼，我说的没毛病。"

荆小惠说："有毛病，前面那个睡是动词，后面这个睡是睡眠的睡，是名词。"

郭晋萱斜睨荆小惠一眼，说："哟，文化程度不低啊。"

荆小惠说："分清这两个睡，用不着多高的文化，只需要心眼儿不坏。"

郭晋萱说："哼，看得出来你不仅能把食堂的工作做好，还能把工作间改成部队招待所。"

荆小惠说："哪有什么招待所啊，就是原地休息，我们强军训练的时候，大家都疲惫不堪，晚上都不让我们喝太多水，因为上厕所会影响睡眠。睡不好，吃得再好都补不回来。"

郭晋萱说："可是我们家晋鹏不适应你这个原地休息。"

荆小惠说："睡是第一位，在哪里睡不重要，要在第一时间把缺了的觉补足了、睡够了，否则你就是睡在紫禁城里，起

149

来也是腰酸背痛的。"

眼看着荆小惠和郭晋萱你一言我一语地谁也不让谁，郭晋鹏连句话都插不上，他只好大声笑道："你这个比喻好！是个男人睡在紫禁城都会腰膝酸软，两腿打晃的。"

荆小惠愣了一下，然后呸了一口："臭流氓！"然后捂着脸，跑掉了。

郭晋萱也没给郭晋鹏好脸色看，说："你干吗跟人家说这些呢。"

郭晋鹏无奈地说："你以为我想啊，可我要是不说这些，她能走吗？我要是不说这些，你能让她走吗？其实她挺怕你的。"

郭晋萱一下子就明白了，说："哦，原来你是在帮她啊，臭小子胳膊肘往外拐了哈。"

郭晋鹏捡起掉在地上的毛毯，说："这是她的毛毯，晚上一直盖在我身上，她都没盖，我帮她说句话，有问题吗？"

郭晋萱瞥了一眼，嫌弃地说："这个荆小惠人长得土，用的东西就更土了。这都什么年代了，还用这种毯子？再说这也不是她的啊。"毛毯的右下角用黑线绣着"荆天贵"三个大字。

郭晋鹏可不在意这些，他想这毯子既然是因为盖在他身上才弄脏的，为了表示诚意，他决定自己动手洗。说起来，这还是他长这么大以来第一次自己动手洗东西。他忙乎了整整一上午，结果把好好的毯子给洗变形了。他不知道该怎么办了，急忙去喊常妈，常妈跑过来一看，这毛毯硬得快赶上牛皮了，便说道："这毛毯啊，得先用冷水浸泡一下才行，而且这东西得阴干。"

原来郭晋鹏怕油污洗不掉，就用了好多洗衣粉，而且是用开水洗的。他想的是高温能够加快油污分解。

本来刚洗完还没事，结果他这么一拧干，毯子就变形了，也缩水了。

常妈说："可是就算你拧它，也不会变这么硬啊。"

郭晋鹏只好老实交代，说："我得接着抢救啊，就用那个熨斗，越熨越惨不忍睹，就成这样了。"

常妈说："完啦，这回真没救啦。毛毯彻底变皮毯了，硬邦邦的都快赶上毛毡了。"

郭晋鹏只好买了一条新的毛毯去找荆小惠。可他在科研室里等了整整一上午，荆小惠也没有出现。他又跑到职工宿舍楼下，等了老半天，荆小惠才下楼，一看是他，竟然熟视无睹地说了一句："眼不见心不烦。"然后就自顾自地往一边走。郭晋鹏立刻追上去，说道："你慢点儿啊。"

荆小惠好像吃了炸药似的，边大步流星地走着边说道："不是我快，是你慢，是你身体不好，发虚。别跟着我了，赶紧去医院吧，去晚了生病了，那麻烦可就大了。"

郭晋鹏不怒反笑，说："你就直接送我进殡仪馆得了，你别生气了成不？昨天我那是欲擒故纵，我不那么说，你能逃脱我大姐的魔掌吗？"

这下可叫荆小惠无话可说了，但她从昨晚到现在，气也不能白受啊，所以虽然她不再生郭晋鹏的气了，却也没给他好脸色看。她朝郭晋鹏伸了伸手，说道："我的毛毯呢，赶紧还给我。"

郭晋鹏没说给也没说不给，而是问："那毛毯跟你年头不短了吧？"

荆小惠说："从跨过鸭绿江开始，就一直跟着我。"

郭晋鹏夸张地"哦"了一声，说："那得快十年了，那也太旧了吧，你是不是应该考虑换条新的啊。"

荆小惠并没有多想，而是随口说了一句："换新的，你出钱啊？"

没想到郭晋鹏立刻点头答应了，还真拿出来一条新毛毯给她，然后满脸堆笑地说道："瞧，我就是这么善解人意，澳洲纯羊毛的。来，你摸摸看。"

不知怎么的，荆小惠的心里咯噔了一下。她狐疑地盯着郭晋鹏，又看了看他递过来的毛毯，说："我宿舍的被子褥子也有年头了，怎么办？"

郭晋鹏连考虑都不考虑就说："换！只要你愿意，咱全都换新的！"

荆小惠摇摇头，说"我说你这人是不是脑子没发育好啊，我借你条毛毯，你还给我就行了，还我一条新的干什么呀？赶紧把我的毛毯还给我，这个我不要。"

郭晋鹏只好坦白，说："我把那条给弄坏了。"

"什么？"荆小惠的眉毛鼻子都要皱在一起了，她简直不敢相信自己的耳朵，气势汹汹地吼了一句，"你再说一遍！"见郭晋鹏点点头，荆小惠失魂落魄地说："你再说一遍……"

郭晋鹏像一个做错事的小孩一样，磨磨蹭蹭地说："都怪我，毯子让我给洗坏了，熨坏了。"

荆小惠再也控制不住，眼泪止不住地往下流，郭晋鹏从来没见过她哭，也没见过她为什么事这么伤心过，不由得说："就为一条毛毯，至于这么难过吗？你是不是怕荆天贵同志不高兴，那我去跟他解释。"

他不说荆天贵还好，一说这个名字，荆小惠哭得更加伤心了，说道："离我远一点儿。"

郭晋鹏说："那你说一种你能接受的我表达歉意的方式。"

荆小惠说："我不需要你表达歉意，只需要你签个字，我要调走！"

郭晋鹏要懊悔死了，就因为他洗坏了一条毯子，荆小惠就哭着喊着要调走。早知道事情会变成这样，他就不碰那条该死的毯子了！

这个调令他是死活都不会签的，但是付雨泽早就眼巴巴地等着荆小惠调回去，已经签好字了。接收方都已经接收了，他还有什么理由不放人？所以这事他还得去找王正礼。

可王正礼竟然说："就你这态度，我也得签字。"

这下郭晋鹏慌了，忙说道："不是，我承认那条毯子可能承载了荆小惠同志的一部分战友情，我没当过兵，可能不会深刻理解，但是她也不能说调走就调走啊！这又不是小孩过家家，她说来就来，说走就走。"

王正礼说："那条毯子是她父亲的，而且他已经牺牲了，现在理解了吗？荆小惠的母亲在她很小的时候就已经去世了，她父亲是咱们老石油师的战士，当初在玉门油田的时候，他们的钻队堪称钢铁钻队。那时候队里的钻机到了，但没有吊车和拖拉机，汽车也不足。荆天贵同志带领全队工人用撬杠撬、滚杠滚、大绳拉，用这个办法硬是人拉肩扛地把钻机卸下来，运到井场。他们仅用三天时间，把四十米高的井架竖立在茫茫荒原上。井架立起来后，没有打井用的水，他就组织职工到附近的水泡子破冰取水，带领大家用脸盆端、用水桶挑，硬是靠人力端水的方式保证了按时开钻，可他的右腿也被砸伤了。就这样，为了提高产量，他仍然在井场坚持工作。但由于地层压力太大，第二口井打到七百多米时发生了井喷。他不顾腿伤，带头制服了井喷。可他的伤口却感染了，做完手术后半年多便去世了。"

郭晋鹏这才恍然大悟，怪不得他说要赔钱给荆小惠的时候，她的样子就像是要生吞活剥了他一样，还说这侮辱了她的感情。

此时的郭晋鹏心里别提有多难受了,他已经把自己骂了个底朝天。他真是愚蠢至极,荆天贵和荆小惠,都是姓荆的,他怎么就没想到是她的亲人呢?

王正礼又说道:"我看你这脑子,跟那条毯子一样,都缩水了。"说完,他拿出荆小惠的调令,正要签字盖章的时候,郭晋鹏急忙拦下,说:"您可千万不能同意。"

王正礼说:"为什么啊?人家本来就是借调嘛,现在要求调回去就是合情合理啊。再说你不需要人家,人家付科长那边需要,我不能拦着啊。"

郭晋鹏说:"谁说我不需要了,这付科长也不能假公济私啊,我这就找他去!"说着,他抬腿就往外走。

王正礼立刻说道:"你给我回来。我问你,你是去斗鸡啊,还是去负荆请罪啊,不丢人啊?那么多的研究都难不住你,一条缩水的毯子就恢复不了了?怎么连一点儿跨专业学习的精神都没有啊,要脑袋是干什么的?"

郭晋鹏想了想,说道:"厂长,帮我开个介绍信,我去找专业人士求助。"

王正礼终于笑了一下,说:"总算没傻透。"

郭晋鹏拿着介绍信,坐车去了市里的纺织大学。纺织大学的教授听了整个过程之后,说:"按理说用膨松剂应该可以恢复毛毯,但是你用熨斗烫过之后,膨松剂也难以完全恢复。"

郭晋鹏着急地说:"无论如何请您一定要帮帮忙,那条毯子可是咱们石油师烈士的遗物啊。"

纺织大学的教授只好说道:"那好,我们再试试其他办法。"

根据教授研究出的方案,郭晋鹏拿了一堆膨松剂和软化剂回去找荆小惠。他出发的时候是上午,回来的时候已经是傍晚了。荆小惠还在职工宿舍楼下的院子里,对着毯子早已经哭成了一个泪人。郭晋鹏看了自责极了,他又着急又心疼。可是荆小惠一看见他,就把眼泪一抹,铁青着一张脸,说:"要不是诫勉谈话,我能把你的脸拧成这个样子。"说着,她把已经硬得快赶上牛皮纸的毛毯叠好,捧在怀里,转身就要离开。

郭晋鹏心里别提有多难受了,荆小惠不理他,还不如狠狠揍他一顿呢。他态度无比诚恳地说道:"请给我一次将功补过的机会,让我尽最大的努力,把这条毯子恢复成原样。对不起,我把你对父亲唯一的念想给弄坏了,这个错误很严重。不尽量恢复这条毛毯的话,我对不起烈士,所以我去了一趟纺织大学。"说着,他打开箱子,又继续说道:"这是纺织大学的教授给我的膨松剂和软化剂,还有我们做的各种实验的笔记,恢复的可能性还是很大的,请你一定要给我一个改过自新的机会。"

荆小惠终于肯把毛毯给郭晋鹏,让他进行挽救。可当他把那些化学品杂七杂八地往一个大铁锅里倒,连同一锅水一起架到职工食堂的锅台上面的时候,荆小惠又后悔了。她忐忑不安地说:"我看还是算了吧,你有这个心我就不怪你了,就别再折腾毯子了,回头再失败了,你心里难过,我还不好意思数落你。"

郭晋鹏胸有成竹地说:"苏联专家走的时候,大家一片茫然,只有你相信我能干成,今天就不相信了?"

荆小惠便没有再反对。

郭晋鹏把毯子放到铁锅里泡了好一会儿。

说真的,荆小惠真担心他这个泡法会把毯子给溶解了。又过了好一会儿,他又跑到职工食堂借来了蒸包子的大笼屉,把泡好的毯子放进去蒸了,那感觉就像在做菜一样。然后他好像大功告成了一样,扯了扯荆小惠的衣角,说:"来,吹口气。"

荆小惠被他搞糊涂了,不明白地问道:"干吗?"

郭晋鹏说:"开蒸啊。"

荆小惠说:"你这是要蒸馒头还是蒸花卷啊?还是蒸豆腐皮?"

郭晋鹏半开玩笑地说道:"争口气。要是没有你的这口二氧化碳,回头蒸坏了,可别怪我。"

荆小惠这才小心翼翼地吹了一口气,吹完气,郭晋鹏说:"你的这口气在蒸锅里蒸上二十分钟就成了仙气了。"说着,他把笼屉的盖子盖好。

荆小惠说:"真的?"

郭晋鹏信誓旦旦地说:"那还有假,想什么成什么,你想,这条毯子又蓬松又不缩水，它一定就这样。"

荆小惠说："我想你的右脸挨打的时候，你可别哭。"

郭晋鹏眉飞色舞地说："我喜欢笑。"

就这样，小火慢慢地蒸了一个晚上，第二天一早，郭晋鹏打开笼屉，取出毯子。荆小惠不敢走上前去看，生怕再出什么幺蛾子。只听郭晋鹏大笑道："成了！"

荆小惠这才赶紧冲上前，抱起恢复原状的毯子，爱不释手地说："软和了，也不抽巴了，你真有本事。"

郭晋鹏说："这算什么本事，只要把这条毯子和你始终放在心上，再大的困难也一定能解决。"

荆小惠脱口说了一句："那我不成你的心上人了吗。"她其实没多想，只是脱口而出，说顺嘴罢了，但说着无心听者有意，郭晋鹏愣愣地说："你……你这是用的修辞手法吧？"

荆小惠忙点头，说："对对对，夸张的手法。"

郭晋鹏立刻问道："那你就不回保卫科了吧？"

荆小惠不置可否地说："记得把人家的锅和笼屉刷干净。"说完，她抱着毯子，就往外走，刚走到门口，就碰到付雨泽抱着一张毯子过来，说："你看我给你带什么好东西了。"

他手里的毯子和她的那块一样都是老军毯。现在这样的老军毯已经很难找得到了。荆小惠忍不住问："你是怎么找到的？"

付雨泽说："只要能让你不再伤心，上天入地都得想办法啊。尽管跟你父亲那条还有一些差距，但是总比看到那个扭曲变硬的能舒缓你的忧伤。给你。"说着他就要把毯子递给荆小惠，荆小惠举起怀里的毯子，开心地说道："我的军毯已经修复好了。"

付雨泽愣住了，说："不可能吧，这怎么做到的？"

荆小惠正要回答，郭晋鹏已经走了过来，转不拉叽地说道："是我做到的。付科长，衣不如新，人不如旧，任何东西都可以被新的替代，唯独旧感情不行。"

付雨泽愣了一下，说道："恢复好了，我当然替小惠同志高兴，但是在恢复之前，小惠同志的眼泪就白流了吗？在感情这件事上，不是以结果论成败。"

也不知道付雨泽这话是什么意思？荆小惠就是觉得他怪怪的，郭晋鹏也怪怪的，还有那个胡婷婷。当她抱着毯子回宿舍，胡婷婷也惊呆了，一个劲儿夸郭晋鹏厉害。但是胡婷婷自己夸郭晋鹏有本事可以，荆小惠跟着一起夸奖，胡婷婷就不乐意了，还趾高气扬地说道："荆小惠，你明知道我喜欢郭晋鹏，你还让他鞍前马后地伺候你和你的毯子，你挑衅啊！"

荆小惠摇摇头，说："不是不是，你可以继续喜欢他，也可以继续追他啊。"

胡婷婷从鼻子里冷哼了一声，说："我追他？哼！你们俩都快成一对儿了，我还追他？我怎么追他啊！"

"不可能！"荆小惠的头摇得更狠了，就好像一个拨浪鼓似的。她着急地解释道:"不可能,真的不可能,我跟他只能是对头,绝不是一对儿!"

可胡婷婷还是不相信,紧紧盯着荆小惠的脸,看了老半天,想要从中找出蛛丝马迹,问道:"真的?"

荆小惠点点头,说:"骗你干什么啊?我调回保卫科了,厂长已经批了,以后我跟他就是八竿子打不着的关系了。"

胡婷婷说:"离开就对了!"她已经开始盘算如何追郭晋鹏了。都说男追女隔层山,女追男隔层纱,但是她的如意算盘打错了。郭晋鹏所有的心思都在荆小惠身上了,就连开小组会议的时候,都在想着怎么给荆小惠办欢送仪式。

佟宝钢说:"师父,你那么魂不守舍的,是不是因为小惠姐啊?她要走了,你舍不得了?"

郭晋鹏坦诚地说:"胡说什么呢?我在想我们应该给她办一个什么样的告别仪式。"

这边荆小惠已经递交好手续,只需要郭晋鹏最后的签字盖章,她就可以回到保卫科上班了。她过来本来是要签字的,却没想到听到郭晋鹏要给她搞一个告别仪式,弄得好像是她死了一样。她便说道:"哀乐就不用放了,按照我们部队的规矩鸣枪,吹熄灯号。"

佟宝钢赶忙说:"小惠姐,你别误会,我师父的意思是欢送会,欢送会。"

荆小惠说:"我耳朵不聋。"

郭晋鹏也解释道："我真的是说欢送会，真的是说欢送会。"

荆小惠把调令掏出来，让郭晋鹏签字。郭晋鹏拿着笔，直直地愣在那儿。

佟宝钢就差一把眼泪一把鼻涕地挽留了，他是真舍不得荆小惠走。他拉着荆小惠的胳膊，说："小惠姐，你就别走了，你来的这段时间，大家伙儿可开心了。还有你来的这段时间，我师父都不骂人了，你别走了，你一走他又拿我们撒气。"

郭晋鹏说："怎么着，还得把马三立、侯宝林请来，你们才能好好工作啊。"然后他看了看调令，像是下定了决心似的，边签字，边说道："我本将心向明月，奈何明月照沟渠。你还是适合回保卫科工作，后会无期。"然后他说了一句英文。自然，这是怄气的话，但在场的人没有一个懂英文。荆小惠正赌气呢，也就没问他什么意思。付雨泽一脚刚跨进门里，听了这句英文，本来不高兴的脸上更难看了。他走到郭晋鹏的面前，狠狠地敲了敲桌子，说："再见就好好说再见，你怎么能说人家脑子笨呢？这也太侮辱人了吧！"

荆小惠说："他说的英文是这个意思啊？"

郭晋鹏说："付科长，我知道你学过英文，但是这句话在刚才的语境里，主语是我，不是她。"

荆小惠说："你心里真是这么想的？"

郭晋鹏说："我的心在沟渠里呢，你自己捞上来看看吧。"

付雨泽拿出新的调令，说："看来王厂长要继续把小惠同志留在这儿工作的决定，还是错的。"

郭晋鹏立刻来了精神，说："决定既然已经下来了，改文件太麻烦了吧。要不然还是我麻烦点儿，改掉对荆小惠同志个别时候不够尊重的臭毛病。"

付雨泽说："上级决定也要考虑到个人的意愿。荆小惠同志，只要你把今天的情况写清楚，我保证让你迅速回到保卫科，继续当你的科长。"

荆小惠瞅了瞅郭晋鹏，又看了看付雨泽，才说："我党对犯了错误的同志，一贯是惩前毖后，治病救人，我还是留在这儿拯救他吧。"

一瞬间，郭晋鹏开心得说不出话来，同样说不出话来的还有付雨泽，但他不是开心，而是生气。他生了一肚子的气，回到办公室，把那篇关于郭晋鹏先进事迹的报告扔进了垃圾桶里，然后去找宣传科室的宣传员，说："干革命工作讲的是激情万丈，我们要大力宣扬的是多、快、好、省，建设社会主义的冲天干劲儿，不是冷静，更不是跟不上形势的郭晋鹏！"

宣传员不明就里，以为是自己交上去的稿子有什么问题，便说道："那我回去再改改。"

付雨泽一摆手，说："立意就不对，有什么好改的。你重新拟稿，主题就是，丢掉洋拐棍儿，用我们自身的冲天干劲儿，为提前完成第二个五年计划，到1962年建设成强大的、独立完整的石油工业伟大目标而奋斗！你好好写，写完了我帮你改，回头署名的还是你自己。我付雨泽不是拿来主义，改两个字就是我的了。"

宣传员忙点头答应，道："好。"

这篇稿子一写出来，就立刻发表在了厂报的头版头条上。付雨泽直接把它贴到厂里的宣传栏里。大家围在宣传栏前，指指点点，议论纷纷。这不是故意针对郭晋鹏吗？这也太明显了吧。

郭晋鹏看了一下这篇报道后，说道："不管怎么样得实事求是啊，光喊着赶英超美、大干快上，却不看技术积累。"说着，他就把报纸撕了下来。

付雨泽不知道什么时候也站在人群里，火冒三丈地高喊了一声："郭晋鹏！你可以对我有意见，但你不能对上级的要求和指示采取不负责任的行动。"

郭晋鹏说："说这话你脸不红吗？"

付雨泽说："士气可鼓不可泄，我看你是没有自力更生的精神，更没有扔掉洋拐棍儿的决心和勇气。"

郭晋鹏说："还没走稳就想跑，拐棍儿丢了要摔跤。体温在三十八摄氏度以下，你泼点冷水能让人清醒，超过三十九摄氏度，你再一盆凉水劈头盖脸地浇上去，不但不会让人退烧，反而会让人病情加重！"

眼见着郭晋鹏和付雨泽针尖对麦芒，谁也不服谁，围观的人也越来越多,荆小惠只好吼了一嗓子:"行了行了,赶紧都散了吧,上班迟到了,快快快。"

人群是散了。

可付雨泽和郭晋鹏还对立着,付雨泽指了指地上的报纸,说道:"请你把地上的报纸给我贴回原处。"

郭晋鹏说:"只要你把我的名字从报纸上抠下去,你爱贴哪儿贴哪儿去。"

付雨泽吼道:"你这是刁难组织!"

郭晋鹏也吼道:"你这是欺骗群众!赶紧把我名字抠掉,谁爱跟火箭争速,谁爱跟日月比高低都行,就是别拿我说胡话,说假话!"

就他俩这个吵法儿,再这样吵下去还不吵翻了天,荆小惠赶忙插到他俩中间,说:"哎呀,都是为了厂子好,都是为了咱们的石油事业,就不能讲团结,好好说话吗!就算是要争论,也不应该在大庭广众之下啊,乌龟打架——硬碰硬。上班!"

郭晋鹏虽然没有再继续吵下去,但一回到办公室,他就说:"真理不辩不明,你为什么要阻止?"

荆小惠说:"坐下说,真理不会因此就矮三分的。"

郭晋鹏坐是坐下来了,但还是气得像被吹爆了的气球一样,说:"苏联专家没走,说专家们不会错,我们用自己的方案是对人家的不尊重。人家走了,我利用他们的技术和方案解决问题，又说没有丢掉洋拐棍儿的勇气，这里外不是人啊。"

荆小惠倒了一杯水，递了过来，说道："你先喝口水。你除了跟付雨泽在那儿吼，还打算跟全厂几千号人吼啊？有什么话好好跟大家说嘛。真理有时候确实掌握在少数人手里，但那是有时候，很多时候你需要更多的人支持你。"

郭晋鹏接过水杯，但并没有喝，不过他说话的态度不再是火急火燎的了。他解释说："真理既然掌握在少数人手中，为什么少数服从多数？饭要一口一口吃，核心技术也要一点儿点儿地积累和掌握。"

荆小惠说："付科长不是吹牛，他主张的自力更生有什么不对吗？如果你一意孤行，所有人都不支持你，你就变成光杆司令了。"

郭晋鹏吼道："兵熊熊一个，将熊熊一窝，光杆司令就光杆司令！再说我也没有反对，但要因时而异啊，种子能长成粮食，那大部分靠的是老天爷，油井里能不能打出油来，那老天爷能帮上忙吗？"

荆小惠说："可快一点儿建设社会主义，是大家的期盼。"

郭晋鹏却说："我也期盼，要不然我也不会从苏联回来。可你想想，白酒是一天酿出来的吗？我们不能揠苗助长。"

荆小惠问："揠苗助长？跟拔苗助长是一个意思不？"

郭晋鹏说："一个意思。"

荆小惠说："那你直接说拔苗助长不就行了吗，揠什么握呀？"

郭晋鹏说："我这么说有什么问题吗？冷静是知识分子的底色，躁动是他的敌人。"

荆小惠说："你别胡说八道啊，你这个人的嘴里总是没把门儿的，现在全国上下都在讲奉献，你还是消停点儿吧。"

郭晋鹏说："科学只有老老实实，没有大干快上。你出去吧，我还要工作呢。"

这样争论下去也确实没有什么意义，这个郭晋鹏就是茅屎坑里的石头，脾气又臭又硬。荆小惠只好离开，可接下来的一段时间，郭晋鹏更加不靠谱了，不仅四处大放厥词，还是擅自做主把正在研发的项目停止了。

付雨泽立马跑到王正礼那里告状，说："郭晋鹏最近的言行总是跟当前的形势唱反调，已经被人举报了。"

王正礼说："你帮忙跟上面解释解释。"

付雨泽说："这次解释过去了，可是我担心郭晋鹏他拒不执行上级要求，上面会派人替换他。"

王正礼想了想，说："这第一套广播体操跟第二套广播体操，你做过吗？"

付雨泽愣了一下，不知道王正礼葫芦里卖的什么药，便说道："做过呀。"

王正礼又说道："那这跟第三套有什么区别？"

付雨泽说："大家都喜欢第三套啊。"

王正礼问："为什么呀？那一二套可是咱们从苏联那边学习借鉴过来的。"

付雨泽说："但是第三套融合了我们中国武术的动作，大家接受起来会更亲切啊。"

王正礼说："一套广播体操你都弄明白了，一根洋拐棍儿，你就糊涂了？"

付雨泽说不出话来了。

王正礼说："我们现在需要让更多的人理解郭晋鹏，而不是曲解他，就像普及第三套广播体操一样。你知道该怎么做了吧？"

付雨泽虽然心里有一千万个不情愿，但还是点了点头，说："知道了。"

王正礼打趣道："别没事儿总找领导啊，领导也很辛苦的。"

荆小惠开始每天在宿舍里学习英文，这可把胡婷婷烦得不得了，一个劲儿挖苦她："好好说中国话的科长你不当，非要跑到晋鹏那里去当学徒，现在还要费这吃奶的劲儿学英语，你的智商真跟别人不一样。"

荆小惠说："我不怕别人瞧不起，就怕自己不争气，我一定要努力缩小这个差距。"

胡婷婷嗤之以鼻："你跟我缩小差距还是有可能的，你跟晋鹏缩小差距，根本没这个可能，就算你是火车，再快你能快过飞机啊。"

对于荆小惠学英文这件事,郭晋鹏却很支持,还屁颠屁颠地跟在荆小惠身后,说:"你可以聘请我。"

"你?"荆小惠赶忙摇摇头,说,"太贵了,我可请不起。"

于是郭晋鹏特意准备了一些教材,说要送给她,让她下班后去他家里拿。

这是荆小惠第一次来郭晋鹏的家里。因为郭晋萱有事出门去了,不在家,她才敢进来。郭晋鹏为此还笑话她,说:"调查得够仔细的,学人家做特务呢。"

荆小惠把脖子一扬,说:"胡说八道,我学的是侦察。"说着,她把学习资料收好,然后忍不住摸了摸郭晋鹏家里的墙,说道:"人家做衣服都缺布,你家却把好好的布贴到墙上,犯罪哟。"

当然在郭家"犯罪"的可不只这些,最让荆小惠受不了的是摆在门口的那个女人雕像,没胳膊没手就算了,竟然还没穿衣服,她只好找块布给盖上了。

郭晋鹏问:"你这是干什么呀?"

荆小惠说:"你家里老摆着一个光身子的女人,不好看。"

郭晋鹏说:"这是维纳斯,希腊的爱与美的女神。他们那边很多神仙都不穿衣服。你看这身材,这曲线多完美啊,你给罩着还怎么展现出来呀?"

荆小惠说:"完美?为啥还把胳膊弄没了?"

郭晋鹏说:"这也是一种残缺美。"

荆小惠说:"净瞎扯,这女人只要是有手,都会把衣服穿上。"

郭晋鹏可不关心这些,他问道:"你打算怎么谢我?"

荆小惠想了一下,说:"我请你吃饭啊?明天一早厂大门口,不见不散。"

郭晋鹏心里乐开了花,嘴上却说:"哪有大清早请人吃饭的?"

荆小惠说:"这才显得我有诚意。"

第二天一早,郭晋鹏精心挑选了一套西装去赴约。自从来到九二三厂,他已经有很久没有穿得这么正式了。他还特地打了发蜡,把皮鞋擦得锃亮锃亮的,一路上哼着小曲儿。可是当他看到扛着枪的荆小惠的时候,就乐不出来了。

"你怎么请人吃饭还带着枪呢?"郭晋鹏忐忑地问。

这是荆小惠一大早从保卫科的枪械保管科室领的,一杆枪外加五发子弹。

看着腿肚子好像都在发抖的郭晋鹏,荆小惠笑说:"怕了?怕我请你吃子弹啊?怕你就别来啊,说不定这真是鸿门宴呢。"

"怎么会呢?"郭晋鹏故作镇定地说,"只要是没让我娶你,这就算不上鸿门宴。"

"好。"荆小惠举起枪,瞄准前方。她是真正上过战场,有过真枪实战经验,杀过人的。她眉头一皱,眼神一凝聚,涌起一股杀气腾腾的感觉。郭晋鹏忙拦住她,说道:"小心……小心走火。"

荆小惠放下枪,笑着说:"放心,没子弹。"

郭晋鹏这才放下心来,问道:"你打算请我吃什么呀?"

荆小惠故作神秘地说:"等到了你就知道了。走吧,你在前面开路。"

荆小惠把郭晋鹏带到山上,打了两只野兔,然后生火烤兔子。只见她利索地用一把几寸长的单刃小刀,从兔子的后腿部刺进皮毛,划开一个几寸长的小口,然后便剥起了兔皮。皮肉分离后,那裸露的肌肉还冒着微微的热气。不消十分钟兔子便被剥脱得肌显腱露,赤条条地呈现在郭晋鹏眼前。郭晋鹏实在无法忍受,便趁着荆小惠清洗的机会,走到河边透透气。等他再回来的时候,诱人的气味已经在四下流荡飘散。

"真香啊!"郭晋鹏已经馋涎欲滴,目睹野兔被宰割时的惊慌失措,此刻早已被抛之脑后。

荆小惠笑着让他坐下快吃,给他挑拣了一大块兔腿,自己却细嚼慢咽地啃着那个兔子头。她说:"兔子头最香了。"

兔肉酥软味醇,轻轻咀嚼中连骨头也香味萦长,没有兔肉的肥腻感,肉质细嫩又不乏嚼劲儿。

郭晋鹏塞得满嘴都是,竖起大拇指称赞道:"香啊,可真香!以前我只是听说过《本草纲目》中记载,兔肉有凉血之功效,有止渴健脾、凉血解热之药用。正所谓飞禽莫如鸪,走兽莫如兔，兔肉以它的药用价值被人们喜爱。不过这还是我第一次吃，我姐从来不让我吃这些乱七八糟的东西。事实证明我姐说错了，真是太好吃了。"

荆小惠爽朗地笑着说："哈哈哈，管够！"

"你呀，什么都好，就是嗓门大，脾气大。"郭晋鹏吃得美滋滋的，但嘴上还是不饶人。不过荆小惠这次可没打算和他斗嘴，而是一改往日的态度，说："你吃完，我跟你说件事。"

"呵，图穷匕见啦。"郭晋鹏把嘴里的兔肉咽下去，问道，"你是不是还要跟我说那天你提的那个报告的事？"他就算还想吃，但也忍着没有再伸手去拿。

荆小惠点点头，絮絮叨叨地说："对，系统地说一说，咱们自主创新的立足点和发展方向，争取最广泛的群众支持。至于洋拐棍儿呢，尽量不提。"

郭晋鹏咽下口水，说："不讲清楚洋拐棍儿是丢还是用，这报告我没法做。"

"别那么快拒绝啊，咱们再商量一下。"荆小惠说。

郭晋鹏说："科学不善良，只求真。"

荆小惠近乎祈求地说道："咱们最后再将就一次。"

可郭晋鹏还是说："不将就。"

荆小惠想了半天，又扯下一块兔腿，说："再吃块儿肉吧。"

"饱了。"郭晋鹏拍拍肚皮，说，"你别再劝了，这洋拐棍

171

儿肯定会丢掉,但不是今天;自力更生肯定要坚持,但不是唯一。这就是我的态度。"说着,他站起身,拍拍屁股,准备离开,"今天的野餐会到此结束。"

荆小惠也没有拦着,反而不紧不慢地说:"吃了盐和米,就得讲道理,何况拿人家的手短,吃人家的嘴软。"

"哦,这只兔子也就三斤多,加上你的劳动报酬,我按照五斤猪肉的价格付给你,没问题吧。"郭晋鹏说着,从口袋里掏出一沓钞票递给荆小惠。荆小惠冷冷地瞥了一眼,然后也站起来,双手叉着腰,说:"我陪你爬山打猎,烤兔子,聊大天,就值五斤猪肉啊!"

"八斤猪肉。"郭晋鹏又掏出一沓钱,继续说道,"告诉你,但凡可以用钱解决的都不叫问题。"

"那不是本事!"荆小惠简直要气疯了。

"那什么是本事?"郭晋鹏问道。

"哟,有本事你吐出来,不行了吧?哦豁,你们知识分子就是脸皮子薄,嗓子眼细,不是想吐就能吐的。"

"你别逼我啊。"

"我不为难你,你也别为难你自己,也就是上台嘎巴嘎巴嘴的事,总比抠嗓子眼儿强吧。"荆小惠的话还没说完,郭晋鹏已经开始在拼命地抠嗓子眼儿了。

荆小惠简直目瞪口呆,不敢相信地说:"你还真吐啊。"

她话音刚落,郭晋鹏抠出几口酸水,终于稀里哗啦地全都吐了出来，吐完以后，他跟没事儿人一样，抬腿走人，结果才走两步就掉进了猎人的陷阱里。他捂着腿，嗷嗷直叫："救命啊！"

荆小惠赶忙上前查看他的伤势，着急地说："一点儿常识都没有，那些树枝一看就是人为布设的，下面肯定是陷阱啊。"

郭晋鹏哇哇直叫着："轻……轻……轻点，疼……疼……疼啊！"

荆小惠说："腿又没断，就是踝关节脱臼的小伤，叫唤什么呀。"

郭晋鹏疼得都要哭了，说："这踝关节脱臼还是小伤？我，我长这么大，就没这么疼过！"

荆小惠冷酷无情地吐出两个字："闭嘴。"

郭晋鹏不服气地嚷嚷："你伤一个试试。"

荆小惠立刻挽起裤子，露出她的小腿，上面几乎没有一块完好的皮肤，大大小小的伤疤令人触目惊心。

郭晋鹏哑口无言了。他数着伤疤，不敢相信地说："都给打透了，那还不得痛死？"

荆小惠说："我只说了一句，排长，我受伤了。"

郭晋鹏难受地哼了一声，问："不痛吗？"

"疼啊，在战场上受伤后，要是这么大声叫唤，会被你的战友瞧不起，也会因为你的叫声暴露了位置，害了周围的战友。当然，实在疼得不行，可以哼唧几声。"荆小惠一边用聊天分散郭晋鹏的注意,一边帮他的脚复位。终于在郭晋鹏的一声惨叫中,他的脚成功复位了。然后荆小惠又找来两根比较粗的树枝,用她的水壶带帮郭晋鹏固定。

郭晋鹏一脸嫌弃地说:"你怎么把我的腿包成了一个铲子?"

后来他被荆小惠背到职工医院里的时候,医生说:"这种脱臼伤,越早复位、越早固定越好,对减少后遗症是至关重要的。"

虽然没有伤到骨头,就是韧带有点儿拉伤,但郭晋鹏也一时半刻不能离开病床。郭晋萱熬了一大锅骨头汤,说是伤哪儿补哪儿,多喝骨头汤多补钙。郭晋鹏一口气连着喝了两碗,实在喝不下去了,便说道:"姐,再喝,我就能吐出钙片了。"

郭晋萱说:"你还嫌我,这康复不好,瘸子可不好娶老婆。"

郭晋鹏说:"那就让荆小惠赔。"

"不让她赔。"郭晋萱不高兴地说,"你可不许有这样的念头。"

第二天一早,郭晋萱就把郭晋鹏的请假条交到了厂里面。

荆小惠心想,让郭晋鹏这样在家躺着可不是个办法,得让他能来厂里上班,于是她就寻思着用自行车改成轮椅,可她对着她的那辆二八大杠捣鼓了老半天,也没捣鼓出个什么来。她只好去找佟宝钢商量,请他帮忙画一张工艺图,并且还说:

"只要这事成了,回头我请你吃饭。"

佟宝钢说:"出工艺图没问题,饭你也不用请我吃了,我只求你赶紧和我师父把关系定下来,给我跟婷婷留点儿机会。"

这下荆小惠可尴尬了,说:"你追不上厂花,你赖我呀?我……我跟你师父郭晋鹏那是纯革命友情。"

"哦。"佟宝钢暧昧地笑笑,说,"纯革命友情?"

其实她这话说出来,连她自己也感觉没什么底气。

佟宝钢画了不到一个小时就把图纸搞定了,荆小惠立刻拿着这张设计好的工艺图,去找焊工师傅。

焊工师傅看了看图纸,又看了看荆小惠的二八大杠,然后心疼地说道:"我这焊车一点火,你这好好的车可就毁了。"

"嗯。我也知道,那是我两个半月的工资呢。"可她还是咬咬牙,说,"焊吧!"

当她把焊好的轮椅推到小白楼的院子里时候,郭晋萱正在打电话,张罗着给郭晋鹏买轮椅。只听她对着话筒,说:"蔡经理,你就直接说吧,进口轮椅需要多少外汇?我出,呵呵,我买指标还不行吗?你看……想想办法嘛。"

郭晋鹏嚷嚷着:"姐,我就是一个脱臼,至于还用轮椅吗?你给我找一拐棍儿,我拄着去上班就行。"

郭晋萱挂断电话,说:"不行,我说什么都得给你弄一台轮椅。"

这时荆小惠正好推着轮椅来了,郭晋鹏立刻眉飞色舞地说:"姐,你不用买指标了,轮椅来了,我上班去啦。"然后他用一条腿蹦到荆小惠身边,说,"这是你用自己的自行车改的吧?为什么啊?"

荆小惠点点头,说:"什么为什么,难道什么事都得先问为什么才干吗?"

郭晋鹏心里过意不去,不肯坐上去。他说:"你还是留给重伤员用吧。"

荆小惠说:"重伤员用担架,轻伤员才用轮椅呢。"说着,她扶着郭晋鹏坐到轮椅上,又说道,"慢一点儿啊。怎么样?不舒服呀?"

郭晋鹏摇摇头,说:"没有,这比诸葛亮的四轮车舒服多了。"

荆小惠笑笑,说:"那就好,等你用完了,没准还能卖钱呢。"

"这么丑有人买吗?"郭晋鹏脱口而出,但看着荆小惠僵住的笑脸,他不好意思地吐了一下舌头,又说道,"当……当然啦,美和丑它也得辩证地看。你看,青蛙比癞蛤蟆漂亮吧,但青蛙思想保守,不思进取,坐井观天。而癞蛤蟆虽然长得丑,但思想前卫,有想吃天鹅肉的远大目标,所以长得丑点儿不怕,重要的是要有目标。"

"你的意思是,我这车是癞蛤蟆牌的?"荆小惠问道。

"那不挺好的嘛。"郭晋鹏笑笑。

"恶心我是吧?"

"青蛙是不恶心,但只能上餐桌,爆炒田鸡。而癞蛤蟆虽然一身脓包,但是能上供桌,招财进宝。"

"你这张嘴啊,就差叼个铜钱了。"

荆小惠和郭晋鹏聊得热火朝天,郭晋萱看着虽然不舒服,但看在轮椅的分儿上,她也没有说什么。

郭晋鹏开心地说:"我这专车可以走了吗?是不是得给我安排一个司机啊?"说着,他朝荆小惠眨了眨眼,荆小惠立刻上前推着他,一起去厂里上班。

郭晋鹏回来上班后的第一件事,就是开一场技术讲座的报告会。他让荆小惠帮忙去通知厂里所有的技术骨干和研究室的人。荆小惠问他:"为什么突然间想通了?"

他耸耸肩,说:"就是这几天突然想通的,做报告是为了统一思想,让更多的人理解支持我们自主创新的科研之路。"

荆小惠立即通知了所有的人来参加报告会。

这是九二三厂建厂以来第一次颇具规模的报告会,除了厂里的技术骨干、生产人员,连其他科室的职工也都来了。会议室里已经坐不下了,大家就搬着小板凳到刚建好的大礼堂里。

大礼堂还在建设中,只有简单的舞台和几张办公桌,连音响设备也没有,荆小惠又跑去广播室借音响。

一切准备就绪后,郭晋鹏坐在轮椅上,开始侃侃而谈:"对不起大家,因为我的脚受伤了,所以咱们今天就只能坐着火车听广播——道听途说了。"

大家哈哈大笑起来。

荆小惠不由得捏了一把汗,小声地嘀咕:"这么严肃的场合,你给我开玩笑。"

郭晋鹏不以为然地继续说下去:"我想先给大家讲个故事……"

荆小惠又打岔道:"好好做报告,讲什么故事。"

郭晋鹏给了她一个放心的眼神,然后继续说道:"我啊,打小好奇心就特别重,趴在鸡窝边上看过鸡生蛋,鸡太难受了。我呢,新衣服上蹭了一身鸡屎,挨了揍,也很难受。后来呢,我观察过蛹,先是在表面有裂痕,里面的蝴蝶就开始挣扎,想要抓破蛹壳从里面飞出来,但是过了好几个小时,它还是抓不烂出不来。我看着它太难受了,就用剪刀把蛹壳给剪开了,帮助蝴蝶破蛹而出,可没想到的是,没有经历过挣扎的蝴蝶,翅膀不够有力,根本飞不起来,没过多久,它就痛苦地死去了。破茧成蝶原本就是一个非常痛苦艰辛的过程,但只有经历这个过程,才能换来日后的翩翩起舞。我用剪刀帮蝴蝶破茧,反而让爱变成了害,让蝴蝶没有飞就死了。大自然有大自然的规矩,我们的石油也一样,开采、炼油,从依靠苏联专家,到人家拍拍屁股走了,从全面吸收仿制,到完全自力更生,这个弯太急太大,开车加速硬拐弯是要翻车的。从四大发明到洋枪洋炮,这些技术,当年都是老外挂着我们的龙头拐干的，今天他们的技术确实领先了，我们用一下他们的洋拐棍儿，有什么不可以的呢？我们多花一点儿时间，因地制宜地自主创新，多一些冷静严谨的治学，学懂、弄通，磨刀不误砍柴工，用好洋拐棍儿，而不是一味地盲目地抬杠！"

郭晋鹏说完，礼堂里瞬间掌声一片，所有人都被震撼了。除了付雨泽和几个老顽固，大家都认同郭晋鹏的看法。

荆小惠激动地说："看看，无所畏惧的激情，你把大家的激情都点着了，你一定会创造出一个新的世界来的！怎么样，很有成就感吧？"

郭晋鹏说："有点儿吧，所谓教学相长嘛。"

可散会之后，荆小惠却忍不住开始担心了，说："我跟你说的是丢掉洋拐棍儿，可你今天讲的是用好洋拐棍儿，你不怕有人找你麻烦啊？"

郭晋鹏说："从刚才大家的笑声和掌声中，我坚信我没错，所以不怕别人找麻烦。"

"我也是这么认为的，可是，可是……"荆小惠还是放心不下。

郭晋鹏笑笑，说："可是天万一塌下来了呢？我个高，我顶着哈。"

荆小惠用手比量了一下，说："你现在的身高也就到我腰。"

"那就你顶着。"

"凭什么？"荆小惠说完，扔下郭晋鹏自己往前走，郭晋鹏说:"你欺负人,赶紧来推我啊。要不这样,你先顶着,等我好了,我顶着……"

郭晋鹏腿上的石膏是在报告会结束以后的半个月拆的,这期间,他上下班都是荆小惠负责接送的。他俩除了晚上不在一起睡觉以外,其他时间都在一起。

拆石膏那天,荆小惠看郭晋鹏走起路来还是不怎么利索,便紧张地问:"啥感觉啊?"

郭晋鹏说:"想洗脚。"

荆小惠说:"你能不能正经点儿?"

郭晋鹏说:"半个月没洗脚了,你上呼吸道没感染都是万幸。"

医生说:"你肯定没有问题,脚臭是因为恢复得好。"

郭晋鹏一高兴,就把轮椅捐给了医院。医生推着轮椅,说:"谢谢啊,那我先送库房了。"说完,他生怕郭晋鹏反悔似的,急忙把轮椅推走了。

病房里只剩下郭晋鹏和荆小惠两个人,荆小惠说:"你怎么能不经我允许就把轮椅送人了呢?那是拿我自行车改的,产权是我的。"

郭晋鹏说:"留它干吗啊,我可不打算再断一条腿了。我的意思是再给你买一辆。"

"不要!"荆小惠说。可郭晋鹏还是递给她一个信封,里面有一沓钱。她看了看,这里面的钱足够买两辆全新的自行车了。她便问:"这是干什么?"

郭晋鹏说："你的自行车给我改成轮椅了，虽然是辆二手的，但是也是你很大的一笔财产，我不能装聋作哑啊。"

荆小惠把钱还给郭晋鹏，说："那都是我自愿的。"

"你自愿的我就必须接受，那我自愿，你是不也应该接受？这样才公平啊。"郭晋鹏说。

荆小惠只好从信封里抽走一张钞票，说："好，那就再买一辆二手自行车。"

"十块钱就能买辆两个轮的自行车？"郭晋鹏惊讶得下巴都要掉了下来。

可荆小惠还真买了一辆两个轮的自行车，但除了铃铛，其他地方都咔啦咔啦地响。不过她修了两天，竟然都修好了。

这下，郭晋鹏可真是佩服得五体投地。但更让他佩服的是荆小惠胆敢去杀猪。其实他的脚伤已经好了，荆小惠还是说要给他补一补，但猪蹄可是不好弄到的稀缺物资。按规矩来说，杀猪的师傅能够多分些下水和先买些好肉，如果杀猪不用帮手的话，就能给四个猪蹄。

为了那四个猪蹄，荆小惠买了两瓶烈酒，一个帮手都没要就去了猪圈。

郭晋鹏笑道："这猪若是杀不成，回头咱俩就成了厂里的笑话了。"

荆小惠说："美国兵我都杀过，几头猪算什么。"

郭晋鹏说："那你买这酒做什么？准备壮胆儿？"

荆小惠说:"酒壮尻人胆,我像是尻人吗?我是给猪喝的,它们喝多了,一会儿被宰的时候才不会疼。"

郭晋鹏差点儿没笑趴下,说道:"我当你有什么办法呢。"

只见荆小惠把杀猪刀磨好,雄赳赳气昂昂地走进猪圈,把猪围在墙角,然后拼命地给猪灌酒。

两瓶烈酒下肚,那猪已经两眼一翻,"哼唧"一声,倒在了地上,一副任人宰割的样子。

郭晋鹏说:"杀猪下刀要快要准才好,要不然猪遭罪,人也跟着遭罪。"

荆小惠说:"你行你来呀,光说不练嘴把式。"本来她提着刀,正愁如何下刀呢,郭晋鹏偏偏在一旁说个不停,说得她心烦意乱,更不知道从哪里下刀才好了。

这时围观的人越来越多。大家都说头一回见女的杀猪,能行吗?别割到手了呀。

荆小惠把心一横,冲着猪的脑袋砍了下去……

第四章　水之筝

落雪的日子，我是不会出去跑车的。我抱了干柴回来，看到屋外台阶边的雪水中，有一些忙碌的蚂蚁。落雪让我走路时有了咔嚓咔嚓的声音。村里有一个不成文的规矩，下雪了之后不去扫，而是让它化在地里。我们不用赶着牛羊去田间，不用背着锄头铁锹去田间，我们只要生起炉火取暖就可以了。

屋里火光融融，我在炉火中看见自己的影子。生起炉火之前，一场突如其来的大雪降落在八大村。昨夜屋檐结下的尺把长的冰凌，像刺向大地的一把把刺刀。村庄一下子安静下来，人们躲在厚厚的雪下面生活，只有不怕冷的狗会用四条短腿在雪地上留下一串串梅花印。落雪的日子，只有河水是热的，河上面冒着氤氲的水气。八大村的冬天，流动的河水是不结冰的。老一辈人管这个叫水之筝，那水就像是飞到天上的风筝。我娘还在的时候，会带着我，用网去打鱼。打了鱼，我们在冬天也能喝上热辣辣的带点儿姜味的鱼汤。还有一碗面条，一勺辣椒一勺醋，一个鸡蛋，配上灯盏窝。吃娘做的饭的日子是最幸福的日子。每次打了鱼，娘还会晾干，腌起来，那样年也会好过一些。于是在每一寸雪融化的声音中，踏着潮湿的泥土走向河边的时候，我总会想起和娘打鱼的日子。

年底说着说着就到眼皮底下了。跑车的营生越来越不好干了，我盘算着去工地上搬砖。最近油田建设了不少项目，不光如此，还有煤矿，各个工地都在招人。

在村庄最东边向东望去，或是站在河坝向东望去，还能看到在村庄和树木掩映之间若隐若现的灰色影子，那是矿上特有的炉子——高高的冷却塔。若是在夜间跑到合适的位置，能够看到那个方向上有明亮的探照灯。即使不在合适的地方，在夜间往东南方向望去，也能够看到辉映天空中的亮光。那就是煤矿。

煤矿蕴藏丰富的煤炭，东西十多里、南北五到十几里的井田，有平均十几米的可采厚度。煤矿上有不少煤矿工，那些工人全部是从不远的平原上来的。煤矿的附近有一条煤炭转运路线，专门运送从这里挖出的煤炭。但无论是油田建设的工地还是煤矿，都是靠力气吃饭的活儿，不能做一辈子。于是我心里有了一个想法，工地上那么多人，吃饭怎么办？我想了解一下情况，如果可以的话，我就想卖些水饺面条家常菜什么的。早饭和晚饭工人们肯定是在家吃，午饭应该可行的。

虽然我没有像吴大春那样拜过师父，但我娘做饭的手艺我还是学了一些的。这个时候还早，工地上稀稀拉拉的还没有几个人，我壮壮胆子朝着一个好说话的人走过去。那人拿起铁锹正准备干活。

我客气地说:"大哥,跟您打听个事儿行吗?"

"什么事儿?"

"我想问问,你们中午怎么吃饭?"

"吃食堂啊。"

一听有食堂可以吃,我的心就凉了半截,但还是继续问道:"吃食堂花钱吗?"

"当然了,素的两毛,肉的三毛,馒头一毛两个,米饭一毛一份。"他像服务员报菜单那样说起来,我心里雀跃起来。原来食堂也是花钱的,我心想只要我卖得便宜一点儿,还是可行的,便说道:"大哥,我想在这边卖午饭,你说会有人吃吗?"

那人一听,放下铁锹,说道:"不知道。"

"那您会去吃吗?"

"不知道。"

怎么一问什么都不知道呢?可我仍然不死心,说:"我想专卖面条,你说行吗?"

"这个不好说,总得能吃饱了。干活的人,饭量大。"

这话说得很中肯,工人们挣的都是辛苦钱,便宜而且能吃饱就行了。

我又连着问了几个人,有说行的,也有说不行的,反正说什么的都有,说得我自己心里也没有底了,不过总得试试才能

185

知道行不行。

出了工地,我仔细思量着,要卖饭,在自家的房子里做肯定是不行的,买米买菜什么的也不方便。其次要有个车子,要装煤气罐,摆些锅碗瓢盆之类的。饭还是要热乎了吃,凉了对身体不好,也容易闹肚子。房子可以租,附近的民房应该很便宜,车子也可以租,等有钱了再买,但是盛菜的东西就得去定做了。我记得站牌的下一站就是个村,顶多也就二里地。我一边叹气,一边往那儿走,计划是很好,但是我手中的钱可没那么多。卖了车子,应该能凑一些出来。

这个村叫作下洼村,位于九二三厂和我们村之间。我在村里来来回回地走了好几遭,才问到一处合适的院子,只有一间房,都快塌了,反正我也就是放放东西,还有一个小棚子,里面放的柴火什么的。

房子左边有一个灶,但是上面没有锅,要用的话,还得自己买锅放上。右边墙角边一棵树,树旁边一口水井,井边放着一大块石板,刷洗干净了,倒是可以放点儿东西。因着什么家具都没有,一个月三块钱,一个月一交。

这个价格我很满意,说下午送钱来。房主是个大娘,看着挺和气,约好了三点在家里等着。从她那里得知明天村子里逢集,一些米面都是自家卖的,不用票。我谢过之后又问她知不知道哪里可以租到煤气罐。

大娘一愣,说:"你问那东西干啥?"

我说:"我主要是想做生意用。"

大娘说:"那玩意儿多危险啊。我家就放着一个,我家大小子给买的,你要是用就拉去用,一个月也给三块钱,但是里面没有煤气了,你得自己去灌。灌气的地方也不远,你拉着来回走上个把小时就够了。"

个把小时还不远,但是一个月也三块着实贵了,我和她讨了半天价,又征得可以免费使用平板车,这才作罢。不是我想占这个便宜,实在是囊中羞涩。

第二天我又起了个大早。大娘说了村里今天有集,我要买的东西多,还想回来就开张,试试这个买卖到底能不能成。

我觉得自己已经来得够早了,集上却已经有不少人了,我按照单子一样一样地买,两口锅,两只桶,六个盆。两口锅一口蒸饭,一口炒菜,光这两口锅就花去了将近十块钱,然后就是糙米、棒子面、油、调料和青菜了。最后我把买的东西送回了小院,又去买了一趟才买完。我全部的积蓄加上卖车的钱一共三十块钱,最后只剩了四毛钱。我心想要是这生意不成,最后我可能得去要饭了。

眼瞅着剩下的四毛钱,我狠了狠心又拿出两毛去买了一个口罩戴上。这做吃食买卖的人得干净利索,再说戴着口罩,大家也就看不到我的豁嘴了。

我开始打水,先用大锅蒸上饭,然后开始洗菜切菜,今天头一天我不敢做太多,咸菜瓜子和虾酱都是在家里做好的,等饭熟了，我盛在大盆里，带上切好的要去那边炒的菜，装好煤气罐也就到了十一点了。拉着平板车，我心里无比忐忑和激动。幸好路程很近，也就二里地，但是昨天磨的肩膀，还是疼得厉害。车站站牌那里有等车的人，我忽然有点儿胆怯了，停在一边不敢前进。这时，一个大叔的声音传过来："年轻人，拉不动了？我帮你一把。"

我连忙扭过头，说："谢谢啊，大叔。"

"哎呀，你这锅碗瓢盆的还挺齐全，莫不是要在这里卖饭？"

"您看出来了？我也没有工作，就寻思着干点儿什么。"我有点儿不好意思地说，中年大叔却竖起拇指，说："很厉害啊，我看你就去那边卖，进进出出的人多，我给你宣传宣传去。"

"哎。"我惊喜，大叔指的地方就是昨天我看见有很多人休息的地方，离工地大门有十来米远，有空地还干净。我觉得自己的运气真不是一般地好，出门就遇到了贵人，这生意肯定能成。

"走吧，走吧，我帮你搭把手。"

我感动得眼泪都要掉下来了。大叔帮我把车子推过去，径直朝着大门走过去。我幡然醒悟，他应该就是工地里面干活的人，我连忙拉住他，拿了一个油纸包，打开盛饭的盆子，盛了满满一包，又舀了两勺虾酱，塞到中年大叔手里，真诚地说道："大叔，谢谢您，您可别推辞，回去给工友们宣传一下，麻烦您了。"

中年大叔忙推辞道："别别，你这还没有开张呢。"可他想了想又说道，"那我就当你的第一个顾客吧。"说着就要掏钱。

我连忙阻拦道："大叔，您快接受吧。"今天若不是这位大叔过来搭把手，我真是不确定自己到底能不能有勇气站在这里。

中年大叔拗不过我，只得说道："那行，十二点散工，你准备好。"

"哎，谢谢您了。"我再三感谢。看着中年大叔的背影，我心中充满了动力。我深吸一口气，把煤气罐卸下来，支好炉灶，开始做菜。一共准备做四道热菜，先做茄子，做好的茄子凉得慢，先做它最好了。

闻着香气，我自己的肚子都在咕咕叫了。

等我把最后一道热菜酸辣土豆丝做好了之后，十二点也就到了。一个人拿着饭缸子奔过来，说道："我说你这儿做的什么饭？太香了，我们闻着都没有心思干活了。工头说有人在这儿卖饭呢，我看看有什么。"

后面也跟着几个人。我心中一喜，大大方方地说道："我在饭里放了豆子，还有棒子面的。"这样做成本低又好吃，就是麻烦一点儿，得先把豆子蒸得半熟，再把米面下锅一起煮。

我想他们说的这个工头应该就是帮我拉车的中年大叔吧，他应该是一个管理者。于是我心中微定，不怕今天中午的菜卖不出去了。我笑着介绍道:"肉菜三毛一份,素菜两毛,米饭一毛。"

"和食堂一个价,要不就先尝尝吧。"有个人说道,听他这口气里带着失望,估计还想着外边卖的能便宜呢。

其实这个问题我想过了,如果不和食堂价格一样,这就算是恶意竞争,时间长了,食堂肯定不愿意,说不定还会不让我在这儿干了,所以我宁肯少卖点儿也要让生意长长久久。

"好咧,您看要什么?"我笑着问道。别管人家说什么,自己是来挣钱的,可不能计较那么多。

那个人指着茄子,说道:"给我两份饭,一份茄子。"

我接过缸子,麻利地给他打好,最后添了一勺咸菜瓜子,说道:"送您一勺我自己腌的咸菜瓜子,好吃常来,一共五毛钱。"

这下这个人高兴了,添这一勺可是半份呢。他付钱,我指指前面的纸箱子,说:"您自己放吧。"

买饭的人高高兴兴地走了,还说:"这个卖菜的好,还给添头,要是在食堂打饭,巴不得少给你半勺呢。"

有了第一个买的,就有第二个……

一大盆米饭、六盆菜,半天的工夫就没有了,真没有想到这么快就卖完了。不过今天饭蒸少了,我忽略了这些工人们的饭量,要不是我搭出去一盆菜,饭肯定不够卖的。

我高兴地收拾东西,拆了煤气灶往车上搬。第一个买饭的人过来帮我把煤气罐搬到车上，对我说："小伙子，你这饭做得好吃，也香，一看就放了不少油。明天你来不？你要是来，我们还吃你的。"

我连忙说道："来，当然来了。兄弟，谢谢捧场啊。"

回去的路上虽然饿，但是想起车上的那个盛钱的小纸箱，我心里的激动和喜悦那是满满的。

一回到小院，我就迫不及待地关上大门，把纸箱里的钱全部都倒出来，一毛一毛地数。

连着数了三遍，竟然有十六块四毛钱。我不可置信地看着手中的一大堆毛票，这可比我辛苦拉车赚得多多了。我快乐地在小院里蹦跳起来，终于不愁没有饭吃了。我拿出五块钱珍重地放在自己的布包里。以后每天都要存五块钱，这样日子久了，就有一笔不小的财富了。

给自己简单地做了点儿吃的，我坐在井边的小凳子上，看着苍翠的大树，怔怔地出神。等攒够了钱，我想去北京，听说那里的大夫能治好我的病。

休息够了，我把东西简单地收拾了一下，要去采买明天做的菜了，看看能买到什么就买什么吧。我记得灌煤气的地方什么都有卖的，远点儿是远点儿，但是今天有钱了，可以坐车去呀。

等回来的时候我快累瘫了，因为我是走回来的，背着十斤棒子面，还有一挂猪下货。因为有猪下货，售货员嫌臭，根本不让我上车。

回到小院,顾不上身体的疲惫,我赶紧把猪下货收拾起来。

以前我娘每年过年都会煮上两挂猪下货,有猪肝、猪心、猪肺,还有猪大肠。她有自己的独特的去腥去臭的办法,所以她煮出来的下货格外好吃。

洗这些东西,刚开始的时候臭,洗两遍之后味儿就没有那么浓了。用面粉和盐把大肠搓干净,放进锅里,然后倒上一瓶料酒,大火烧开,然后把大肠和下货捞出来,把水倒掉,添上清水,重新煮。想让下货好吃,最重要的一样就是,放料。我娘活着的时候曾经说过:"别心疼,使劲放,大火烧开之后,用小火慢慢地炖。"

我一直做到月上中天,等下货煮好了才回家。月亮将我的影子拉得长长的。

第二天一大早起来我就去了小院,依旧是一番忙碌。昨天,卤猪下货的汤还剩下不少,我把白菜洗干净,和豆腐一起切了,然后放进锅里面,点了火炖。白菜是昨天准备下的,今天炖了就是当添头也是好的。

那一副猪下货总共花了两块钱。我把猪下货一样切了一半盛了一大盆,剩下的放起来,寻思着卖多少钱一份合适。反正这东西成本也不高,就是费点儿事,要不和普通菜一样卖两毛钱一份吧,价钱高了,也不太合适。

这一次也是和昨天一样，十二点就有人开始过来买菜，唯一不同的地方就是，今天买菜的人格外多，幸好今天做了两大盆饭，还冒尖呢。

眼见着买饭的人越来越多，我建议道："别挤别挤，要不然大家排队吧，排队速度还能快一点儿。"

我这么一说，后面的人开始自觉地排队。我认真地给工人打菜，有的要素菜的我就会适当地添上一块大肠或者一块猪肝，有要肉菜的我适当地添上几勺白菜炖豆腐，让大家的饮食均衡。

工人们吃得都很高兴。但是，来得晚的没有买到，就遗憾地走了。我看到盆子里还有不少白菜炖豆腐，忙喊住他们一人给了两勺，众人高兴地走了，看来明天还是要多做点儿饭，多做点儿菜才行。

一回到小院，我就迫不及待地把箱子里的钱倒出来，一毛一毛地开始清点。

昨天买菜所有的成本不过是十块钱，今天的收入竟然有二十五块钱还多，而且还有半副猪下货，锅里还有半锅白菜炖豆腐，这些明天都可以再卖。明天这里逢集，我就不用挨家挨户地去买菜了，早点儿过来去集市买菜就行了。但是米还是要多准备的，看来明天两盆饭还不够卖，要再买一个盆盛饭，买两个盆盛菜。

我郑重地拿出五块钱放到小包里面，如果明天收入还多的话，那么我很快就可以去北京治病了。

逢集，我买了一百斤棒子面，五十斤米，让人直接送到家里去，然后才开始慢慢买菜。看到有卖豆腐的，买了十来斤豆腐，那豆腐也便宜，不过才两毛钱。可以用豆腐炖上一锅大肠。果不其然，今天的豆腐炖大肠受到了大家的一致好评，都建议我明天再做这个菜，才两毛钱一份，便宜又有营养。不过我却没有打算再做豆腐炖大肠，一来，去那边买猪下水太远了；二来收拾猪下水太费时间，太累了。但是今天逢集，我买了很多大骨头，下午有时间我可以把肉剔出来熬成骨头汤，明天装到桶里免费给大家喝。

从开始到现在，每天生意都火得很，第五天我已经卖了五十多块钱了。但是这营业额大概也就保持在这个数了，工地上的人数有限，每天来吃饭的人也有限。有一天，我试着多煮了半盆饭，果真剩下了。

终于，漫长而又寂寞的冬天过去了。

太阳明晃晃地照着八大村的田野、房屋和河流。谁家的牛发出第一声春的哞声，谁家的小姑娘第一个穿上春装，谁家的小媳妇第一个春天里回娘家，谁家的小子第一个在春天里露出黝黑的胸膛……

土地油汪汪、湿漉漉的，野草野花一个劲儿地疯长，一锄头下去，会掘到一条冬眠的蛇或一只冬眠的蛙，它们睁着惊恐的眼睛看着突然降临的春天，终于游走或跳走了。

村民们收了地里的麦子，全部集中在麦场。我爹活着的时候，我家的地都荒废着，后来他又拿去抵债了。所以每每看到人家收获，我的心都五味杂陈的。这些麦子本来在地里，得意扬扬地在风中晃动麦穗，但是熟了以后就被闪亮的镰刀放倒，然后用牛车一车车运往村里。地里一下子变得苍凉了，一些鸟儿上蹿下跳衔食麦粒。但是这样，地里还是苍凉。

麦场的晚上亮起一盏盏临时接的白炽灯，老村长反背着双手在麦场里踱步。他已经很老了，据说新中国成立前，他当过交通员。他正在物色一名年轻村主任，最好当过兵，是党员，最好脑瓜子灵，手脚勤，能带领村里人种好麦子，把一切事情处理得井井有条。

老村主任说开始吧！于是就开始了，开始打麦。我记得我很小的时候，那是我第一次也是最后一次跟我娘一起去打麦，因为在那之后，那块地就再也不是我家的了。我瘦小的身体很夸张地动作着。站在我身边的是我娘，她手把手地教我打麦，还预备教我全套的农活。我娘说："想有好收成就得对庄稼好，你往地里撒多少汗珠，就有多少收成，懂吗？"那时候我的眼泪和麦粒一起飞溅，我的童年从打麦场开始，在一个普通的夜晚呼啦啦冒出一片绿。

天蒙蒙亮，我终于躺倒在麦草中。麦草的气息又甜又腥，我贪婪地呼吸着这种气息渐渐地睡着了，梦中有人拉扯我的耳朵，好像有人在喊："兔子……兔子……"

我醒来时，太阳已经升得老高，老村长拿来了窝窝头和咸菜瓜子。他是村里为数不多会对我笑的人。他笑着说："显明娃儿长大了，能干活了。"

我啃着窝窝头，看着在麦草堆里睡着的母亲，忽然看到不远处的野花开了一大片，我一转身，身后也是一大片，它们将麦场包围和吞没……

"显明娃儿，你来了？"

我的思绪被老村主任的喊声拉了回来。他问我最近怎么样，我对他点点头，"嗯"了一声，然后我几乎是跑着逃离麦场的。我不敢在那儿待太久，要不然我又会忍不住要哭。

早些年的时候，我爹也曾下地种田，不过他一干活儿就犯困，侍弄麦苗的时候不是把麦苗涝死了，就是把麦苗给旱死了。可他觉得他很有理，他说："哪有种田发财的。我有风湿，下不得田，做不得事。"那时候只有老村长会说："拿棍子打断你的懒筋，那就好了。"

我曾希望老村长真拿棍子打我爹，就像我爹平时喝多了揍我娘那样，可最终老村长也只是说说罢了。

这天我收了摊，看了看阴暗的天不由得担忧，看样子是要下雨了。可煤气罐里没有煤气了，我要拉着板车去灌，来来回回就得三个小时，真害怕会在路上挨浇了。本来路就坑坑洼洼的不好走，一下雨就更不好走了。可不灌煤气更不行，我要是不去，明天就没有办法卖饭了。

我简单地收拾了一下，天阴得厉害起来，我咬咬牙，还是决定要去，把煤气罐用油布裹好了，又带了一块油布，拉上板车出发了。果不其然，走到半路就下起雨来了，但是雨不大，我停下车子，裹了雨布，趁着路还好走，赶紧去。

去的时候还好，回来的时候简直举步维艰。车轮上沾满了泥土，拉动车子，轮子一转，甩得裤腿上全是泥巴。鞋子更不用说了，走一段我就得停下来磕磕鞋上的泥，再继续走。油布裹了也是白裹，我的衣服早就湿透了，我一连打了很多喷嚏，不由在心里叹口气，千万别病了。

我停下来喘了口气，看看平板车上的煤气罐，幸好裹得严实，里面很干燥，这是我赖以生存的东西，当然要保护好了。

天下着雨，黑得也早了起来。我本想着天黑之前能赶回小院呢，但是平板车陷到沟里去了，我费了九牛二虎之力，甚至把煤气罐都搬了下来，还是没有拉出来，看样子除非抬上来了。

我身上早就湿透了，里里外外冰凉冰凉的。平板车拉了一遍又一遍，可就在沟里纹丝不动。我全身的力气都用尽了，无力地蹲在车子旁边，路上一个人都没有，谁能帮帮我？

我还要靠这车子和煤气罐养活我，所以我就是把自己丢了，都不能丢了它们呀。

"哎——"我大声地呼喊起来，但是除了风声，没有回应。

离村里还得走半个多小时的路，这里前不着村，后不着店的，一点儿办法都没有了。我缩在平板车边，心里想着大不了就是在这守上一夜，然后第二天再找人帮忙，没有什么是不过不去的坎儿。

不知道过了多久，雨停了。

忽然有点点灯光，我欣喜万分，扶着车厢站起来。远处有手电的光亮，只要有人来帮我把车子拉出来就好了。

"哎！"我喊道，"哎，有人需要帮助，有人需要帮助。"高昂的声音尖锐而又有穿透力，在这样的原野里，显得格外的大。

灯光越来越近，还伴着高高低低的喊声，我的眼泪又掉了下来，是荆小惠的声音。我深吸一口气，声音中还带着丝丝哽咽，喊道："喂！这里有人需要帮助，在这里。"

或许她听见了声音，灯光顺着声音照过来，却没有了她的呼喊声。我靠着平板车，这才发觉，浑身一点劲儿都没有了。

灯光近了，还有荆小惠中气十足的喊声："谁？是谁在那儿？"然后我听见踩水的脚步声。灯光转瞬就到了眼前，荆小惠看着一身泥、一身水的我，说："你不是那个拉车的吗？这么晚了你在这儿干什么？"

我怯怯地指了指平板车，说："车子陷在沟里了，麻烦你帮我赶一赶。"

荆小惠二话不说，抬起平板车就拉，凭她的力气竟然没有拉动。她蹲下去，检查车轮，说："是个死坑，非得抬出来不可了。"

最后我们费了九牛二虎之力，终于把车子弄了出来。

那一点点光亮，给了我无穷的欣喜，我从未如此欣喜过。我的眼泪一下子又下来，感谢的话却说不出来。幸好她来了，否则我真不知道怎么办才好呢。

我要去拉车子。荆小惠却快一步，拉上车子，说："我来吧，小时候在家里农活可没少干，拉个车子还不简单嘛。"

我抓着车帮子，紧紧跟在一旁，漆黑的夜里，只能听见我俩的脚步声。路上到处是水洼，偶尔传来扑哧扑哧的声音，那是我们踩到水了。

荆小惠听着我粗粗的喘气声，不禁放慢了脚步。

我们艰难地前行着……

车子吱呦吱呦地响着……

不知过了多久，前面有点点灯光，应该快到了。等到了小院，我把煤气搬进屋里，把车子放好，难受得再也坚持不住了，浑身上下就像散了架一样，没有一处是舒服的。

荆小惠看着这个快要塌掉的小屋，还有屋里的锅锅盆盆，惊讶极了，问道："这是做什么买卖？"

我站在门口双手扶在门框上，手上的青筋都突了起来，勉强笑道："就在下洼的工地上卖午饭。要不咱们回村吧，你有空了再来看。"

锁了门，我和荆小惠一前一后回去。我不知道是怎么走回去的，大约度日如年就是那种感觉了。荆小惠说她是来帮郭晋鹏拿设备的，结果走错了路，才绕到这里，设备没拿成，反倒遇上了我。虽然这种想法不好，但我还是忍不住庆幸她走错了路。

回了家，我直接把鞋子甩在门口，光着脚跑回屋里去，脱得光溜溜地钻进被窝里。不知道睡到什么时候，我身上一阵冷一阵热地醒了过来，好像发烧了，身上有气无力地下地到厨房切了一块姜，把手脚都搓热乎了，又喝了满满一碗姜水，才回去继续睡觉。

我从小就不是那么娇气的人，从前生了病，白天照常起来干活儿。不过是被雨淋了一下，发烧而已，我感觉身上还有力气，早上起来就照例来小院，准备买菜做饭了。

看到扔在院中的平板车，我恍惚了一下，车轮上全是泥，车厢里也好不哪里去，我打了一桶水，拿了扫把，打扫起来。我想今天少做一点儿饭，可以早点收摊，去给荆小惠买点儿什么，表示感谢，昨天多亏了她。

刚刷洗完车子，大门开了，房东大娘进来了。我热情地招呼她，还洗了一个苹果，说："大娘，吃苹果。"

房东接了苹果，倒是没有坐下，四处看了看，说："小院收拾的挺立整，连平板车都刷得干干净净，你干了这三个月了，生意挺好的呀。"

我说："还行。"然后拿了大米，先泡泡，洗干净了好蒸米饭。

房东大娘道："怎么算还行呢，一定挣不少吧。"

"没有，就是混口饭吃。"我很认真地说道，"都是辛苦钱，一天到晚地忙个不停，早也干晚也干的，累。"

"看你这两个月瘦的，就像变了一个人一样，要不是我经常见你，这猛然一见还真不敢认来。"

"是吗，也没有瘦多少吧?"

虽然和房东唠着磕，可我手中的活计丝毫没有停下，洗菜、切菜、剁肉。房东说："你这麻利得快看花我的眼了，以后谁要是嫁给你可有福了。"

我没有搭话，憨憨地笑了一笑。房东大娘叹口气，说："生活不容易呢。"

"可不。"我跟着附和。

"小伙子，你看这房子都租了三个月了，这房租是不是该涨涨了。"

我猛然想起来，合约上没有约定房租不能涨的问题。我愣了一下，然后又若无其事的干起活来，说："大娘，您说涨多少?"

"房子涨到六块，煤气罐也涨到六块，平板车就算了，你还是先用着吧。"

好啊，这一下子全都翻倍了，一个月只这一项就支出去十二块钱来。我说："大娘，我这一天才挣个三块五块的，您这

201

一下子涨这么多,我这大半个月挣的光交房租了,您看我一样涨两块,一共十块行不行。"

原来她这小院空着,屋子都快塌了,人都没有办法住。我租下来不过是用用院子,在屋里放点东西,要是我不租,谁能租她的房子呀。

"你是不知道呀,我那大儿子本来要把这院子收回去,说不租了,我这好说歹说他才愿意再租出来,这要是一个月十块钱,我这回去也没有办法交代呀。我大儿子可说了,你那生意火得很,一天就能挣个十来块钱,一个月收你十二块钱的房租,他还觉得少呢。你看你盆子里泡的那些米,啧啧,少说也得有个二三十斤,不挣钱谁信呢。"

"行啊,十二就是十二吧,大娘咱们可说好了,您要是再涨,这房子我可不租了。"

房东大娘随口说了一句:"放心吧。"然后拿着苹果心满意足地走了。不过她这回来倒给我提了个醒,无论是租房子还是干其他的,口头约定就是不行,这才三个多月呢就涨了一回房租,往后日子还长着呢,这房租翻倍地涨,谁能受得了。

虽然一个月多拿六块钱也算不上什么,但是这心里总归也不是那么舒服。本来昨晚发烧,身体也够疲惫的,心情再不好,整个人都没精神了。做菜的时候没有什么感觉,但是卖着饭的时候,我就觉得难以支撑下去。

我现在每天要蒸四大盆米饭,做四个凉菜,六个热菜,卖饭的时间要延长半个小时,做饭的时间要增加两个小时,着实又忙又累。但是除了忙碌,我找不出可以打发时间的事情,只有钱存得足够,心里才踏实。

这天我刚卖完饭,正在收拾打算一会儿回家,眼见还有人过来,我忙喊道:"没饭了,明天早点儿过来。"

这几个人还是没有停下,径直走过来。我心中一惊,生出一股不好的预感来。

"谁让你在这儿卖的?"为首的人一过来就质问道。

我暗暗道,果然是来找碴儿的,一看他们的表情就没有带着好好说话的样子。我说:"你们是什么人?"

为首的人笑了一下,用手指了指工地里面。

我心中了然,原来是工地食堂里面的。只听他说:"让你在这儿卖了几个月了,见好就收,别太贪心了。"

我一天辛辛苦苦挣个几十块钱能叫贪心?我心里虽然这样想,但嘴上却不能得罪人,毕竟是人家的地盘。

"大哥,我就是个小本买卖,混口饭吃。您看我这吃饭的统共没有几个人,和您那大食堂根本没有办法比,是吧。"

那男子挥挥手,说:"别价啊,别这么说。行了,明天别来了。"

这就是很明显的恶霸行径了,我说:"我在这儿又没有违法,明天我还是会来的。"

"哎哟,还挺强硬。"

其实我语气没有什么不好。我说:"我只是以事论事。"说着我手下也没有停顿,把几个菜盆摞到一起。

为首的大汉后面,忽然出来个小青年,一伸脚,几个菜盆哐啷一声,滚了两米远。

我吓了一大跳,问道:"你们干吗?"

小青年伸出手指头指着我,恶狠狠地说道:"警告你明天不许再来卖了,明天再来就不是踢盆子这么简单的事情了。弟兄们,走!"

我蹲下身把盆子捡起来,都是搪瓷盆子,被那个小青年这么一踢,边上很多地方都掉漆了。我叹了口气,只要没有破就好,这样还能将就着用。

回去的路上,心情格外沉重,恶霸哪里都有,这下竟然找到自己头上来了。如果是执法部门来管,我肯定会乖乖地离开,但是这帮人竟然赤裸裸地威胁。是不是可以请荆小惠明天过来帮一下忙?但我又打消了这个念头,算了,明天看看再说吧。

这天我在小院待得格外晚,天黑了才回去。月亮慢慢地升起来了,银色的光辉洒在路上,很美,但是我的心情却没有轻松起来,我在忐忑明天的事情。第二天起了个大早,今天的饭,我做得格外用心,酸菜溜鱼片、色香味俱全的红烧肉、麻油拌鸡丝、红烧茄子……全是大菜,我把全部的心思都投入到这一餐的饭菜中,我只想把这一餐饭菜做好。万一真卖不成,我就全部分给工地的弟兄们，就当我感谢这么长时间以来他们对我的支持了。

可是，过了十二点，工地的大门迟迟没有打开，一个出来的人也没有。

我系着围裙，站立在平板车跟前，眼睁睁看着喷香的饭菜渐渐变凉。

我眼也不眨一下地看着工地大门，期待着下一秒大门就会打开，终于大门开了一个缝，挤出一个人来。我眼中散发出惊喜，是小虎子。他飞快地跑到我面前，说："小明哥，薛头让我告诉你，让你回去吧，包食堂的人是工地领导的亲戚，工头都收到通知了，以后中午工人都不准出来。"

我直接惊呆了，等我反应过来，小虎子已经跑远了，我没想到竟然会强制性地不让工人出来。

工地的大门已经关上了，但是我的心中仍然感激薛头，我当然记得，第一次来卖饭的时候，帮我拉车子、鼓励我的人就是他，当初若没有他搭那一把手，我会不会开始卖饭还很难说。现在又让小虎子出来告诉我一声，除了感激，我想不出用什么词来形容自己的心情了。

如果不卖饭了，那我能去干什么？

日头渐渐西移，我坐在板车的旁边没有动，中午没有吃饭也丝毫不觉得饿。我要在这儿等着，哪怕等到天黑，无论如何，这一餐我都要送出去。可是还没有等到工人们出来，倒是等到了昨天的几个人来。

我深吸一口气，慢慢地站起来，紧紧握住双拳，只要他们胆敢动手，今天就是鱼死网破，我也要扳倒一个。我有了这样的决心，脸上的表情也决然起来。

为首的还是昨天那个人，他走近，用冷嘲热讽的口气说道："昨天说了不让你来，不让你来。怎么样，一个来买的也没有。有本事，明天再来呀。"

"我愿意。"

"还挺犟，昨天怎么说的来着，开砸呗。"

我心中满满的愤怒，一迈步挡在平板车跟前，说："反正工人已经出不来了，为什么还要砸？"

我个子不矮，身材不瘦，这么一挡，竟然挡去半个平板车。

"消息挺灵通，这么快就知道工人中午不能出来的事了。工地里面有认识的人，谁呀？说出来，让我们听听靠山硬不硬。"为首的人半真半假的说道。

我深知这是在套我的话呢，说："我姐是战士，参加过抗美援朝，她就在九二三厂，是保卫科的科长，今天要是你们敢砸，走道的时候，可要小心点儿。"他们恐吓我，我自然也能搬出来荆小惠压他们。

哪承想几个人哈哈笑起来，说："你姐要是保卫科的科长，你还能是个卖饭的厨子？"

其中一个还笑得直不起腰来,抱着肚子在一旁跳脚,说:"春哥,别这么说啊,小心走道的时候被打黑棍。"

我的脸从上红到下,怒火充斥了心间。我说:"你们不要欺人太甚。"

"别在这浪费时间了,砸吧。"

这些人说着就要动手。

我顺手抄起平板车上的锅铲,朝着自己的额头上砸去,锅铲头尖,这一砸,额头的一角血顿时就淌了下来。

几个人顿时愣住了。

"住手。"只听大门方向,响起一个中气十足的声音。

众人转过头去,是薛头,他几步就来到他们跟前,说:"小春,张总命令都下了,你又何必揪着不放?"

原来为首的人叫小春,他却丝毫不给薛头面子,耀武扬威地说道:"薛头,这事和您没有关系吧。"

"是和我没有关系,但是小春,你们几个人围着一个残疾人,觉得这样好吗?如果这事换在你们的亲人身上,你们会怎么想?"

小春显然有点恼怒了。他说:"薛头,您还是莫管闲事。"

"不平之事自然有爱管闲事的人来管,若是今天张总在这里,也不见得同意你这番行为吧。"

小春冷哼一声,伸手指向我,说:"今天的事就算了,要是还敢再来,谁来也不好使,走。"

他们转身离开了。

我真诚地说道："薛头，真对不起，连累您了。"

薛头眉头一皱，说："你这孩子也真是的，对自己下手也太狠了，赶紧找个卫生所包包去。"

我伸手往伤口的地方捂了捂，说："没事，薛头，麻烦您回去和他们说说，散了工，到我这儿来领菜，今天的菜不要钱，就当这么长时间以来，我感谢大家的。"

薛头转头看向平板车，叹了口气，都是平常人家里难得一见的大菜，对我说："你勤劳又能干，就是不在这里卖了，到哪里都能混口饭吃。"

我低下头，掩住难过，道："薛头，可别忘了，和工人们说一声，我在这里等到大家散工。"

薛头又叹口气，说："你也不要失了努力的心。这个世界就这样，有欺负人的，但是也有好人。"

我嗯了一声，勉强笑道："没事儿的。"

薛头走了，我愣愣地等工人散工。

额头上那几滴血，已经干巴了，却红肿起来。我伸手摸了一下，疼了一下，对自己下手还挺狠，不干这个也好。我想着，笑了一下，说不定这件事就是命运的转折点，一个促使我变强的转折点。

五点半，散工的点儿到了，工地的大门缓缓地打开，第一个走出来的是薛头，他端着一个饭缸，说："我也来领一份，不会心疼吧。"

"哪能呢。"我咧开嘴笑了，即便是要走，也要走得漂亮。我麻利地拿了勺子，接过薛头的饭缸，一样菜打了一勺，饭缸里堆得都冒尖了，薛头连声说："好了，好了。"后面的工人们都自发地排好了队。每一个工人，我都会说一声"谢谢"。

我是发自内心地感谢，他们和那些战士们一样可爱。

对于工人们的行为，我万分感动，说了好久，他们才离开，最后有几个熟悉的人，帮我收拾完东西离开了。

我拉上平板车，心里满满的失落感，虽然买卖不大，但我付出了很多。这天我回去的时候已经不早了，有月光天倒是不黑，但是毕竟刚开春，有点儿冷，我裹了裹外套，赶紧回去。

吃完饭，我打开自己存钱的小罐子，把钱都倒了出来，一张一张地慢慢数，数来数去，才一百多块钱。

拿着这些钱做些什么好呢？

躺在床上，我像烙饼一样翻来覆去地睡不着。

我不知道胡思乱想到什么时候才睡着，等到醒来的时候，已经九点钟了。浑身说不出地舒坦，看来偶尔睡个懒觉也挺好的。

罢了罢了，先让自己休息两天，再找活干吧。

快十点的时候，我拿了把铲子，去菜地了。虽说我家的耕地被我爹给卖了，但在我家不远的地方还有一块小菜地，我娘活着的时候种了一些菜，前些天我去看了一眼，已经长满了草，荒着了。我想要打理一下，翻翻地，种点儿萝卜白菜的。

昨天下午下了一场小雨，还觉得冷，但是现在，便觉得热了起来。我蹲在菜地里，这一蹲下，腰酸腿疼，蹲一会儿就得站起来运动运动。

我收住心，专心地用铲子把草铲掉，胳膊越来越酸。小时候，娘还种着地的时候，我也跟着去劳动，娘在前面拔草，我就在后面赖皮，娘很疼我，多半都是在哄着我玩，哪舍得我受累……想着想着，我的眼睛也酸了起来，眼泪抑制不住地就淌下来。我站起来擦了擦流到脸颊上的泪，活动活动又酸又疼的胳膊和腿，看着身后干净的菜地，再转过身来往前看看，差不多还有一步远就到头，成就感顿时油然而生。

等改天再给这些小家伙们松松土，今年一夏天大概就不用买菜了。

剩下最后的这几垄种的全是小油菜，可能是草太多的原因，小油菜长得非常小，但是挺密的。我想起从前娘说过，苗密不旺，苗旺了要剔剔苗。间距合适了，苗子才能长得合适。

我重新蹲在菜苗前寻思着该怎么剔苗。

忽然一个声音从旁边传来："先把大的剔掉，留着长小的，大的还可以吃。"

听声音是荆小惠的，我连忙站起来，上次她帮了我，还一直没找到机会去谢谢她。

我看了两眼，原来旁边的菜地是九二三厂的，那菜地里油菜倒是长得好,就是稀疏得很,应该是经常拔着吃,所以苗才少了。

荆小惠转悠了很大一会儿,手里才拿了两根黄瓜。我赶紧蹲下,捡大棵的油菜拔了一些,趁着荆小惠还没走,送过去,可荆小惠说什么也不要。

我不好意思地道:"您拿着吧。"说着把菜塞到她怀里,她还是不要,问我为什么没去出摊,我叹息一声,说,"做不成了。"

荆小惠吃惊地问:"为什么?"

"工地食堂的人不让在那儿卖了。"说着,我想起那会儿的事情,忽然觉得委屈起来,若不是薛头出手帮忙,说不定那天真流血了。

荆小惠说:"还反了他们。"看这架势是要去帮我说理去。我说:"还是算了吧。"

荆小惠想了想,说:"也对,但你这样也不是个办法,要不你来厂里的食堂干吧。"

我简直不敢相信,说:"真的?"

荆小惠说:"我只是给你写个介绍信,能不能被录用成为正式员工要看你自己的考核合格不合格。"

这样已经很好了,我都不知道说什么了。

荆小惠说:"那我先回厂里,你干会儿也快回家吧。"

我乐得屁颠屁颠的,把菜地的草全都拔完了,又清理出来，才打算回家。但是午饭可怎么办？那点儿面条早晨都吃光了，只剩下两把碎渣渣，中午不能只拿着菜来充饥呢，我肚子里又唱起空城计来。

蹲下拔了点儿嫩油菜，我起身慢慢走回家。

有点儿面，烙个菜饼吃也成啊。我想着想着口水都要流出来了。

隔了两天，九二三厂终于通知我去面试。我第一次听说面试这个词儿，还以为是像村里跳大神的人那样给我看面相。我心里七上八下地去了。

第一次到九二三厂里面来，我就被深深地震撼了。到处都是那种积极的、正直的、向上的精气神，原来这才是真正的工人的精神啊。

但是很可惜，荆小惠出厂执行任务去了，她看不到我面试的时候的神气样子了，不过等她回来，我一定让她看见我穿上正式工服的样子！

等荆小惠再回来的时候，已经是夏天了。六月的天，孩子的脸，说变就变。离窗户两米远的大树，枝叶在摆动个不停，天空开始阴暗起来，颇有一种山雨欲来风满楼的感觉，看情形估计不是大雨就是暴雨了。

屋里又闷又热，尤其是夜里。本来厂里想让荆小惠休息两天再值夜班，但她说什么也不肯，拿上手电筒，就开始巡视。

当她走到研究室时，见灯没亮着，正要转身离开，突然有人从她身后拍了拍她的肩膀,她猛的一记过肩摔,把那人摔倒在地上,然后一屁股蹲坐在那人身上,凶巴巴地吼道:"耗子给猫上眼药,活腻歪了。"

"哎呀呀……你是一只瞎猫吧……你这……"

这声音?好像是郭晋鹏的声音!

荆小惠赶忙拿手电筒一照,还真是郭晋鹏!几个月没见,好像瘦了不少。他像个怨妇似的,四脚朝天地躺在地上,说:"你能不坐在我身上吗?"

荆小惠这才反应过来,他俩的姿势也太暧昧了。她赶忙站起身来。郭晋鹏拽了拽她裤腿,然后伸出手,说:"拉我起来啊。"

"你这么大个人了,自己不会站起来啊。"荆小惠说。

郭晋鹏躺在地上,说:"我现在只有伸手的力气了,我长这么大第一次像一袋米一样被人摔地上。"

"我们可爱惜粮食了,从来不这么摔粮食袋子。"

"你什么意思啊?你意思是我还不如一袋米呢?"郭晋鹏委屈地说。

但荆小惠还是没有伸手的意思:"你使点劲儿就站起来了。"

"哎呀……可是这袋大米已经被摔成软趴趴的米粉了,根本爬不起来呀。"

荆小惠只好伸出手把郭晋鹏拉起来。郭晋鹏躺在地上半天,衣服裤子弄得都是灰,荆小惠拿着手电筒一照,然后动手拍打他身上的灰尘。

"轻点儿啊!"郭晋鹏立刻跳开,说,"这米粉给打成年糕了。"

"一个大男人那么娇气。"荆小惠说着,使劲儿推了他一下。

郭晋鹏没站稳,差一点儿又趴到地上。他心想:"按照你的标准,只有武松不娇气,大半夜还敢上山打老虎。"但话不能这么说,他还有求于人家呢。于是,他一脸谄媚地说道:"我还有事儿跟你商量呢。"

荆小惠说:"饿着呢,不听。"

"我请你吃饭。"

郭晋鹏和荆小惠一起去了南门口。郭晋鹏是第一次到街边吃这种小吃,荆小惠却是"路边摊"的常客。

一毛一碗的豆浆,五毛钱三根油条,早餐就解决了。偶尔她还会改善一下,来上一个一块钱一个的煎饼卷土豆丝。煎饼是黏米的,软乎乎的,里面卷的土豆丝拌着葱丝、香菜和辣椒酱,一个就可以吃饱。到了晚上,摆摊的人就更多了,五毛钱一大碗的大楂子粥,再花三毛就可以加一个冒着油的咸鸭蛋,一块五毛钱一碗的大馅馄饨、热汤面条,冒着热气,飘着香气,多冷的天吃了都会觉得温暖。还有新烀的、现烤的苞米,散发着诱人的香气,刚出炉的烤地瓜,又甜又面……各种路边小吃,好吃还不贵。

当然荆小惠最爱吃的还是面条，既然是郭晋鹏请客，她便要了两大碗最贵的牛肉拉面。等面做好了，她把面条端到了小饭桌上。然后，她摆上了小咸菜和辣椒酱，把筷子递给郭晋鹏，低下头开始吃自己的那一碗，里面放了满满一碗的辣椒酱。

郭晋鹏捏着筷子看她吃，她梳成马尾巴的头发在他面前一点一点的。他把自己碗里的牛肉夹给她，她摇摇头，又还给了他。继续低头吃面条，吃得很快，好像一口气就能吃完一碗似的。他又把牛肉夹过去，动作很家常，像丈夫夹给妻子，一副理所当然的样子，说："你知道的，我姐不让我吃外面的东西。"

荆小惠差点儿没呛着，她辣得眼泪汪汪，手里的筷子也跟着瞎摇晃起来，说："每天想那么多，你累不累啊？"

"你都辣成这样了，还锲而不舍。"郭晋鹏说，"啥也不想，吃饱了就睡倒是不累。"见荆小惠吃好了，他又说道，"那，我跟你说说我的请求。"

荆小惠擦了擦嘴，说："找不痛快的，不自在的，让大家尴尬的话，最好别张口。"

"我想请你回来继续帮我。"

"王厂长能同意吗？"

"按道理说，他不能，但有些迹象表明，又有可能。"

荆小惠还没来得及问清楚，郭晋萱就怒气冲冲地跑了来，一见他俩，劈头盖脸地说道："荆小惠，请你安心本职工作，离我弟弟远一点儿。"

郭晋鹏说:"姐,你怎么来了?"

郭晋萱白了他一眼,说:"吃了这种'好东西',刷了牙再跟我说话。"然后她又继续对荆小惠说,"这是第二次通知你,你说话呀。"

荆小惠用手捂着嘴,说:"我没刷牙。"

"你跟我抖机灵是吧。"郭晋萱说,"下次我要是再看见你拽着晋鹏,我一定去王厂长那儿告你。"

郭晋鹏连忙说道:"姐,是我拽着她,我请客。"

郭晋萱立马瞪着郭晋鹏说:"谁让你来这种地方吃饭的?走,赶紧跟我回家。"说着,她不由分说地就把郭晋鹏给拉走了。

剩下荆小惠一个人,她瞅了瞅郭晋鹏那碗没有吃的牛肉拉面,然后把那碗也吃干净了。

第二天一上班,王正礼就把荆小惠叫到办公室,开门见山地说:"昨天这一晚上,郭晋鹏可把我折腾苦了,左一个电话,右一个电话,非要求让你继续当联络员。你什么态度呀?"

荆小惠摇摇头,不置可否。

王正礼说:"不去?不对吧,昨天还有人看见你们两个有说有笑地在南门口那吃东西呢。"

"那没人跟您说下半场吧?"荆小惠说道。

王正礼摇了摇头,说:"没有。"

荆小惠说："她大姐冲过来了，不分青红皂白把我臭骂一顿，好像我要抢她弟弟似的。"

王正礼叹了一口气，说："唉，要说他大姐晋萱吧，一个人操持这个家也真不容易，更何况长姐如母啊，所以但凡跟晋鹏有接触的，她都要审查审查，咱就主动适应适应她呗。"

"干吗？她又不是我妈。"荆小惠说。

谁知道王正礼竟然说："婆婆也是妈啊。"

荆小惠的脸一下子变红了，她不好意思地说："王厂长，革命不许包办婚姻！"说完，她就要离开。

王正礼叫住了她，说："回来，说正事。有任务，明天坨13井开井仪式的锣鼓队，你负责。"

"锣鼓队？"荆小惠说，"您怎么知道明天就一定能打出油来啊？那个地方咱们厂都打了好几次了，钻井队不是说那里没油吗？"

王正礼一语双关地说："因为他值得信任。"

荆小惠害羞地说："那……那个联络员，您说我是去呢还是不去呢？"

王正礼说："你问我啊？还是问你自己吧。"

荆小惠又去给郭晋鹏当联络员这事儿很快就传到付雨泽那里。付雨泽气得快要爆炸了一样，他跑去找郭晋鹏，说："我厂的保卫科不只是保卫你一个人，一个部门。"

但一切已成定局。

他也就只能去说一说，找一下郭晋鹏的不痛快。

其他的，他好像什么都做不了。

这天，钻井队终于将坨13井打出了油，厂里又多了一口产油井，于是准备搞一个庆功舞会。

舞会这个建议是郭晋鹏提出来的。

舞会设在厂里的篮球场。一块四四方方并不太大、四周有栏杆的空地，一盏闪灯、一套音响，这便是舞会。

很多不是厂里的职工也来了，荆小惠叫我也去凑凑热闹，可我还是更喜欢待在厨房练手艺。

虽然我没有去参加舞会，但早就听说了付雨泽说要教荆小惠跳舞的事情。当然了，郭晋鹏也说要教，可是不知为什么荆小惠最后竟然选择了付雨泽。这让所有人都大跌眼镜，不过也有人说荆小惠这是让郭晋萱骂怕了。

两排长长的路灯静寂地亮着苍白的光。尽管是夏天，但有风吹来，还是有点儿冷。这情景极像宋词中的一阕词牌，露天舞会就在清凉的宋词中涉水而来。

录音机里的音乐很缠绵。有几个穿牛仔裤的小青年斜倚在栏杆上，在他们身边间或有两三个身穿浅紫色、粉蓝色衣裙，或长发披肩，或齐耳短发的女生。灯光下，夏日的夜晚里，她们看起来很美。场地的中央只有寥寥几对舞者，他们对自己的角色很投入，每个人脸上都没有无聊的笑意，仿佛这世界只剩下舞蹈，仿佛他们是舞的精灵。他们随着音乐低回盘旋，直到最后一个音符终止。

月亮很高,月光透过周边的树缝铺在地面上,风儿送来沙沙声。几声寥落的掌声响过,一曲散尽。

夜的氛围更浓了。

胡婷婷的嘴噘得老高,她找到一直眼巴巴地在等荆小惠出现的郭晋鹏,不依不饶地说:"都半个多小时了,也不说请我跳支舞,在等嫦娥姐姐下凡啊。"

荆小惠也不知道干什么去了,到现在都没有出现。

郭晋鹏说:"嫦娥姐姐她不跳交谊舞。"

"我跟乐队老师说好了,下一首《卡门》,陪我跳一曲。"胡婷婷说道。她可不打算这么轻易地就放过郭晋鹏,毕竟这么多双眼睛看着呢。败给了娜塔莎,她无话可说,可荆小惠?长相身材样样不如她,她没道理失败。

郭晋鹏说:"对不起,我晚点儿陪你跳,我这会儿还有事呢。"

"别自欺欺人了,付雨泽说好了今天晚上教荆小惠跳舞的,你没戏。"胡婷婷说。

可郭晋鹏却不这么想,他一早就安排佟宝钢去缠着付雨泽。佟宝钢二话没说拿着一篇论文就去拜托付雨泽提意见。虽然付雨泽一开始没有答应,但他这个文学爱好者,看到文章忍不住要提意见的毛病一时半刻还真改不掉,等他改完那篇文章,舞会也该散场了。

荆小惠终于来了。可当她看着抱在一起跳舞的男男女女，不禁别扭地说："这就是舞会啊，就是不太熟的一男一女搂着跳舞。"

郭晋鹏立马凑上前去，说："搂着搂着不就熟了。"

荆小惠问道："熟了干什么？"

郭晋鹏说："熟了还不想干什么就干什么。"

荆小惠一听这话，立刻说："我回去了。"说完，她转身就走，郭晋鹏拽着她的胳膊，不由分说地把她拽进了舞池中央。

荆小惠甩开郭晋鹏，说："你竟然敢让我跳这种舞。"

郭晋鹏说："我必须要严肃地批评你。"

"批评我什么？"荆小惠问。

郭晋鹏说："你是毛主席的好战士，对吧？"

"是。"荆小惠点点头。

"最听毛主席的话，对吧？"

"是。"荆小惠还是点点头。

郭晋鹏说："毛主席在延安跳过这种舞，在中南海跳过这种舞，你这么反对交谊舞，什么意思？"

"我没有这个意思。"

"没有这个意思，那手给我。"说着，郭晋鹏就抓着荆小惠的手，搂着她的腰，说，"放松，我迈左脚你退右脚……啊……一二三。"

荆小惠整个人都僵住了，笨手笨脚地任由郭晋鹏摆布。

只听郭晋鹏惨叫一声,原来她的脚踩着他了,荆小惠连忙说道:"对不起,我不是故意踩你的。"

郭晋鹏说:"没事,没事,接着踩……一……"可是他话还没说完,荆小惠就又踩到了他的脚上。

荆小惠不好意思地说:"我不跳了。"

郭晋鹏说:"没事,我这脚背痒,来,接着踩。"

突然一个声音打断了他们:"踩来踩去哪有跳舞的样子!"付雨泽不知什么时候来了,他说,"荆小惠同志,我给你跳一支哥萨克的士兵之舞。"

荆小惠以前只是听说过,却没见过有人跳,没想到付雨泽还会跳这么难的舞。据说,哥萨克不是民族,而是俄国社会的一个特殊群体。大约十五世纪开始,一些不堪压迫的农奴和破产手工业者从波兰、立陶宛、莫斯科等公国向南部逃亡,来到尚未被纳入俄国版图的顿河、第聂伯河流域草原,他们逐水草而居,起初以狩猎、捕捞为生,逐渐与草原上散居的鞑靼人融合,转为游牧和农耕生活,他们被称为哥萨克,意思是"自由人"。

为抵御草原游牧民族的袭扰,哥萨克按地域自发组织起来,形成了军事化的村落。草原生活养成了哥萨克放荡不羁、彪悍豪爽、善骑尚武、能征惯战的性格。受草原鞑靼人影响,哥萨克骑兵善于运用侧翼袭击、迂回包抄和快速突破等战术。

都说哥萨克是一个英雄的群体,其富有传奇色彩的骑兵和战士形象，都是人们所熟悉、所赞美的。这种尚武气息在哥萨克舞蹈团的舞蹈中，始终留有浓墨重彩的印记，让人们感受到哥萨克人的英武与果敢。在表现不屈不挠、粗犷无畏的民族个性的同时，哥萨克人对生活和自由的渴望，也通过音乐和舞蹈表现出来。令人特别感动的是他们对生活的乐观和幽默，让人通过舞蹈，认知了哥萨克人的文化性格。

这也是荆小惠所喜欢的。哥萨克舞蹈以男子舞蹈的高技巧性，以及女子舞蹈的热情奔放而闻名，其中男子舞蹈中的"凌空飞燕"和女子舞中飞速的跳转，更是哥萨克舞蹈中令人称奇的技巧。哥萨克舞蹈中的经典动作为舞者半蹲，腿部连续向前交替踢出，从而形成一个空间上的视觉变化。

连郭晋鹏都说："那个舞蹈又蹦又跳，又蹲又转的，没几年基本功可是不行啊。"

付雨泽笑笑，说："郭晋鹏同志，不要忘了我在苏联读的可是半军事化学校！"说着，他对音响师使了一个眼色，舞曲变成了《喀秋莎》，然后他随着音乐舞了起来。

虽然是独舞，但舞池里的气氛却很活跃，所有人都忍不住跟着节奏鼓掌。

荆小惠一脸羡慕地说："这舞看着才带劲儿呢。"

郭晋鹏撇撇嘴，说："跳这个舞还应该配把马刀呢！"

胡婷婷拍了拍郭晋鹏的肩膀，说："一会儿我陪你跳，咱俩的《卡门》，一定不会输给他。"

郭晋鹏像泄了气的皮球一样，说道："咱俩就算跳成一朵花，还能赢他啊？"

胡婷婷不服气地说："肯定能赢。"

"才怪。"郭晋鹏说，然后看了一眼荆小惠。荆小惠好像已经忘记他的存在，一直目不转睛地盯着跳舞的付雨泽。郭晋鹏好像是被主人抛弃了的小狗一样，可怜兮兮地转身离开了。

那一夜像极了一场无声的黑白电影。

后来，舞会快散场的时候，我去瞅了一眼，但只那一眼，我便喜欢上了那路灯，那梧桐树，那夏风。

那夜所有的一切都如此美丽，那跳舞的人，那看舞的人，还有我自己。

第五章 蚕 剪

这大概是乡村少有的一道风景了，一架硕大的旧抽油机伫立在堤坝上，这座井架已经被关停了，风一吹，还会发出呜呜的声响，像吹奏一支童谣。第二天清早，下了一场大雨。树的颜色褪了，变得干枯易碎，仿佛有什么压在地上，感觉好沉重。而我娘却最喜欢这样的雨，遇上这样的雨天，她养的蚕会格外好。我对此没什么印象，只记得娘用来剪蛹的剪子看起来很可怕。

抽油机已经残破不堪了，可以说只剩下一副骨架。现在，我围着它硕大的骨架转了一整圈，差不多能猜透它，就像能猜透一个过时的人的心思。它让我想起一辈子生活在这里的老人，在炎热干旱的季节里，他们总是早早地起床，蹲在一团清晨的浓雾里，口衔一根烟袋。这烟袋比干旱本身还叫人心疼。

抽油机让我想起磨坊，想起老槐树，每当一片叶子从茎上脱落并飞走时，就会有好多只手伸出去抓那叶子。凌晨，一阵风把叶子带离了它的树枝。一点儿也不痛，它感觉到自己静静地温和地柔软地飘下。往下掉的时候，它第一次看到了整棵树，多么强壮、多么牢靠的树啊！它很确定这棵树还会活很久，它也知道自己曾经是这棵树生命的一部分，感到很骄傲。它落在雪堆上。雪堆很柔软，甚至还很温暖，在这个新位置上，它感到前所未有的舒适。它闭上眼睛，睡着了。它不知道，冬天过了春天会来，也不知道雪会融化成水。它不知道，自己看来干枯无用的身体，会和雪水一起，让树更强壮。它不知道，在大树和土地里沉睡的，是明年春天新叶的生机。

钟声，货郎手里的货郎鼓，黄昏的炊烟，雨后的大路，大路上走着的小脚媒婆……冬天院里的麦垛在下雪后变成一个个白馒头，热气蒸腾，大地像煮了一锅开水。一群麻雀欢叫，争相逐食雪下的草籽。人们不停跺着双脚，土墙和土墙上的阳光小心游移……

到了夏天，游移的阳光灿烂明媚起来。花花绿绿的电影海报被风吹打下来，变成碎纸片在影院门口，散落在地，蠢蠢欲动的样子。

郭晋鹏喜欢荆小惠这事，在九二三厂已经不是什么秘密了。

整个研究室都在模仿他俩昨夜搂着跳舞的事，郭晋鹏嘴上说教育大家不要这样，其实心里乐开了花。他问佟宝钢："昨天你办的叫什么事啊？"

佟宝钢一脸委屈地说："师父，我哪能知道付科长能从笔迹里面看出马脚来啊？不过我觉得他跳得再好都没用。"

"为什么?"郭晋鹏问道。

佟宝钢说:"你想想啊,他跳的是独舞啊,但荆科长的手被你摸了,腰也被你搂了,你的脚也被荆科长给踩了,你们是有身体接触的。"

"哈哈哈哈。"一提这个,郭晋鹏就忍不住笑起来,"哈哈哈,你说得太对了。"

可他笑着笑着就笑不出来了,荆小惠拉长了一张脸站在他面前。他吓了一大跳,说:"你怎么神出鬼没的?"

"说清楚了,我是神还是鬼啊?"荆小惠问。

"还有可能是妖。"郭晋鹏说道,"没说完呢,还有仙,神鬼妖仙。"

荆小惠从鼻子哼了一声,说道:"反正就是不是人呗。"

"你不是骑自行车来的吗,怎么一点动静都没有啊?"郭晋鹏问。

"你又没给我装铃铛。"荆小惠说。

"我现在给你装。"

"不好。"

"为什么啊?"

"我喜欢你欠我的。"

"荆科长。"佟宝钢突然插了一嘴,说,"我觉得你这句话有语病,第四个字后面应该有个逗号,你再说说看。"

荆小惠数着手指头,说:"我喜欢你……"

"对!"佟宝钢立刻点头说。

"哈哈哈哈……"郭晋鹏笑得鼻涕泡都快冒出来了。

"欠揍啊你!"荆小惠伸手就要拍向佟宝钢,谁知佟宝钢早就一溜烟儿跑得不见踪影了。

荆小惠尴尬地对郭晋鹏说:"你别误会啊。"

郭晋鹏还在乐个不停,他点点头,说:"我尽量。"

"你……你不能有别的想法。"荆小惠说。

"我……我……我……我,我有了我也不说。哈哈哈哈……"

见郭晋鹏还是笑个不停,荆小惠又羞又气,掉头就走。郭晋鹏连忙追了上来,说:"你还没说正事儿呢?你找我什么事儿?"

荆小惠这才说道:"你们是不是又要去大会战了?什么时候去?我要提前做好安保计划。"

"你也要去啊?"郭晋鹏说。其实这次他们要去的是偏远井站,在新疆的克拉玛依,下个月初走,一走就是小半年,他原本还在为要和荆小惠分开一段时间而郁闷,现在荆小惠竟然也要去了。

荆小惠说:"我去给你们站岗放哨,你有啥意见?"

"那地方早晚温差太大,不是太冷就是太热,风沙也大,你一个女同志,我怕你身体受不了。"

"别忘了,我是当兵的,人民的战士!"

"好!我一定好好照顾你。"

"就你?"荆小惠嗤之以鼻,说,"哼,昨天别人跳舞跳得比你好,你就夹着尾巴跑了,把我一个人丢在那儿。你这种人,我可指望不上。"

郭晋鹏说:"我承认,我是有一点儿小心眼。"

荆小惠斜睨他,偷偷笑着,说:"只是有一点儿?"

"两点行了吧。"郭晋鹏说,"人家从小到大所有的事都是拿第一,昨天那是第一次造成那么大的失败,心里接受不了嘛。"

"难怪你大姐从小到大把你保护得那么严,是因为你不敢面对失败。"荆小惠嘴上虽然说得不好听,但临走之前,还是从帆布袋里掏出一副护膝给郭晋鹏,说:"克拉玛依冷,别到时候站不直。"

郭晋鹏抱着护膝,心里别提有多暖了。他太宝贝那副护膝了,宝贝到连郭晋萱碰一下都不让。在他看来,这就是他跟荆小惠的定情之物了,他要珍藏一辈子。

但这天后,荆小惠就被付雨泽安排去职工夜校学习。虽然没有调回保卫科,但在学习期间也是封闭管理。谁都知道付雨泽这是存了私心,就是为了减少郭晋鹏和荆小惠见面的机会。但大家也都知道,荆小惠那么倔强,如果不是她自己想要疏远郭晋鹏,怎么可能跟着付雨泽去上夜校?

郭晋鹏知道后,立即跑到职工夜校,去喊荆小惠。

门卫拦着他,说:"这位同志,里面上课呢,请你不要大声喧哗。"

付雨泽也来了，好像早有准备一样，优哉游哉地说："郭晋鹏同志，你上学的时候，也是这样的大喊大叫，大声喧哗的吗？"

郭晋鹏没有理他，而是对门卫说："师傅，麻烦您通融一下，我进去跟她说句话就出来。"

门卫说："请问您有学员证吗？"

郭晋鹏摇了摇头，说："没有。"

门卫又问道："那请问你有教师资格证吗？"

郭晋鹏还是摇了摇头，说："也没有。"

门卫只好说："那对不起，你不能进。"

郭晋鹏指着付雨泽，说："他认识我，我是咱厂的工程师！付科长，你跟他说一下。"

付雨泽说："我总不能因为你是郭大博士，就破坏了人家的规矩吧？对不起了，我今天晚上在这还有两节思想政治课要上。"说完，他转身离开了。

郭晋鹏没有办法，就守在学校门口，一直到下课。可是下课后，付雨泽就缠着荆小惠，和她一起回宿舍。

付雨泽问："怎么样？有收获吗？"

荆小惠点点头，说："当然了，毕竟这么些年都没有好好学习了，只是学习的内容都是我学过的老文章了。"

"一个科研技术单位，不学点数理化，"郭晋鹏直接插到付

229

雨泽和荆小惠中间，说道，"没地位啊。"

付雨泽从牙齿缝里挤出一句话："你在这儿等了一晚上，就是为了当面奚落人家的知识水平？"

"是为了给爱学习，却没学到点子上的荆小惠同学补充点儿二合一营养。"郭晋鹏说。

荆小惠问："什么叫二合一营养？"

付雨泽说："我看没这个必要了吧，郭晋鹏郭博士学的专业都是高精尖的，给大家做科普，太浪费了。"

"杀鸡用牛刀，一刀一个准儿。"郭晋鹏还是不死心，说，"容易成功，而且不至于耽误荆小惠同学的宝贵时间，问题是你们愿不愿意请。"

"你是大才，只帮我一个，会让多少渴望教育的职工有意见啊。为了全厂的安定团结，我还是来上夜校的好。"荆小惠说完，头也不回地跑了。

郭晋鹏喊道："那我就来夜校教你！"

他正要去追，付雨泽却挡在他面前，说："郭晋鹏，你怎么闹，闹出圈儿来，我都不管，可荆小惠同志的名誉，组织是要负责的！你要是再追下去，只会让她更难堪。"

"那我来夜校当老师，她就不会难堪了吧？"郭晋鹏说。

"夜校是工会的，你好像还不是工会的会员吧？"付雨泽说着，从上衣口袋里掏出会员证来晃了晃。郭晋鹏哑口无言了。

但是第二天一早，他就拿着入会申请书去找付雨泽，要求加入。

付雨泽拿着申请书反复看了老半天,一句话也没有说。

郭晋鹏有些不耐烦了,说道:"这个申请书总共才二百多字,您都看了半个小时了,就算四秒钟一个字,那现在也该消化理解好了吧?怎么那么慢啊?"

付雨泽这才说:"你的情况比较特殊,我得慢慢研究。"

"您得研究到什么时候啊?"郭晋鹏问。

付雨泽说:"你看啊,先是班组,然后呢,是科室,接下来呢,是分厂工会,最后才能到我们这儿来,这研究下来总得需要一段时间吧。再说了,这资本家的后代加入工会,我也不能随随便便就批了啊。"

"我就是想加入工会,怎么那么复杂啊?"郭晋鹏着急地说。

付雨泽笑笑,说:"不是复杂,也不是不欢迎你加入,是程序,是规矩。根据你的情况,我们查阅了很多的文件,都没有明文的规定,你看——"说着,他又掏出会员证,指着上面的印章说,"全世界无产者联合起来,你不是,所以基层工会小组没有签字。"

"已经公私合营了!我虽然不是无产者,但我也不是资本家啊!你们要这样,我去上级告你们!"郭晋鹏彻底急了,几乎是用喊的。

付雨泽不紧不慢地说:"好啊,你去告啊,没两个月估计都没有结论。"

郭晋鹏只好软了下来，换上和蔼的态度，说道："付科长，我知道这件事你能帮我，能不能通融一下？"

付雨泽从鼻子里哼了声，说："你要是早这么谦虚，我还真可以帮你想想办法。"

郭晋鹏说："对不起，刚才是我态度不好。"

付雨泽想了想，说："工会的头等大事就是搞生产，提高生产效率，你要是能义务上课，也算是配合中心工作了。"

"义务？没有课时费啊？"郭晋鹏说。

"不行吗？"付雨泽问道。

"可以。"郭晋鹏点点头。

付雨泽说："数理化都已经有老师了，你要是来，也只能开设英语课了。"

"英语课？"郭晋鹏犹豫地说，"上夜校的大部分都是初小和高小的，初中毕业的都没几个，还有字都认不全的，你让我教他们英语课，这不是开玩笑的啊。"

"那你就当我刚才说的话是开玩笑。"付雨泽说。

"我……"郭晋鹏憋了半天，还是说道，"我教。"

"那好，咱们有言在先，如果学生们说你上得不好，或者你的心思用没用在教学上，你的代课证，我立刻没收。"

"明白。"

不管怎么说，郭晋鹏终于可以名正言顺地站在荆小惠身边了。

但听说要上英语课,大家就犯嘀咕了,有人说:"我这中国话都没说明白呢,上什么洋文课呀?"

也有人说:"这课倒是挺好的,但是连本教科书都没有,别是走过场,回头咱们洋文没学会,就会羊叫了。"

"羊叫我会啊!咩咩咩咩咩……对不对,谁不会啊!"

当郭晋鹏走进教室,站在讲台上,教大家学习英语,荆小惠怔住了。

郭晋鹏说:"我教的英语单词加上中国话,其实在新中国成立前的上海租界是非常流行的,叫洋泾浜,是中国人学习外语的一种特殊方式。不认识字不等于不会说话,不认识洋字母并不等于不会说洋话,希望大家都记住,英语也是需要说出来的。大家只要拿出跟人吵架的劲头和嗓门,就一定能学好英语。"

"歪理邪说。"荆小惠说,"照你这样说,只要大声喊就能学好外语,那张飞一定学得最快,学习不是一件容易的事情。"

郭晋鹏说:"学习从来都不是一件容易的事情。"

荆小惠说:"那为什么不让我们多花点儿时间在数理化上?学外语,对我的生活有什么影响吗?大多数人都用不上。"

郭晋鹏说:"这就好比问一只青蛙,在井底下和在井台上有什么不同。"

"天。"荆小惠说,"看到的天空不一样。"

郭晋鹏说:"看到的天空不一样,眼界就会不一样。懂事的小青蛙想要从井底下爬到井台上,看不一样的天,它就要自己用手、用脚、用大脑,防摔、防滑、防懒惰,一步一步爬到井台上,而不是被别人抬到井台上。我们学习英语,就是为了能爬到井台上,看到不一样的天空!亲爱的小青蛙,让我们勇往直前!"

荆小惠彻底怔住了。

她的眼中不知不觉间已经充满了温柔的笑意。

大家都说,这么生动有趣的外语课,根本不是捣乱。付雨泽这样是分不开郭晋鹏和荆小惠他们俩的,因为这是在郭晋鹏能力范围之内,再这么教下去,荆小惠对郭晋鹏的崇拜只会是越来越多,越来越多。

本来去克拉玛依参加会战的人员名单早就已经定好了,但郭晋萱跑到付雨泽那里大闹了一场,说什么也不让荆小惠参加。

最后只好改派郝兴亮过去。

荆小惠知道这事以后,去找付雨泽,不情愿地说:"我出差,难道还要郭晋鹏的大姐审批?"

付雨泽两手一摊,说:"我也没有办法。"

荆小惠说:"她这是妨碍人家工作。"

付雨泽说:"郭晋萱说了,你现在已经严重妨碍她弟弟的生活了。"

荆小惠说:"这是误会啊。"

付雨泽说:"我当然知道这是误会了,所以才不让你跟郭晋鹏一起去什么会战,就是为了保护你,避其锋芒,然后再说清楚,误会不就消除了吗?"

"还要跟谁说?"荆小惠问道。

付雨泽说:"郭晋萱。她给了我邀请函,邀请你去她家里吃饭,重点是吃西餐。"

"我不去。"荆小惠马上说道,"他大姐说出来的话,字不多,但都跟小刀子似的,嗖嗖的。"

付雨泽说:"是有些刻薄,但是人家已经下战书了,躲避可不是你这个战斗英雄的风格吧。心底无私天地宽,你又没跟郭晋鹏同志谈恋爱,你怕什么。"

荆小惠心虚地咽了一下口水。

付雨泽继续说道:"我的意见还是去,免得郭晋萱瞎猜瞎操心。"

"好吧。"伸脖子是一刀,缩脖子也是一刀,荆小惠只好点头答应,说,"我去。"

付雨泽说:"我知道你平时艰苦朴素惯了,可是吃西餐得穿得正式一点儿。"然后他带荆小惠去了百货大楼,买连衣裙。

荆小惠平时不是穿军装就是穿职工服,连衬衫都很少穿,更别说是连衣裙了。

村里没有那么高档的商场,他们坐了一个多小时的车,到了县里。百货大楼的柜台不大,人倒是不少,只是衣服都挂在里面,灯光不够亮,让人一点儿购物的欲望都没有。

对于荆小惠来说,买一件能穿的就行,付雨泽倒是兴致勃勃,指挥着售货员,拿了这件拿那件,一股脑地往她身上比画。

一连拿了十来件,纵然售货员脾气再好,也忍不住了,说:"您二位有没有打算买衣服?"

付雨泽推了推眼镜框,一个冷厉的眼神飞过去,售货员被吓了一跳,这是什么眼神,跟刀子似的,嗖嗖的,立刻不敢吱声了。

"这个好看。"付雨泽选了一条大红色的连衣裙,说道,"我还没见过你穿裙子,一定很好看。"

荆小惠摇了摇头,说:"太耀眼了吧。"说着,她不自在地扯了扯。

付雨泽满意地点点头,说:"好看,你管它呢。"

"不要。"荆小惠指了指旁边那一件,说,"我看那件米色的好看,在家里还能常穿,我试试那个颜色的吧。"

售货员不敢废话,把米白色拿下来,让荆小惠穿上试试。

售货员说:"要是你喜欢,就买吧,也挺好看。"

荆小惠照照镜子,也挺满意的,便说道:"那就这件吧,多少钱?"

售货员说:"五十三,给你装起来吧。"

荆小惠睁大眼睛，说："多少？五十三？这也太贵了吧？"

售货员有点不高兴了，说："这是纯进口面料，雪纺的，五十三值了。"

荆小惠摇头，说："算了，不要，太贵了，谢谢你。"说着对付雨泽，说，"走吧，去别处看看。"

"要吧，五十三就五十三，你穿上挺好看的。"付雨泽说。见他并没有离开的意思，荆小惠只好去拉他，说："有这五十三，上上下下都能买全了，要是没有合适的再来买。"

"就知道是一帮子穷鬼。"售货员在后面小声地嘟囔。

他们转悠了半天，也没有找到合适的。荆小惠说："不行我跟厂花借一条吧。"

然而他们回去后的第二天下午，付雨泽就把那条红裙子拿给荆小惠了。

荆小惠赶忙说："这个我不能要，不能要。"

付雨泽用不容拒绝的口吻说道："这是我妹妹的，她穿着不合适，丢了可惜，改了还破坏了原有的风格。"

"那我把钱给你。"荆小惠说着就要掏钱。

"谈钱就生分了。"付雨泽说。

其实不是胡婷婷不肯借给她裙子，只是胡婷婷身材高挑，她的连衣裙荆小惠都撑不起来。荆小惠正为穿什么去而发愁呢，既然付雨泽再三强调穿正式一点儿，她只好收下了，说："谢谢。"

这条红裙子，荆小惠穿是穿了，但她不习惯不穿裤子，感觉好像光着屁股一样，所以她穿着红裙子，里面又穿了一条黑裤子，才去了小白楼。

她在小白楼的大门口，走走停停，停停走走。

"这饭怎么咽得下去嘛。"她心里想着，见四下没人，也就这么说了。谁知郭晋萱早就站在窗前看到她了，便不等她敲门，自行过来开门。

郭晋萱说："你能来，而且穿得这么正式地来，就证明没有什么咽不下的，请。"说完，她做了一个请的姿势。无论什么时候她都是那么地优雅。

可是荆小惠心知肚明，这个优雅，是谁都招架不住、应付不来的。这不，她才进门屁股还没坐热，就面临着第一道难题，喝茶。

"时间到了，请喝茶。"常妈泡了一壶茶，等了一会儿，郭晋萱才说："时间可以了，可以喝了。"

荆小惠好奇地问："喝茶还得要时间点儿啊？"

"对啊。"郭晋萱说，"茶点的时间是上午十点，和下午五点左右。"

荆小惠看了看，端起茶杯，说："这茶，怎么没茶叶？"

"这是红茶，煮着喝的。"郭晋萱说，然后拿了牛奶倒进茶杯里，又问，"你不加点儿什么吗？"

"够了，不用加。"荆小惠摇摇头。

郭晋萱说:"加点儿调味品,红茶的味道会更醇厚一些,比如伯爵红茶。"

荆小惠只好随手拿起距离自己最近的一个小玻璃瓶,然后倒进茶杯里,但她手一抖,不小心倒了小半瓶进去。

玻璃瓶上面写着英文,她看不懂,但看着这瓶子里装的东西颜色挺好看的,味道也不难闻,就想应该不会很难喝吧。可是没想到,加完这东西之后,她只喝了一口,就差点儿没把肠子都给吐出来。

郭晋萱冷笑了一下,说:"加了这么多肉蔻,味道怎么样?看来你是不习惯我们家的生活方式啊。"

"确实有一点儿。"荆小惠说,"不过,如果咱们中国的茶叶在几百年前没有去英国,那他们这种生活方式都不会有。咱们中国已经喝了两千多年茶了,老子不习惯儿子的生活叫老土,儿子要是忘了老子怎么过日子的,在我们村可是要拿扁担削的。"

"你这番理论,我还是头一回听说。"

"您要是爱听,我再跟您说三五个。"

"我今天请你来的目的,是要跟你谈谈我弟弟,咱们边吃边聊吧。"郭晋萱说。这是她的第二道难题,吃牛排。

荆小惠虽然没吃过,但依葫芦画瓢,郭晋萱怎么做,她就照这样子做,直到正餐牛排被端上桌,她终于忍不住说道:"这肉没熟啊,血糊淋剌的。"

郭晋萱笑笑，说："是我让常妈做的五分熟。只有半生的牛肉才能保留最美妙的牛肉原汁，烤的时间久了，肉汁就会渐渐蒸发，肉质变得坚硬，鲜美感消失殆尽。不知道这五分熟的牛排你适应不？"

荆小惠说："我还是喜欢吃卤牛肉、炖牛肉、土豆烧牛肉。"

"江山易改，本性难移呀。"郭晋萱不屑地说，然后她端起酒杯，优雅地抿了一口红酒，继续说道，"由此看来，我们是喝不到一块儿，也吃不到一块儿了。"

"我可以凑合。"荆小惠说着，拿起刀叉，开始切牛排。

郭晋萱冷冷地说道："我们家不凑合。"说着，她也拿起刀叉切牛排，但她优雅的姿势和荆小惠形成鲜明的对比。

"荆科长，你的生活方式和仕途通道，跟我们家晋鹏不是一回事儿。就像铁路上的两根铁轨，永远只能平行，绝不能交叉，要是哪条道硬往中间靠，那火车就得出轨翻车啊。"

"您有什么话，就直说吧。"荆小惠放下刀叉说，"说完再吃，我不习惯嘴里嚼着东西说话。"

"我今天找你谈话的核心目的只有一个，请你高抬贵手放了晋鹏。"

"郭晋鹏又不是俘虏，我抓他干什么？"荆小惠笑笑。

"晋鹏在舞会上跳了一晚上的舞，手也是被你抓着的吧？如果这次不是我请你到家里来吃饭，你现在恐怕已经正抓着他，在克拉玛依打野兔了吧？"

"您多心了，我跟郭晋鹏什么事儿都没有，我只是单纯地欣赏、崇拜他罢了。"

"不管你愿不愿意承认，你对晋鹏的感情实际就是一种崇拜，晋鹏对你的爱，多半儿是一种宠爱。"

"我又不是资产阶级娇小姐，我是半边天，不是寄生虫，用不着男人宠。"

郭晋萱说："那太好了，只要你离晋鹏远一点儿，他就是想宠，也没有机会啊。这西冷牛排和路边摊上的牛肉面是没法放在一张桌子上吃的，你能明白吗？"

电话铃突然响了起来，常妈去接电话，说："晋鹏打来的。"

郭晋萱正要起身去接电话的时候，常妈指了指荆小惠说："找她的。"

郭晋萱说："晋鹏给你的电话。"

荆小惠没有起身去接电话，而是说："请您告诉他，公事到办公室谈。"

"要是私事呢？"郭晋萱问。

"我跟他之间没有私事。"荆小惠说，"我们可以吃饭了吗？我饿了。"

郭晋萱说："当然。但这五分熟的牛排，你适应得了吗？"然后，她边切牛排边说道，"先把肉切成小块儿，一口肉一口红酒,这样才有味儿。"

"你们家的吃法,我不适应。"荆小惠说。

她切了半天也没切好牛排,便索性丢下刀叉,直接用手拿起牛排,整块地塞进嘴里,然后强忍着恶心,狼吞虎咽地吃起来。

看着这吃相,一口气吃下整块牛排的荆小惠就好像孙二娘一样。郭晋萱顿时觉得倒胃口,也把刀叉放下。

吃完后,荆小惠擦了擦嘴,说:"忘了介绍一下我们的部队生活,我们有一项训练叫作野外生存,不仅要吃生肉,有时候还会吃田鼠。请您放心,我说到做到。"

说完,她站起身,正要离开,郭晋萱又说:"希望你言而有信。"

她点点头。

在她离开的时候,郭晋萱说了一句:"其实,送你这条裙子的人,才是最懂你的。"

荆小惠没来得及多想,她一出门,就再也忍不住胃里的翻江倒海,将牛肉全都吐了出来。这时一块干净整洁的手帕递到了她面前。

荆小惠抬起头,竟然是付雨泽。她便问道:"你怎么在这儿?"

付雨泽说:"从你进去开始,我就一直在这里等你了。"

荆小惠说:"又不是威虎山,不至于。"

付雨泽说:"你受了这么大的委屈还不至于,欺负你就是对无产阶级宣战,我绝不会放过他们。"

荆小惠说:"你误会了,哪有什么委屈啊?是我自己吃不惯牛排。再说了,美国大兵都欺负不了我,她一个手无缚鸡之力的郭晋萱就能欺负我了?不可能。"

付雨泽说:"小惠啊,你好心维护他们,可人家却给你下达了冰冷的驱逐令。你是英模,是战士,是革命干部,你为什么要接受这份侮辱呢?必须反击!"

见付雨泽没完没了,荆小惠只好捂着肚子,说:"哎哟,我胃有点儿不舒服,我先回去了。"

付雨泽立刻说:"我送你。"

荆小惠连忙摆摆手,说:"不用了,你太照顾我,别人会说闲话,影响不好。"说完,她留下付雨泽一个人,独自离开了。

付雨泽站在原地,望着荆小惠的背影,像一只斗败了的公鸡,说:"跟郭晋鹏在一起才是真的对你影响不好。这个郭晋萱说是请你吃牛排,明明就是摊牌,是最后的通牒。难道你看不出来吗?"

听说,郭晋萱曾请过一些女孩儿"到家里坐坐"。只是和荆小惠不同的是,那些女孩儿,只是喝了喝茶,而荆小惠还吃了牛排,那些女孩离开后都耷拉着脸,荆小惠却没什么。

这些女孩儿都是一门心思想跟郭晋鹏处对象的,都说吃了郭晋萱的牛排，胃会不舒服，心里也很堵得慌。

不过荆小惠的胃还真没出啥事情，只是她的脑袋就不怎么舒服了。这一晚她怎么睡都睡不着。她是一个很少失眠的人，以前行军打仗的时候，为了补充好体力，就算在野地里，她也照睡不误，现在她还真睡不着了，满脑子全都是郭晋鹏。

…………

"其实吧，你也是个挺不错的女人。"

"哦嚯，放你出来就不错，不放你出来就错了？"

"要不我怎么第一次见你，就觉得你明辨是非，虚怀若谷，知过必改，闻过则喜，从善如流……"

"得得得，背成语字典呢！我说你们这些读书人，说这些话嘴巴里不起鸡皮疙瘩吗？"

"更正，嘴里没有毛囊，不会起鸡皮疙瘩。"

"狡辩，领会精神实质。"

"其实吧，赞美人是一个特别好的美德。"

"你越是赞美我，我就越觉得你是要害我。"

…………

"轻……轻……轻点，疼……疼……疼啊！"

"腿又没断，就是踝关节脱臼的小伤，叫唤什么呀？"

"这踝关节脱臼还是小伤，我……我长这么大，我就没这么疼过！"

"闭嘴。"

"你伤一个试试。"

"都给打透了,那还不得痛死?"

"我只说了一句,排长,我受伤了。"

"不痛吗?"

"疼啊,在战场上受伤后,要是这么大声叫唤,会被你的战友瞧不起,也会因为你的叫声暴露了位置,害了周围的战友。当然,实在疼得不行,也是可以哼唧几声。"

"你怎么把我的腿包成了一个铲子?"

……

"从刚才大家的笑声和掌声中,我坚信我没错,所以不怕别人找麻烦。"

"我也是这么认为的,可是……可是……"

"可是天万一塌下来了呢?我个高,我顶着哈。"

"你现在的身高也就到我腰。"

"那就你顶着。"

"凭什么?"

"你欺负人,赶紧来推我啊。要不这样,你先顶着,等我好了,我顶着……"

……

"你这么大个人了,自己不会站起来啊?"

"我现在只有伸手的力气了,我长这么大第一次像一袋米一样,被人摔地上。"

"我们可爱惜粮食了,从来不这么摔粮食袋子。"

"你什么意思啊?你意思是我还不如一袋米呢?"

"你使点儿劲儿,就站起来了。"

"哎呀……可是这袋大米已经被摔成软趴趴的米粉了,根本爬不起来呀。"

"轻点儿啊!这米粉给打成年糕了。"

…………

"这可是我生平听过最精辟的论断了。"

"哼,你这个表情看起来真像一个马屁精。"

"你怎么能这么说话呢?我从来不拍马屁,我只会实事求是地说。"

"你打了饭,咱俩一块儿吃啊?"

"炊事员都是等大家吃完了才吃的,这叫规矩。"

"那我能给你提个建议吗?以后开饭你能不能不吹哨啊?"

"部队开饭都是这么吹哨的。"

"可这不是部队呀,你不能用管理士兵的方法管理知识分子呀,感情上接受不了,你这是最笨的方法了。"

"不让我吹哨,我喊开饭了,你又嫌弃,你让我怎么办?"

"我都给你预备好了。这是我从国外买的开饭铃,只要一摇,它特殊的铃声一响,大家就知道开饭了。"

"吃个饭都这么资产阶级。"

"中国的资产阶级出现才不到一百年,中国的知识分子已经有两千年历史了,你要想跟知识分子交朋友,他不在乎你的官职大小,主要看你是否把他视为知己,真诚相待。士为知己者死,就是这个意思。"

....

原来,在不知不觉中,他们已经有了这么多的回忆。

荆小惠心想着郭晋萱今天说的一句话,原来喜欢一个人真的是先从崇拜开始的。

现在,她可以确认一件事情,就是自己确实喜欢郭晋鹏。

第二天,荆小惠顶着两个黑眼圈去上班,她刚到保卫科的办公室里坐下,电话就响了起来。这个时候能打电话过来的一准儿是郝兴亮,因为出发前,她特意叮嘱过,每天都要汇报一下郭晋鹏的生活起居情况。于是她拿起话筒,说道:"喂,郝兴亮,你还知道汇报郭晋鹏的情况啊?"

"不用他汇报,我自己汇报。"

打电话的人竟然是郭晋鹏。

他温柔地说:"狗皮护膝太及时太保暖了,我……"

荆小惠马上挂断了电话。

从那以后,只要是郭晋鹏打来的电话,她就一律不接,即使接起来了,也是不说话就挂断了。

郭晋鹏没办法,只好让郝兴亮打电话过去。

荆小惠真以为是郝兴亮,劈头盖脸地说道:"我怎么跟你说的,千万小心加小心,怎么还是出事了?"

郝兴亮说:"我没出事儿啊。"

荆小惠说:"你没出事儿,郭晋鹏他们出事儿你更该挨骂!"

郝兴亮说:"郭晋鹏同志也没出事儿。"

荆小惠说:"那你这时候给我打什么电话呀?你想吓死我啊?"

郝兴亮说:"就是郭晋鹏同志让我给你打个电话报平安的。"

荆小惠一听这话,来火了,说道:"你怎么那么听他的话啊,报个平安还得指使人!他怎么就那么了不得呢?不就是能吃生牛肉吗……"可她又觉得这样说话太没礼貌了,便又说,"对不起,不是说你。"

"我知道,你是在说我。"谁知电话那头已经换上郭晋鹏了。

荆小惠愣住了,正要挂电话,郭晋鹏又说道:"你别挂电话啊,郝兴亮就在我身边呢。你要是挂了电话,这事儿可就传出去了。"

荆小惠只好说:"什么事儿?"

郭晋鹏说:"你为什么临时把郝兴亮换来了?"

"还有呢?"荆小惠不置可否地问道。

郭晋鹏说:"为什么不接我电话?"

"还有呢?"

"长途电话费很贵,你就不能多说几个字啊。"

"喂？喂！喂……听不见了……"荆小惠假装信号不好，把电话挂断了。

郭晋鹏一脸凝重，右手不自禁地握拳，像孩子一样地放在张开的唇齿间，有点儿不知所措。他抬头见郝兴亮正用一双眼睛，贼溜溜地盯着他，他想了一下，没有放下电话，而是假装说道："你说你每天咋咋呼呼干什么呢……这就对了，以后天天这样。还有，你一会儿去趟我们家，帮我姐把储藏间收拾收拾。另外，这个狗皮护膝不错，你回头再给我做个狗皮背心。嗯，没有了，就这样吧，挂了。"

郝兴亮立马竖起大拇指，说："你太厉害了，厂长都不敢这么跟我们荆科长说话。"

这天，郝兴亮乡下的老婆打来电话，第一句就带着哭腔说："亮子，咱娘还没有醒来。"

因为郝兴亮是通过农民工的形式招进厂里的，他的老婆孩子一直在乡下老家。逢年过节要是赶上他值班，他就会带他老婆孩子到厂里的职工宿舍住两天。所以他老婆冬桂香，荆小惠也认识。

郝兴亮的老家挺远的，从九二三厂出发得坐一天的火车才能到，那个地方叫青坨海铺，因为盛产黄桃，又叫桃子乡。

荆小惠说："桂香姐，郝兴亮出任务去了，大娘怎么样，怎么回事儿？"

冬桂香哭着说："她还没有醒呢，大夫说是啥震荡，不知道什么时候醒。腿也断了，有碎骨头，说是保守治疗不行，得动个手术。"

"怎么这么厉害，不是摔倒了吗？"荆小惠问。

"被拖拉机给带倒的，又碾腿上了……"冬桂香说着，又急道，"说这些也没用，亮子啥时候回来啊？家里等着他拿主意呢。"

"大姐，你先别急，大娘该住院住院，该治疗治疗，我这就收拾收拾先过去。你别担心钱的事，我带钱过去。不过若是拖拉机的责任，您快找几个人把人看住了，该赔偿的赔偿。"荆小惠说。

一听这话，冬桂香泄了气，说："赔偿啥啊，是二叔家的大小子开的拖拉机，亮子他娘住院，统共就送来一百块钱，他家还不如我家呢。"

荆小惠给郝兴亮打了电话，收拾收拾，带上所有的现金，当天就买了火车票去了郝兴亮的老家。

她坐了一夜的火车，第二天一早到县城，直奔医院。

一进病房，里面满满当当的人，目测得有十来张病床摆在一起。郝兴亮他娘是脑震荡，这么闹怎么能行。

荆小惠站在门口，不住地往里看，瞪得眼睛酸疼。还是冬桂香看见了探头探脑的她。"哎，荆科长。"她连忙喊了一声。

荆小惠答应着，冬桂香说："过来吧，在里面呢。"

荆小惠跟着走到里面。这天闷热，人又多，病房里的味道就更不好闻了。她便说:"怎么在这样的病房,能行吗?"

冬桂香给她搬了张凳子,放在病床的边,说:"没办法,这还一天三块钱呢,大夫也是建议住好病房,可是那里住一天要五块呢。"

"五块就五块,病人也恢复得好。"

荆小惠不由得皱皱眉,看向郝兴亮他娘,一脸的蜡黄,头发乱糟糟的,放在被子外面的手干巴巴的全是皱皮,还有裂的口子。其实郝兴亮他娘年龄不算大,也就五十岁左右,但她在这躺着,看上去竟然有年近古稀的感觉。

她不禁问道:"几天了?"

"今天第三天,本来不想给亮子打电话的,但是亮子他爹心里也没有底,让我给亮子打电话。"

"电话里不是说腿断了吗?怎么治疗的?"

"大夫说保守治疗不大行,让动手术。"

"那就动啊。拖什么拖,不是越早越好?"

"大夫说动手术是动腿的,但是不能保证人会醒过来呀。"

"那也要动,我去找大夫。"荆小惠说着,站起来就走。

冬桂香连忙拉住她,说:"光动手术就得五六百块钱。"

荆小惠忽然间有点儿明白,不由得有些心酸,五六百块钱对于郝兴亮这样的农村家庭来说相当于什么,应该一年的纯收入吧。她不禁黯然道:"无论多少钱,还是要动。桂香大姐不要担心钱的事情,你守着,我去找大夫。"

荆小惠去找大夫，大夫说："脑部问题不大，淤血也不多。但是腿就有问题了，里面有两块碎骨头，要是保守治疗打石膏呢，这两块碎骨头恐怕就难长上了，将来好了，跛是肯定的。若是动了手术，将碎骨头取出来，再打钢板，好了和常人无异。但是无论哪种手术方案，将来这条腿不能吃力，那是肯定的。"

荆小惠点点头，这个情况她还是理解的，便说道："大夫，您看做手术什么时候合适？"

"随时可以，看你们了，手术费用大，多半家庭是不愿意做的。要是条件允许了，还是尽量做手术。"

荆小惠点点头，说："麻烦您了大夫，我们还是尽量做手术，您看有没有好病房，我想先换一个。"

"有啊，楼上全是单人的病房，等下我给你找人。"说着，大夫站起来，走到门口，喊道，"李护士，李护士。"

一个小护士小跑过来，说："冯大夫，您找我？"

只见冯大夫提起笔，拿起一张单子，龙飞凤舞了一番，然后说道："去给十六床换一个病房。"

小护士应声而去。

"去病房等着吧，等会儿就有人过去，手术宜早不宜迟，我看你们还是尽快决定。现在病人未醒，出现错位的情况比较小；一旦醒来，身体一动，很容易错位，错了位就是想纠正也难了。"

荆小惠点头，说："谢谢大夫了，我们尽快决定。"

看着荆小惠神色凝重地回来，冬桂香不禁问道："怎么啦？"

荆小惠说："没事儿，等会儿护士来，给换个病房，桂香大姐赶紧收拾收拾吧。"

"换什么病房？"

"换个好点儿的病房呀。"

"换病房得花多少钱啊，动手术的钱还没有着落呢。昨天亮子他爹来的时候说家里才借了两百块钱，剩下的钱借都没处借去。"冬桂香无奈地说道。

"不是说了钱的事你们别操心。先收拾收拾吧。"

既然荆小惠都这么说了，冬桂香也没有什么好说的，拿了个破袋子，脸盆、尿盆，一股脑塞进去，看得荆小惠直皱眉。

还没有等他们收拾完，有人在门口喊道："十六号床换病房，十六号床换病房。"

荆小惠忙答道："等一下就可以了。"

病房里瞬间静了，目光齐刷刷地看过来。

"你们要换病房啊。"语气里还带着羡慕。

"嗯。"荆小惠嗯了一声，说，"麻烦大家让让，让担架进来吧。"

县医院的病房上二楼，全靠人抬，护士全是女人，劲儿不大，折腾了大半天才安顿好。

安顿好之后，荆小惠说："桂香大姐，要不尽快动手术吧，大夫也说了宜早不宜迟,万一错了位纠正也难。"

冬桂香皱眉,说:"也不知道爹在家钱凑得怎么样了。"

说到底都是为了钱的事,荆小惠想了一下,说:"钱没有关系,我可以先垫上。要不你回家和郝兴亮同志的父亲说一声,让他赶紧过来拿主意。"

冬桂香迟疑了一下点点头,嘱咐道:"那我回家一趟,个把小时就能回来,拜托荆科长你看着我娘一点儿,要是有动静你赶紧叫大夫。"

荆小惠点头,说:"放心吧。"

冬桂香虽说不放心,但还是走了。她走后,荆小惠看着郝兴亮他娘放在外面的手,想起了她爹。也是这样的手,手指关节粗大,皮肤粗糙,颜色难看。

她出去打了盆温水,洗了毛巾,开始给郝兴亮他娘擦拭,先是手,再是胳膊,然后是脸、脖子。

忽觉一双眼睛看着自己,荆小惠差点儿打翻盆子。

老太太正瞪着眼睛看着她,然后喊了一声,欠起上半身来。

荆小惠焦急地说:"您千万别动,腿容易错位。"

果不其然,老太太哎哟一声。

"您千万别再动,要是腿骨错位了,就得打碎重接,我去叫大夫去。"荆小惠说完,赶紧跑出去。

不一会儿,她跟在大夫后面进来,大夫仔细检查了一番,说:"醒来就好。腿是保守治疗,还是动手术,你们赶紧决定。"

冬桂香一来，老太太就发话了："解手。"

冬桂香忙端了尿盆，荆小惠也伸手要帮忙，冬桂香不好意思地说："科长您还是在外面等着吧。"

老太太小解完，心情也舒坦不少了。

众人在病床跟前站了一圈，郝父坐在病床脚头，说："他娘，咱们该怎么治就怎么治。大夫说打石膏怕是长不好，我看要不就动手术吧，再耽搁下去容易错位。"

老太太把脸一拉，说："还是打石膏，做手术得多少钱。"

冬桂香在一旁说道："您不用怕花钱，钱不是问题。动了手术就能好，保守治疗万一骨头长不好错了位，您怎么办？"

老太太抓起手边的东西，朝着冬桂香扔了过去，等扔过去才发现是个茶杯，冬桂香一侧身，茶杯连带着水，哐啷一声烂在地上。老太太吼道："你个败家娘们儿，光知道花我儿子的钱，我儿子挣钱容易吗！"

众人谁也没有料到老太太会拿杯子砸人，但是谁也没有吱声。

荆小惠可看不下去了，这都什么脾气，一发火就砸人，就是儿媳妇，也不能这样啊。瞬间火气冲上心头，压了几压，才把火气压下去，尽量温和地说道："大家挣钱是都不容易，但是现在咱们还是治病要紧。郝兴亮同志年轻，这钱好挣，但是您要是错过了最佳的治疗时期，将来说什么都晚了。"

郝父也劝道:"孩儿他娘,你这是干啥,桂香不也是着急你的病嘛。"

其实大夫说得很明白,因为有碎骨头,保守治疗完全恢复是不太可能的,只有手术,把碎骨头纠正了,打钢板才行。

之前老太太没醒,腿不怕错位,但是现在醒了,无论选哪一种方案都得尽快治疗,免得一动骨头错位,想动手术也难了。

冬桂香忍着委屈,说道:"娘,您就别固执了。再说了,将来还不得指着您给看孙子、孙女的。"

一说这个,老太太动容了。可不,她要是瘸了,怎么看孙子。

老太太被安排进了手术室,众人都坐在外面的椅子上等待。

郝兴亮那边也通知到了,他请了假连夜赶回来。但那边的工作也需要开展,所以就算郭晋萱再去闹,也没有办法,荆小惠说什么也得去参加克拉玛依会战行动了。

她打算等郝兴亮他娘做完手术再走。

说实在的,冬桂香对刚才的事觉得挺尴尬的。再者说,做手术的钱都是荆小惠出的,此刻她和荆小惠聊天也存了讨好的心思。

"荆科长,你们厂挺挣钱吧?"

"我们都是吃死工资的,每个月的钱都是固定的。桂香大姐现在家里都有啥收入?"荆小惠说。

冬桂香叹口气,说:"能干啥,光靠亮子那点儿钱也不行啊，家里这么多张嘴等着吃饭呢。就靠着六七亩地的收入，再就是岭子上有百十棵黄桃。只是黄桃家家户户都有，也卖不出钱来。"

"黄桃？黄桃罐头不是很好卖吗？"荆小惠说。

冬桂香惊讶了，说："山楂能做罐头我知道。黄桃也能做罐头？"

荆小惠更惊讶了，说："我见我们厂里的职工程显明同志试着做过，但是得回去研究研究怎么做。一个玻璃罐子才几分钱，黄桃是你们自家产的，还是很有利润的。如果真的可以的话，最好抓住这个商机。这罐头可是个稀罕的东西，尤其逢年过节，走亲戚看病人，这是必备的，这东西也的确好吃。"

冬桂香脸上带着隐隐的激动，说："荆科长，我回去就给你送筐桃子过去，随便试。"

荆小惠微微一笑，说："那等回去再说。"

荆小惠一回来就把这事跟我说了，说完，她就忙着去克拉玛依跟郭晋鹏会合。

一大早上忙完这一圈儿，我肚子都饿瘪了。本想干完菜地里的活儿去弄点儿吃的，正挽着袖子给外面种的白菜浇水，听见有人喊我："你好，程显明同志。"

郝兴亮提了个袋子，跟我打招呼，说："忙着呢？你猜这是什么？"

半袋子鼓鼓的东西，我脑中灵光一闪，说："黄桃。"

郝兴亮伸出大拇指，说："聪明，你看这样行不行，咱们先做点儿试试。我回去之后，我媳妇跟我说了荆科长的想法，我在家里前思后想，辗转反侧，满脑子想的都是做黄桃罐头的事情。现在这个时候已经不比往年，政策渐渐松了，我就豁出去了，也大干一把，说不定就能成了呢。"

我寻思了一下，说："得先做一个试试，这黄桃熟了吗？"

郝兴亮赶紧打开袋子给我看，要说黄桃成熟还得等等，他也是满地里挑，才挑了这些。

我伸头一看，一个一个拳头大小的桃子，微微泛黄，安静地躺在袋子里，便说道："嘿，好个清香味。不过不大行，怎么着也得八分半熟，这才泛黄呢。"

"这个好说，再过段时间就能到八分半熟，我有法子。你还有什么要买的告诉我，我去买去。"

这是要来真的了？

要是材料都买全了，做东西也容易，但是我的老法子怕是不行。我看城里买来的罐头里都有一样东西，可这样东西不太好买。

也许是见我为难，郝兴亮又说："程显明同志，你看这罐头怎么做，该买什么东西，你就说。"

"有一样东西不太好买。"我说。

"什么？"郝兴亮着急地问。

我说："色素，如果不放色素，颜色很难看，怕卖的时候不好卖。"

郝兴亮哪知道什么是色素。

我便说:"这事儿你别管了,明天我出去看看。"

第二天一大早我就出门了。

做黄桃的配料,我买得很顺利,中午吃饭之前我就回来了。色素也买到了,在一个做饮料的工厂买的,一块钱一斤,先买了二十斤,其实应该算是两块钱一斤了,因为还给看料的工人塞了二十块钱。

色素用量很少,二十斤估计要用很久很久了。

等黄桃催得差不多了,我就开始试验了。

洗桃、削皮、切块,就着昏黄的灯光,我一个人坐在厨房的灶间,一点儿点儿地收拾。我喜欢极了现在做东西的这种心情,静谧的,安稳的,抛弃了一切的杂念,又是幸福的。

桃子做好了,我放进锅里添上水,放好料,记录好用料的多少,开始点火,慢慢熬制。

第二天一大早醒来,我就去看黄桃,不由得皱了眉。黄桃经过一夜的浸泡,没有上色,是色素不行。

我用筷子挑起来一块,咬了一口,味道可以,但是甜度不够,汤汁的黏稠度也不够,还得改进。这样的黄桃自己吃可以,但卖相不太好看。

我先盛了一小碗出来,剩下的重新盖好,等郝兴亮来了,再给他看看。

下午的时候，郝兴亮兴冲冲地来了，说："程显明同志，看，这瓶子行吧。"

我一看，还真行，一大篮子的玻璃罐子，还带着铁盖。便问道："这是在哪买的？"

郝兴亮得意地说道："邻县一个玻璃罐厂，我先买了二十个，五分钱一个，让你先看看，行的话咱们再去订。"

我拿起玻璃罐子仔细看了看，就是那种老式的厚玻璃罐子，形状是普通的上下一致的圆柱形，便说道："玻璃厂能不能做出别的形状来？"

"目前只有这样的。"郝兴亮说道。

我拉着他去看黄桃罐头，郝兴亮一脸惊喜地问道："做好了？"

我摇摇头，说："还不行，颜色也不太好。"说着，便挑起来一块，给郝兴亮，说，"你来尝尝，怎么样？"

郝兴亮小心地咬了一口，连声说好吃，满嘴香甜。

虽然他赞不绝口，但我不由得在心里叹了口气，郝兴亮是出了名的不挑嘴，看来如果要改进味道，还是得靠我自己。

郝兴亮连着吃了四五块才作罢，道："程显明同志，你做得太好吃了，咱们那罐头瓶子不行吗？"

我说："你看，桃子基本上都是一分为二的，最好做那种宽肚的瓶子，那样的瓶子放得多，这样直来直去的放得少。"

郝兴亮恍然大悟，确实是这个理。

"要不我跟你去趟罐头瓶厂问问？"

郝兴亮连连点头，说："好啊，好啊。真没有想到罐头可以这么做，要是早知道可以这么做，我早就让家里过上好日子了。"

我说："这罐头还得再加工。还有，你得问下罐头瓶厂有没有压紧罐头瓶盖的工具，要是有的话，咱们也买上几个，要不然人家把罐头买回去就坏了，这也不像话。"

郝兴亮连连点头。

我调整了蜂蜜、冰糖的用量，又去了水的用量，罐头的汤汁才浓稠起来，只是颜色还是不太好看。色素不敢多用，不能为了自己的利益，去做危害人的事情。

看来这桃还没有熟，颜色本身就不黄，催熟的也不行，就是不好看。

郝兴亮再来，我让他摘了十来个早熟的黄桃，试验了一下，颜色果然比之前的好很多。等罐头做得差不多了，郝兴亮又去找在供销社当会计的同学帮忙销售。

做生产不像摆摊卖饭，只要有人来头就行了，做食品加工更难。黄桃的成熟期很短，这就要求做罐头的速度要快，销路也要广，没有速度，积压的产品全是本钱。

罐头生产量越大，需要的汤汁就越多，每天至少有四个小时的时间，我都要靠在锅边看着熬汤汁，烟熏火燎的不说，关键是热气蒸得慌。

既然想自立门户，我和郝兴亮就商量着给我们的黄桃罐头取个名字，想来想去，郝兴亮还是打电话问了荆小惠。荆小惠说："青坨海铺的罐头自然要叫青坨海铺啊。"

于是，我们的罐头有了自己的名字——青坨海铺。

别说，郝兴亮拉业务是挺厉害的，没两天就把两千罐的单子邀功似的往我跟前一放，雀跃不已地说道："看看。"

我拿着单子惊讶了。我拿回来的单子数量都小，统共就一百罐。我不由得赞叹道："真看不出来，你还是个做业务的料，太厉害了吧。"

有了郝兴亮的单子做铺垫，我心中也有了底气，日子也没有选，当天就开工了。郝兴亮还带了几个人过来，一起帮忙扒桃皮。小厨房里热闹起来。

厨房里冒出的热气不住上升，整个房间里像笼罩在仙境一般。我站在锅前不住地搅动锅里的汤汁，力争保证汤汁的浓稠度够，味道够。

说好的，第二天做分红。自从第一单六块钱大家分了以后，这么长时间还没有分钱。每次收了钱，我都整整齐齐地码到小箱子里去。这天说要分钱，打开箱子郝兴亮眼都直了，说："这也太厉害了，一箱子钱。"

其实账本都很清楚，按账分钱就好了。但是在我的坚持下，还是让郝兴亮算了一遍。郝兴亮念的书不多，拿着算盘子噼里啪啦地一张张算账，算完了，他活动一下双手，说道："算完了，都对。"

"既然都对,我们把钱都分了吧。"我说道。心里别提有多高兴了,有了这笔钱,我终于可以去北京做手术了。

我买了车票去北京,我知道等我再回来的时候,就不是现在这个样子了。

而且我回来的时候,荆小惠也该回来了。

第六章　烟波凝处

克拉玛依小拐镇是塔里木盆地边缘的小镇，那里有石油会战的辽河50丛井，在山上可以发现它其实就在一片戈壁的深处，戈壁滩上的顽石源源不断地包围着它。那些个老石头从远看像千军万马，在大风里往这边来了，好在有这么多的比天还高的蹿天杨死死地守着。而且有河，那水是真的水，闪着金子一样的光彩从眼前的石沙里涌出来。

河两岸趁势长了好多的青草，疯了一样紧紧地贴着地，生怕被河带走，又怕不能把这所有的水都霸占了。旱鸭子停在河中心的一片小岛上，成群结队，像是秃子头上的疮。

静静的沙地上看不见什么，除了石头就是石头。青草和河流在杨树林里，离我们很远很远，没有人能听见它们的声音。只是一片林子就像隔开了两个世界，两个世界在这里分庭抗礼，剑拔弩张。

那天，荆小惠赶到克拉玛依小拐镇会战现场的时候，天已经落黑了。她沮丧地擦擦额头上的汗，拖着沉重的行李，突然她感觉身后一轻。郭晋鹏不知道什么时候出现在她身后，帮她推着行李。

荆小惠便停了下来,看着郭晋鹏,几绺头发耷拉在她额头,她摆了摆手,说:"不用。"

郭晋鹏压抑住内心的狂喜,笑着说:"你是在用注目礼表达你的感谢吗?"

"你的路走错了,我不是去现场,我是后勤保障部门的。"荆小惠说。

郭晋鹏还是笑着说:"有你的路就都是对的。"

荆小惠便什么也没有再说,转身自己拉着行李往前走,郭晋鹏连忙追上去,说:"上坡容易,一会儿还有下坡呢,下坡不易,你需要我。"

荆小惠说:"我自己的路自己走,再难也要自己走。上坡的时候低着头,下坡的时候挺着胸,以后就不劳驾你费心了。"

那天以后,一连好几天,除了工作上的事情,荆小惠不再跟郭晋鹏多说一句话。郭晋鹏没有办法,就写了一封情书给荆小惠。

亲爱的荆小惠同志:

为你能来,我要说声谢谢你。因为我觉得有你在,我将不再害怕孤独。

我从小就没有什么兄弟和朋友,除了做不完的习题,就是孤独。长大了之后,我渐渐发现,孤独也是可以上瘾的，于是除了大姐，除了科研，我的世界已经没有其他人了，我从孤独变成了寂寞。只不过孤独可以高傲，寂寞却要不断地麻醉，我怕了。还好，这个时候遇见了你，你像阳光，不，你比阳光还要灿烂。

记得，有一个外国老头说过一句话，生命中曾经有过的所有灿烂，终究都需要用寂寞来偿还。

而你就是我所有的灿烂。

我想我不会再寂寞了，因为你。哪怕时光飞逝一千年，海水淹没地平线，这份爱也不会被遗落。我的心穿越了万水千山，终于在人群中找到了你。你是什么样的人，你就会遇到什么样的人。你朋友是什么样的人，你就会成为什么样的人。还有最重要的是，你的爱人是什么样的人，你就会过什么样的人生。

你愿意和我一起，携手走到人生的终点吗？

郭晋鹏

这是荆小惠收到的第一封情书。后来她一直贴身带着。但她还是没有搭理郭晋鹏。

这天，她又在做夜间安保巡查部署工作，佟宝钢啃着窝窝头跑了过来，说道："荆科长，你丢东西了。"

荆小惠摇摇头，说："我没有丢东西。"

佟宝钢指了指前方，说："不，你丢东西了，赶紧顺着铁路往大桥那个方向找找。你丢那东西，已经一整天没吃饭了，一整天不说话，再这样下去，影响工作。"

荆小惠这才明白过来，他说的那个东西，不是东西，是郭晋鹏。

天已经黑了，风卷着戈壁的沙砾拍打在土黄色的砖面上，带来了啪啪的噪音和令人胸闷的尘土气息。

郭晋鹏凝视着远处黑乎乎的大山轮廓，突然铁道边传来一阵敲敲打打的声音。他过去一看，只见两个虎背熊腰的男人在铁轨上，正用铁锹挖着什么。他心想，这么晚了还在路检，可真够辛苦的。于是便热心肠地说道："嗨，同志们，需要帮忙吗？你们挖什么呢？"

当他走近一看，傻眼了。竟然是地雷！

郭晋鹏的背脊嗖的一下涌出了冷汗，腿有些发软。他有些不可置信地瞪着眼前的这一幕，颤抖地说道："地……地……地雷啊？"

等他反应过来要跑的时候，一把刀已经架在了他的脖子上面。他一动也不敢动了，任由对方把他五花大绑起来，嘴里还被塞了一块布条。其中一个人对另一个人使了一个眼色。

等他们埋好地雷，准备把郭晋鹏解决掉的时候，荆小惠找了过来，用她的帆布包狠狠地砸向那两个人，然后吼道："月黑杀人夜，风高放火时。这月亮也不黑啊，风也不大啊，你们两只臭虫在这里嘚瑟啥呢！"

这两个人见只有荆小惠一个女人，便觉得没什么好怕的。

其中一个掏出了手枪，直接瞄准了荆小惠的脑袋，可荆小惠却一点儿也不慌乱，反而说道："开！开啊！正好帮我报警。"

那人一听，便把枪收了起来，捡起地上的铁锹，朝荆小惠冲了过去。

郭晋鹏急得团团转，可他却什么忙也帮不上。此刻的他正被另一个人拿刀架着脖子。他使劲地吐着塞在他嘴里面的布条，好不容易把布条吐了出来，他立马喊道："小心！小心啊小惠！"

但实际上，荆小惠也不需要任何人的帮忙，她只用了几下子就把那个人的铁锹抢了过来，然后狠狠地把他拍倒在地上。

那人挣扎了一下，还是没有爬起来，似乎是被拍晕了过去。

荆小惠接着一转身，又对另外一个说道："选择活？还是选择死？"

那人吓得拿刀的手都在颤抖，一个劲儿地说："你别过来，你别过来，你再过来，我就宰了他。"

"你把他放了，我给你当人质。"荆小惠冷静地说道。

对方摇摇头，说："不行！你太厉害了，我不信。"

"哪有女的给男的当人质的。"郭晋鹏也不肯答应，也跟着一起嚷嚷着，"你别过来！你别过来！"

荆小惠吼了一嗓子："你给我闭嘴。"然后又对那人说道，"怎么样你才能放了他？"

那男人把手里的刀换成了手枪，然后把刀扔到荆小惠的脚下，说道："你把刀捡起来，在你自己腿上扎一刀，我就信得过你。"

郭晋鹏立刻说："不行，不能扎！你别听他的！不能扎！"

"好，我答应你！"荆小惠说着，捡起刀。

郭晋鹏见状，彻底急眼了，喊道："你别听他的！你别干傻事！"

荆小惠拿着刀，说："说话算话啊。"说完，她毫不犹豫地对准自己的腿，扎了下去，血瞬间涌了出来，染红了她的裤子。

"你怎么这么傻啊！"郭晋鹏彻底崩溃了，不顾一切地朝荆小惠奔了过去！

那男人抓了一把，没抓住郭晋鹏，便开了枪，但在他开枪的同时，荆小惠快速地把刀从腿上抽出来，朝他甩了过去！

他的胸口中刀，应声倒在地上，好像是死了。

不过，此刻的荆小惠已经没有精力去管他了。她瘫坐在地上，对郭晋鹏说道："把你皮带解了，给我当止血带，快点儿。"说着，她咬着牙，忍痛帮郭晋鹏把绳子解开。

郭晋鹏看着她腿上血流不止的伤口，心疼地说："我背你回去。"

"不行。"荆小惠一边用皮带捆住腿，一边说道，"回去什么回去，没看那边有地雷嘛！"

郭晋鹏说："咱俩回去找专业的人来拆。走，走，快走。"

"来不及了，一会儿会有火车过来的。"荆小惠疼得眉毛鼻子都皱在一起了。她说道："就算是没有办法拆掉，我们也得把它引爆，早点儿给他们提个醒。"

郭晋鹏只好扶荆小惠过去。

荆小惠缓慢地蹲下，拿手电筒一照，然后小心地触碰着地面，说："这是反坦克雷。够贼的啊，火车过去只要把这条线压断，诡针就会弹出，炸弹就会爆炸。"

"你这儿借我用一下。"郭晋鹏从荆小惠的头上拿下一个别头发的卡子，荆小惠却拿过卡子，说道："还是我来吧。"

郭晋鹏点点头，说："也对，这个你比我有经验，你来拆，我从旁协助。"

荆小惠屏住呼吸，用发卡小心翼翼地拆着地雷，郭晋鹏则在一旁用手电给她照着光亮。时间一分一秒地过去了……不知道过去了多久，好像一个世纪那么长，又好像只有一瞬间，他们终于成功把地雷拆掉了。

后来他俩勇斗犯罪分子、拆地雷的事情还上了报，连省里的记者都过来采访。郭晋鹏当时傻笑着说："这就算把地雷拆了。我也是拆过地雷的人了。"但这都是后话了，那天晚上，他们拆完地雷之后，荆小惠再也支持不住，晕了过去。

郭晋鹏这才发现井荆小惠身上不仅有刀伤，她还被子弹打中了！

郭晋鹏从来没有这么害怕过，也从来没有这么担心过。他抱着荆小惠，以为她会死掉，他在她额头狠狠地亲吻，求她不要离开他。

整个医院都在抢救荆小惠。郭晋鹏哭得撕心裂肺，他以为这辈子都不会再见到荆小惠了。也是从那个时候，他下定决心，无论如何，他都不会和荆小惠分开，任何人都不可以阻止他们俩在一起。

急救手术做完后的第二天晚上，荆小惠终于醒了，她醒来的第一眼，看见的就是郭晋鹏。郭晋鹏好像一夜之间憔悴了很多，他买了一堆日用品，甚至连内衣都买了，然后一一摆好，说道："你看看，还缺什么，我再去买。"

荆小惠不好意思了，红着脸说："你怎么什么都买啊？"

"你不需要换内衣啊？我这是按照你的身材大一号买的，应该没有问题。"郭晋鹏说，"你怎么脸红了？不会是术后感染吧？"说着，他着急地嚷嚷，"医生！医生！医生快来呀！"

荆小惠说："你急什么啊？"

郭晋鹏说："你都感染了，我能不急吗？医生！"

"你别叫医生，我没事。"荆小惠说，"还不是你弄的。"

"我弄的?"

"你之前，是不是亲了一下我？"

"你知道了？"郭晋鹏不好意思地挠挠头。

荆小惠点点头，说："你趁我昏迷，亲我，所以我感染了。"

"我是毒蛇啊？"

"嗯，还是流氓成性的毒蛇。我批准你亲我了？"

"当你要替我去做人质的时候，当你把匕首扎进自己大腿的时候，当你为了我中枪的时候，这件事，就不需要谁批准了。我说过，你是什么样的人，你就会遇到什么样的人。你朋友是什么样的人，你就会成为什么样的人。还有最重要的是，你的爱人是什么样的人，你就会过什么样的人生。"

那晚郭晋鹏始终抓着荆小惠的手，不肯松开。

荆小惠便问他："你这么抓着我的手，不累啊？"

"还真有点儿。"郭晋鹏说，"那我也要抓着。"

荆小惠又问道："你看上我什么呢？"

郭晋鹏宠溺地笑道："一个姑娘家的，你就不能含蓄点儿啊？"

"我就是想知道。"荆小惠说。

郭晋鹏瞅着她，忍不住笑得像花儿一样盛开，说道："你啊，开启了我完全不知道、不曾体验的人生和世界，并给我的世界带来了颜色，让它不再只是黑和白，不再孤单和寂寞，而是充满了阳光。"

"瞎扯。"荆小惠说，"我就是一块石头，放在哪儿都不会发光。"

郭晋鹏说:"钻石也是石头,它是碳的结晶体,它是这个世界上,所有石头里唯一单元素构成的,不含铬、钛、铁、镍这些杂质,因为单纯,所以迷人,因为简单,所以珍贵。"

荆小惠说:"虽然我听不太懂,但你说得真好听,而且是在夸我。"

"我夸你什么了?"郭晋鹏温柔地看着她。

荆小惠害羞地说:"没心没肺呗。你说,咱们俩这算是处对象、谈恋爱吗?"

郭晋鹏郑重地点头,说:"当然算。"

荆小惠说:"牛排和路边摊上的牛肉面可没办法摆一桌啊。"

郭晋鹏说:"牛排和路边摊上的牛肉面在情窦初开的时候,都想找一个像自己一样的人,结果找来找去,越找越孤独,后来他们俩慢慢地发现,相似的人适合一起打打闹闹,互补的人才适合一起慢慢变老。"

在床上躺了都快两天了,荆小惠终于忍不住说道:"我想洗头发,要不头上长虱子啦。"

本来这种事情请个小护士帮忙就可以,但郭晋鹏说什么都要他亲自来洗。他说:"这可是博士的贴身服务,可不是谁都能享受到的。"

还别说,他洗得还真不错,边洗边问:"水温可以吗?力度可以吗？你还哪痒？"

荆小惠就一个劲儿地"嗯，嗯，嗯……"

"我是第一次让别人洗头，不适应，不过你这手法挺熟练的。"

"吃醋可不利于伤口愈合。"郭晋鹏笑道，然后他借着给荆小惠擦头发的机会，把嘴凑了过去。正要亲下去的时候，荆小惠捂住他的嘴，说道："我不批准。"

郭晋鹏无奈地说道："唉，被你发现了。"

等付雨泽连夜赶过来的时候，荆小惠正按照郭晋鹏的方法用冷毛巾敷脸消肿。她听见有脚步声，以为是出去打水的郭晋鹏回来了，便撒娇地说："到底要敷多久啊，肿就肿吧，反正我长得也不漂亮。我跟你说话呢，你怎么不回答我呀？"

"当初你听我的不来，你肯定不会挨这一枪！"付雨泽有些不高兴地说道，"你刚才在跟谁说话？"

荆小惠支支吾吾了半天，说："我……我……"

这个时候，郭晋鹏正好打了水回来，便说道："在跟我说话呢。"

付雨泽黑着脸，问道："你怎么在这儿？"

郭晋鹏说："荆小惠同志救了我的命，我照顾她还不是理所应当啊。"

付雨泽咬牙切齿地说："可你是男的！"

"不方便的时候，我会请女护士。"郭晋鹏说着，洗了一块毛巾，给荆小惠擦脸。付雨泽一把抢了过来，说："你怎么可以给病人冷毛巾呢！"

荆小惠说："是我要求的。"

付雨泽吼道："你不要袒护他！"

荆小惠说："今天王厂长要带着铁路系统的记者，还有当地报社的记者过来，我不想肿着脸被人拍照，让大家担心，所以才让郭晋鹏给我拿冷毛巾敷脸消肿。"

付雨泽这才消了火，说道："王厂长他们什么时候来啊？"

不一会儿，王正礼就带着一群人来了，并交代付雨泽接待一下这些记者同志。"请记者同志们抓紧时间，该采访采访，该拍照拍照，给这两位英雄留个影。"然后他又对荆小惠说，"小惠啊，你的气色不错，看来到底是战斗英雄的底子啊。你再看看晋鹏，这才守了几天，气血双亏了。"

听说荆小惠中枪了，郝兴亮急得跑到我这里，一把鼻涕一眼泪地哭诉，总感觉没脸再见人了。要不是他家里出事了，荆小惠也不会代替他去参加会战，荆小惠不去参加会战，就不会挨这一枪，他不配当荆小惠的部下。

那时候我刚做完手术没多久，说话含含糊糊的，也不知道郝兴亮听清楚了没有。

"不管怎样。"我说，"还好是小惠姐去了，要不然就你那两下三脚猫的功夫呀，能对付得了特务吗？"

报纸很快就刊登出来了。大家都说真是奇怪了，什么离奇的事情都能让郭晋鹏和荆小惠赶上。不过这个荆小惠真是有魅力，刚一会战，就收了左右护法郭晋鹏和付雨泽。虽然荆小惠一再强调是两位领导，可大家都说，有谁敢在英雄面前妄称自己是领导啊。话又说回来，郭晋鹏和荆小惠他俩上报纸的那张合影，看着还真像是结婚照哩。

郭晋萱看了报纸后，气得头和胃一起疼起来，不停地说："这下好了，我那个傻弟弟估计是要演一出以身相许的好戏了。"

果不其然，这次关于辽河50丛井的会战一结束，郭晋鹏刚回到家，行李还没有放好，就急三火四地翻箱倒柜找户口本，说要和荆小惠结婚。

郭晋萱冷冷地说："我从没否认她舍己救人的伟大，但结婚，要讲究门当户对的，你们俩门不当户不对，又没有共同爱好，没有共同语言。你要报答她，有许多种方式，不一定非得娶她，既然她救了你，就凭这一点，她看中咱家什么，我眼都不眨一下地给她，包括这个小楼。"

"她好就好在跟其他女人不一样，看不上你这些市侩庸俗的东西。"郭晋鹏说。

"那就是看上你了喽，眼光不俗啊！"郭晋萱说，"但从本质上来讲，她和其他女人一样。只不过她是一个老猎手，更懂得伪装自己。"

郭晋鹏皱着眉头，说："别这么说人家！"

郭晋萱冷笑了一下，说："哟，现在就开始保护人家了。你连袜子都不洗的人，竟然跑到医院鞍前马后，贴身照顾，寸步不离。你这细致精心程度，已经超过护士长了。"

"人家救我一命，腿上挨一刀，背上挨一枪，到现在还坐着轮椅。别说我给她洗头了，她就是上厕所不方便，我照顾一下不应该吗！"郭晋鹏激动地说。

"应该。"郭晋萱说，"但是你不应该把感激之情化作了爱情，更不应该的是竟然在医院示爱。"

"你怎么知道的？付雨泽跟你说的？这个付雨泽怎么什么都跟你说啊！"

"他要是跟我说了，我心里还踏实了呢，就凭他的能力，要把荆小惠调离这个厂不难，可是他什么都没跟我说。内心如此强大的他，被你抢走了心爱的女人，你觉得你今后还会有好日子过吗？"郭晋萱苦口婆心地劝说。

可郭晋鹏仍然一副视死如归的样子，说道："我就是爱上荆小惠了，我要和她结婚，绝不后悔，绝不放弃。"

"那你的对立面就不止一个付科长了。"郭晋萱说道。

她见这边谈不拢，便去找了胡婷婷。

胡婷婷一见到她，立刻说道："大姐，我知道你来找我是什么事，你想让我做晋鹏的女朋友，挤掉那个荆小惠，对吧？"

郭晋萱愣了一下，然后点了点头。

"但我不能答应你。"胡婷婷说。

277

"为什么？"郭晋萱诧异地问道，"难道你不喜欢晋鹏了吗？"

胡婷婷摇摇头，说道："我当然喜欢，但是我也知道，我不过是您过渡的替代品，随时也会被其他女人替代。所以，要让我做晋鹏的女朋友，除非晋鹏他自己来跟我说。"

这天，郭晋鹏下班回来，拿了一堆男人的照片，一一摆在郭晋萱的面前，说："怎么样？"

郭晋萱瞟了一眼，说道："你这是要给常妈介绍对象？"

郭晋鹏嘿嘿笑着说："当然不是了，我这是给你介绍对象。"

"嫌我在这个家碍事啦？"

"你永远是这个家的老大，这些人也都可以倒插门。当然了，爱情可以慢慢培养嘛。"

"没有爱情的婚姻那是可耻的，我不需要这种拉郎配一样的相亲，谢谢。"

"说得太好了，没有爱情的婚姻是可耻的，我跟小惠在一起，有爱情，不可耻。之前瞒着你，是想给你一个缓冲，最后能得到你的支持、理解和祝福。"

"我再重申一遍，我不支持，不理解，更不会祝福，理由还是那三条。她跟你的性格水火不容，跟你的人生坐标天上地下，对你的事业毫无帮助，只能扯后腿。"

"为什么要她帮我？我可以帮她。"

"你本事再大,分数再高,乘上她这个负数,那还是负数,而且还是很大的负数。所以啊,这婚姻只能是正正得正,负负得正,唯独不能正负相乘。这也就是上千年来,门当户对存在的合理性。"

"荆小惠不是负数,她为人正直,办事公正,一身正气。"

"你这是一本正经地拿你的未来和全家的希望在冒险!"

"我不同意你的说法,这不是冒险。"

"你给她洗过毯子洗过头了,现在还被她洗脑了,她到底给你灌了什么迷魂药啊?"郭晋萱彻底火了,吼道,"我一定会给你找一个配得上你的妻子!"

"可是配得上,我不喜欢,又有什么用?"郭晋鹏说道。

但不管他怎么说,郭晋萱还是坚持自己的想法。她想,既然胡婷婷不肯帮忙,郭晋鹏这边又说不通,就只能直接去找荆小惠了,都说解铃还须系铃人。

荆小惠虽然跟着会战大部队回来了,但她的伤还没完全好,还需坐着轮椅,行动不方便,一直都是郭晋鹏照顾她上下班。大家都打趣他俩不愧是对象,连坐个轮椅也是轮着来的。这个郭晋鹏一定早有预谋,要不然怎么会给医院捐献一台轮椅呢。

轮到荆小惠复诊的那天,郭晋萱往郭晋鹏的早餐里放了安眠药,然后跑去找荆小惠,说:"很奇怪我为什么会到这来吧?晋鹏昨天晚上着凉了,身体不舒服,委托我送你去医院复查。"

荆小惠已经坐在轮椅上，等了好半天了，不免有些失望地说："不用了，我自己能去。"

"你要是自己能去，就不用在这枯等十五分钟了。好了，还是我送你去吧。"郭晋萱说着，就推着荆小惠的轮椅朝职工医院走去，边走边说道："一来呢，是完成晋鹏的嘱托；二来呢，我也正好去医院看看医生，最近上火很严重。"

荆小惠根本没有选择的权利，任由郭晋萱推着她往前走。

"晋鹏洗头的技术怎么样啊？"郭晋萱说。

"我当时受重伤，行动不方便，他是……"

荆小惠忐忑不安，话还没说完，郭晋萱就打断了她，说道："别着急辩解，我又没说你做得不对。我只是有些妒忌你，我们姐弟在一起这么多年，他从来都没有给我洗过头。在部队有男军官给你洗过头吗？"

"没有。"荆小惠说。

"是他们不敢，还是你不让啊？"郭晋萱戏谑道。

荆小惠实在听不下去了，便说道："有什么话，就直说吧。"

郭晋萱停下脚步，站到荆小惠面前，居高临下地看着她，说道："你们在谈恋爱。"

"我们……"荆小惠低下头去，她不知道该怎么回答。

郭晋萱冷冷地说道："不敢承认呢？"

荆小惠想了一下，抬起头，说道："是！而且是我主动。"

郭晋萱说:"当初你是怎么答应我的,躲着点儿晋鹏。"

荆小惠说:"我是想躲着他,也确实在躲着他,可是我没躲过爱情。"

郭晋萱冷笑道:"你说的那恐怕不叫爱情,只能称之为搭伙过日子。爱情是互补的,是在同一个层面上的精神交流,你能补给晋鹏什么?你能跟他在精神境界知识体系上有任何的共同语言吗?答案是没有,那你还要这么干,我只能怀疑你的动机了。"

话都说到这份儿上了,荆小惠一咬牙,从轮椅上站了起来。

郭晋萱见状,说:"你坐着说话就好了。"

荆小惠说:"我一直习惯仰视着您,是因为我尊重您是郭晋鹏的大姐,长姐如母,您把他带大不容易。可是今天,您说到我荆小惠动机不纯,这是人格问题,所以我必须要平视着跟您说话。我也负责任地回答您,我们相爱纯属偶然,绝不是蓄谋已久。"

郭晋萱冷哼一声,说:"从逻辑学来讲,任何偶然都有其必然性。你说是你主动,那从一开始你就确定,不会遭到我弟弟的拒绝吗?"

荆小惠说:"去爱一个人,有时候就要冒着不被人家爱的风险。我冒这个险,也庆幸自己冒了这个险。"

"险中求胜?"郭晋萱不屑地说,"不,你不可能胜利,因为还有我,我不会让你毁了我弟弟。郭家只有他这一个男丁,我也只有他这一个弟弟，为了他，我可以不结婚，也可以跟你斗到底，哪怕你手里有枪，我也会为我弟弟堵枪口！我想我说得够明白的了吧？"

"郭晋鹏没有来，就已经说得很明白了。"荆小惠失落地说。

"谢谢你的通情达理。"郭晋萱的态度终于不那么冷冰冰的了，说道，"请你坐下，我送你去医院。"

荆小惠摇摇头，说："不用，我自己能去。"

"谈判的目的是共赢，不是撕破脸。"郭晋萱说，"毕竟我们都还要在这里继续生活下去。"

等郭晋鹏睡醒，已经是晚上的事情了。他看着郭晋萱一脸的得意，就清楚知道是怎么回事了，他大吼着："姐，瞧你干的好事儿！小惠她不会从你手里把我抢走，也请你不要从我手里把她夺去。"

郭晋萱说："你是不是还没睡醒啊？有些事就此放下就好，有些人就此诀别无憾。谁都年轻过，再绚丽的梦，也只不过是一时冲动。你这是病，要治。"

郭晋鹏说："可是我放不下，也不想放下。谁喜欢一个人不是从一时冲动开始的呢？如果这样也算是病，那我放弃治疗。"

郭晋萱说："你是要在她和我之间做一个取舍了？"

郭晋鹏耐着性子，说："姐，有些事情不是非黑即白，你死我活。咱俩是亲姐弟，我跟小惠都可以从一开始的火星撞地球，到逐渐地喜欢上她，你为什么不能尝试着接受她呢？"

郭晋萱翻了一个白眼，说："我一点儿都不想尝试。"

郭晋鹏说："你是因为看到了她的缺点而排斥她，但我是因为她的真实而喜欢她。"

"好。"郭晋萱忍无可忍了，说道，"你是我弟弟，我不能把你怎么样，但她是党员，是后备干部，总有人可以管她。"

郭晋萱说到做到，还真跑到付雨泽那里去告状，并且还写了一份报告。付雨泽看着报告没有吭声，郭晋萱便说道："付科长，能想到的办法我都想了，可是这也不能光靠我一个人使劲儿吧。"

付雨泽把报告放下，说："可你这么做，知不知道会给荆小惠同志带来很不好的影响。"

郭晋萱说："我承认我做得不是很完美，但是我要提醒你一下，付科长，这件事情要抓紧处理，否则他们俩真要是把生米煮成熟饭了——"

"别说了。"

"不说的话，我伤心；不听的话，你岂不是活得太委屈了。这可不存在是你赢了晋鹏，还是晋鹏赢了你，是荆小惠更合适你。"

"这句话我同意。"

"那好，既然现在我们是同盟军了，我就给你支点儿追荆小惠的招。你认识荆小惠这么多年，当着她的面跟她说过我爱你三个字吗？没有。那怎么能行，一定要说出来，而且还要有仪式感，要隆重。天底下所有的女孩子最怕这个。"

结果付雨泽按照郭晋萱的话，买了一捧玫瑰花，当众给荆小惠念了一首诗当作告白：

所有的日子，所有的日子都来吧！

让我编织你们，用青春的金线和幸福的璎珞，编织你们。

有那小船上的歌笑，月下校园的欢舞。

细雨蒙蒙里踏青，初雪的早晨行军。

还有热烈的争论，跃动的、温暖的心……

是转眼过去了的日子，也是充满遐想的日子，纷纷的心愿迷离，像春天的雨。

我们有时间，有力量，有燃烧的信念，我们渴望生活，渴望在天上飞。

是单纯的日子，也是多变的日子，浩大的世界，样样叫我们好惊奇。

从来都兴高采烈，从来不淡漠，眼泪，欢笑，深思，全是第一次。

所有的日子都去吧，都去吧！

在生活中我快乐地向前，多沉重的担子我不会发软,多严峻的战斗我不会丢脸!

有一天,擦完了枪,擦完了机器,擦完了汗……

我想念你们,招呼你们,并且怀着骄傲,注视你们。

…………

荆小惠长这么大还是第一次收到玫瑰花,这就让郭晋鹏吃醋了好几天。好在荆小惠不但拒绝了付雨泽,还把之前他送的裙子也一并还给了他。

今天一上班,郭晋鹏见到荆小惠第一句话就是:"小惠,对不起。"

荆小惠说:"你跟太阳说对不起,它还能回到昨天早晨吗?"

郭晋鹏说:"不能,可它也不能。"说着,他把一个杯子递给荆小惠,继续说道,"这是我昨天早上喝牛奶的杯子,你可以去做化验,看里面有没有安眠药的成分。"

"你姐?"荆小惠瞬间就明白了,不由得说,"真厉害。"

郭晋鹏叹口气,无奈地说道:"这也是一种爱的表达方式。我姐从小就管我管得特别严,我不好好读书,她就会揍我,把我揍得哇哇直哭,然后她就抱着我一起哭。她对我就像半个妈,可我的选择,就算她一时接受不了,最终还是会尊重我。她对我的爱,就像妈妈对儿子的爱,纯粹而简单,我有今天,她为我付出很多。"

荆小惠说："我懂了。"

晚上的时候，胡婷婷见到荆小惠把玫瑰花插在饭缸里，不禁说道："是付雨泽送的吧？"

荆小惠点点头，说："你怎么知道的？"

胡婷婷说："因为要是晋鹏送的花，他肯定会再送你一个花瓶，他绝不会允许自己说出来的爱，被插在煮过面、熬过粥的饭缸里。"说着，她把花拿到窗台上，又继续说道，"你土得掉渣，凭什么都喜欢你呀？"

这时窗外传来一阵敲敲打打的声音，胡婷婷打开窗户一看，这女职工宿舍，大半夜怎么有个男的在挖坑啊。

胡婷婷惊叫道："不会是流氓吧？"

荆小惠迅速跑过来，看了一眼，立刻拿上板凳，悄悄地来到那个挖坑的男人身后，正准备一凳子砸下去的时候，才发现竟然是郭晋鹏！

她赶忙扔掉板凳，但是脚下却滑了一下，整个人就都扑了过去，正好扑到郭晋鹏的怀里。

胡婷婷在窗前看着这一幕，生气地拉上了窗帘。

郭晋鹏松开荆小惠，说："人家给惊喜都是心脏乱蹦，你这惊喜给的，我脑袋差点儿开洞。"

荆小惠不好意思地笑笑，说："我以为你是流氓呢。"

"你是夜盲症啊。"郭晋鹏说，"我在这里，你看看，我在栽花呢,你怎么就给看成是采花了?"

"这是?"荆小惠指了指一旁的小推车,小推车里有一棵树。

郭晋鹏说:"桃树。"

"桃花?哪来的?"荆小惠问。

郭晋鹏说:"月老那儿。"

"月老不是绑红线的吗?"荆小惠说。

郭晋鹏笑笑,说:"月老他老人家不是纺织工人,是林业局的干部,知道你命犯桃花,要交桃花运,哪能没桃树啊。"

"我要是交桃花运,那你干吗呀?"

"吃桃。"

"没想到你们这些知识分子酸起来,都可以酿醋了。"

"这才不是酸呢,这是浪漫。"郭晋鹏说。

他这边倒是浪漫了,可郭晋萱那边,一早起来看着院子里她那棵苏州桃树被连根拔起,不知所终,气得差点儿没吐血。

大家都说郭晋鹏用植树的方式正式向全厂宣布他和荆小惠两个人的恋情,第一个败下阵来的不是付雨泽,而是郭晋萱。

郭晋萱说:"郭家只能出,不能进!"然后她抄起菜刀,怒气冲冲地冲进职工宿舍,要把那棵桃树给砍了。

因为这事儿正好赶上饭点儿,所以几乎全厂的人都跑去围观了,但没有一个人上前去拦着。原本我想去拦着,但郭晋鹏的速度比我快多了。他抓着郭晋萱的胳膊,说:"姐,住手。"

"你松开我！"郭晋萱说着甩开他，好像疯了一样，疯狂砍着那棵桃树。

郭晋鹏又去抓郭晋萱，说："你这是干什么呀？"

郭晋萱终于停下来了，说道："我要用这棵桃树做一把桃木剑辟邪。"

"别这样，不好。"郭晋鹏说。

郭晋萱说："你讨她的欢心，移栽我的树，这样就好吗？"

郭晋鹏说："不就是一棵桃树吗？咱们是一家人。"

郭晋萱说："你把我当一家人了吗？你把我的话当真了吗？你想讨她的欢心，想玩一回烽火戏诸侯，可你不是周幽王，就算她是爱妃褒姒，她也不属于你。"

郭晋鹏坚定地说："她就是我的。"

"好，就算你赢了，可我们这个家会输的。"郭晋萱说，"晋鹏醒醒吧，答应我离开荆小惠。"

"我做不到。"

见郭晋鹏依然是这个态度，郭晋萱举起菜刀，就要砍下去的时候，郭晋鹏抓住了她，但这次他抓的不是她的胳膊，而是那把菜刀。

所有人都惊呆了。

郭晋萱也愣住了。

血从郭晋鹏的手里流了出来。

郭晋萱吼道："你这是在逼我。"

"晋鹏——"这时,荆小惠赶来了,喊道,"听你姐姐的话吧。"

郭晋鹏还是没有松手,而是痛苦地说道:"我一直非常非常听姐姐的话,可她为什么不能听一次我们的话呢?"

荆小惠只好上前,掰开郭晋鹏的手,然后掏出手绢,给他包扎好伤口,说道:"我们的话就是不能流血。"说完,她转身对围观的人群,说道,"各位还是等到桃花开的时候再来看吧。"

但人群还是没有动。我便扯着嗓子大喊道:"都散了吧!还嫌看热闹事不大呀!散了吧!赶紧散了!"

虽然我的手术很成功,但豁嘴的痕迹还是有的,就算不像从前那样明显,但说起话来还是有点儿吓人的,更何况那天我真是气急了,估计看着十分凶神恶煞,所以我这么喊了几嗓子,人群很快就都散了。

郭晋萱看着郭晋鹏受伤的手,再也忍不住痛哭起来。

郭晋鹏对郭晋萱说:"姐,你今天可以砍了这棵树,但是长在我们心里的那棵树,你砍不了的。"然后他又转向荆小惠,说道,"你刚才说让我听姐姐的话,什么意思?"

荆小惠虽然没哭,但泪水已经在她眼中打转了。她说:"我们俩关系再好,也不可能像你跟大姐一样,血管里流淌着相同的血。"

郭晋鹏说:"我姐对我好,我知道,可她阻止我们在一起

289

的逻辑，我不能理解。"

荆小惠说："我能理解，你说过，大姐像半个妈。我除了父母，没有什么亲人，我父母都不在了，我再也听不到他们批评我了。我父亲也是石油工人，虽然我不是石油专业的，但是我能帮我父亲看着咱们厂现在发展起来。所以我喜欢郭晋鹏，因为他能帮我实现梦想，但今天因为我的一厢情愿，影响到你们姐弟之间的关系，这是我不想要的。虽然我非常喜欢，甚至非常崇拜晋鹏，但是要是我一味坚持，那就太过自私了。我把他还给你，请你原谅我们年轻人的胆大妄为吧！"说完，她正要转身离开，郭晋鹏一把抓住了她，死活也不肯放手。

郭晋鹏对郭晋萱说："姐，这回你能明白了吧，小惠真的不是看中了我拥有的那些东西，我们所有的胆大妄为不是因为冲动，更不是心血来潮，是因为理想，因为爱。"

郭晋萱沉默了。不知道过了多久，她终于叹了一口气，说道："这刀上有铁锈，你带他包扎一下吧，别忘了打破伤风针。"然后她提着刀，离开了。

她的背影有些落寞，好像失去了什么重要的东西一样。但她又不得不放手。

郭晋鹏说："我姐终于认可咱俩在一起了。"

"嗯……"荆小惠破涕为笑地点点头。

就这样，他们俩的婚礼定在了这个冬天。

郭晋萱说："小惠以后就是咱们家的一员了，有些话，我还是要说的。"

郭晋鹏立马像喊口号一样，振臂高呼道："最重要的一条，就是要时刻牢记谁才是这个家的女主人，那就是，只能是，必须是，我姐！有了这条，就有了解决问题的依据。"

"哎呀，我只是你大姐，又不是恶婆婆。"郭晋萱笑着摆摆手，说道，"这是我为你们婚礼做的计划，从迎亲的车队，到婚礼席面上的规格档次，再到回礼的数量和物品，我都已经标明了，没有意见就按这个办。"说着，她拿出一份婚礼计划表。

上面光宴请的酒席就有三十几桌，还要从八大村一路吃到北京，喜宴上的菜式更是各种的鲍鱼海参，还有一道芝士虾，荆小惠听都没听说过。不光这些，迎亲的队伍里竟然有轿车。

荆小惠看完之后，不由得皱起了眉头，说道："这得花多少钱啊？"

"钱你不用担心。"郭晋萱高傲地扬起下巴，说，"我弟弟的人生大事，那绝不能马虎。"

"可是现在国家困难，一切提倡从简。咱们这样大操大办，会不会影响不好啊？"荆小惠说道。

郭晋鹏也说："小惠说得也有道理啊。"

郭晋萱说："郭家是大户人家，没有体面的婚礼，那影响更不好。"

荆小惠说："但大家刚降了工资，来参加婚礼吃酒席都不好意思空手，这不是让大家为难嘛。"

郭晋萱说:"我可以对全厂宣布,郭家办事不收礼。"

郭晋鹏立刻鼓掌,说:"姐真棒,这个办法好。"

荆小惠说:"那这个轿车是不是可以不用了?从宿舍到这里才几步路。"

郭晋萱说:"就是一步路也得坐车,跟着我们晋鹏就是坐车的命。"其他的她已经做出了让步,唯独这个不行。在她看来,这第一仗要是输了,今后这个家还不成荆小惠的了。

郭晋鹏夹在中间,一边是老婆一边是大姐,他谁都不能偏向,真是左右为难。大家都说他这叫,一三五"姐管严",二四六"妻管严",干工作有"5+2""黑加白",但在他那儿一年到头都是一个字:严!

不过他也有他的办法,那就是先斩后奏。

等到婚礼当天,他去接亲,然后按照事先计划好的,把荆小惠给接到了井场上,再打电话告诉在家等待着的郭晋萱,说:"井站出事了,我去抢修了。"

"什么?"郭晋萱抓着电话,一个劲儿地喊,"工作再重要,也得把婚结完再说啊!"可她的话还没来得及说完,电话那头就已经挂断了。

但郭晋萱可不是坐在家里面干等的人,她去了井场。她想就算是抢人也要把这个婚礼给办了。

结果,等她到了井场,不由得傻眼了。

郭晋鹏竟然和荆小惠正在那里拜天地,还有王正礼在那儿给他俩主持婚礼。

郭晋萱不悦地问道:"这是怎么回事儿啊?"

郭晋鹏笑笑,说:"姐,小惠太重了,我怕她把轿车的车胎给压爆了,所以就换这儿了。"

"胡说八道,她能有多重?"郭晋萱瞪着眼说。

郭晋鹏伸出一根手指头,比量了一下,说道:"千金。"

郭晋萱挑了一下眉,说:"千斤?"

郭晋鹏点点头,说:"千金小姐的千金。"

王正礼笑道:"这口井是咱们厂里最早突破千吨大关的高产油井呀。我看你媳妇不是千金,应该叫千吨才对!"

这就是郭晋鹏的办法,他想把这个婚礼办得简单而重大,而不是照本宣科。至于宴席也没有按照郭晋萱安排的,去什么高档饭店,而是在职工食堂里,每张桌子上都摆上一份猪肉炖粉条和一盘白菜水饺,至于主食当然还是地瓜和土豆,并且保证管够。大家早就馋得流口水了,居然有肉可以吃,这待遇都赶上过年了。

荆小惠激动极了,开心极了,也兴奋极了,她大声喊道:"同志们,现在国家困难,不主张大操大办,但礼尚往来总得有,今天的婚宴是出国特供款!"说着,她开始张罗起来,"大家吃好喝好啊。"

只见所有的筷子频繁地上下舞动,所有的嘴巴不停地咀嚼,所有的眼睛紧紧地盯着菜盆。但所有人的抢也只是往自己的嘴巴里塞，没有多占。

郭晋萱把郭晋鹏扯到了一边，说："你捣什么鬼啊？这吃的是个什么玩意儿？"

郭晋鹏说："姐，主要是你点的那些菜，大厨不会做。"

"哼。"郭晋萱从鼻子里哼哼道，"又是荆小惠的主意吧？"

"不是。"郭晋鹏摇摇头，说，"是大厨，真的是大厨。姐，你点的那些菜人家凑不齐，尤其是那个芝士虾，他们只见过虾，没见过芝士。"

郭晋萱说："那也不能吃猪肉炖粉条啊！至少得有几道像样的菜。"

郭晋鹏满脸献殷勤地说道："出国专供款啊，大姐，你看！有没有法国大厨的感觉？"

郭晋萱撇撇嘴，说道："哼，法国大厨可不会做你这个什么猪肉炖粉条。"

郭晋鹏笑笑，道："说的是感觉，感觉。"

郭晋萱冷着一张脸，说："我感觉像收破烂的。"

"姐，你就不能说句好听的，人家今天结婚，大喜的日子。"郭晋鹏说道，"我去给你打饭哈。"说完，他颇有如释重负的感觉，去给郭晋萱盛了满满一碗猪肉炖粉条，然后和荆小惠一起端了过来。

荆小惠说："姐，你看咱们碗里多了好几块肉呢。"

郭晋萱勉强夹了一筷子，吃了一小块，然后吐了出来，说:"你们夫妻的心意,我领了,虽说我第一次吃这种东西,但说实话,这是我这辈子吃过的最难吃的东西了。"

荆小惠说:"您看看,大家吃得多开心啊。"

确实,所有人都吃得很开心。

只有郭晋萱一个人,食不知味地叹息着:"唉,每个人对待生活的态度,就像他对待人生的态度,我希望你们夫妻能过精致的生活。今天的婚礼就跟赶庙会一样,晚上就不要请大家伙来闹洞房了。"

第七章　岁月的童话

冬天日光短，没啥劲道的日头贫血一样疲沓沓地往西天直掉，镇上的集市也稀松了，四乡八里的人一点儿点儿散去。人少了，西北风紧了。

要么说这旧历的新年其实才最像新年。人群海一样地从四面涌来，整个八大村就像雪地里的一口沸腾的汤锅，热气腾腾。别说九二三厂了，连带着"雁来记"的生意也跟着好了起来，我的心情也变得好起来。这"雁来记"是我在厂附近捣鼓的杂货店。说是杂货店，其实也就一个四方的小院子，在前面卖点日用品啥的，后面就是我住的地方了。

我接待着络绎不绝的客人，回答一个又一个问题："不，我们这里没有财神、门神、土地公公画像。"

"对不起，本店不代写春联，尤其不代写诸如日进斗金家财万贯之类。"

"'福'字有卖。一岁一礼，一寸欢喜。"

"来一打？红包也有，一毛钱一个……"

"抢钱呢？一个破红包还卖一毛！"

"你这是啥话嘛？我这红包精工细作，个个身强体壮，膀大腰圆，装上万儿八千不成问题。这个价钱你买不了吃亏，买不了上当。"

开玩笑的。不过我家的红包确实跟别家的不同。厚实的生宣纸，两面染透满地红的颜色，矾胶粘好，只留封口处。红包正面，依客人所需，分别用小楷写就祝福字句。送父母当然是福寿两全、天伦之乐、身体安康诸般字样，送小朋友就写快快长高、学习要好、明年不能太调皮这种他能看得懂的愿望。送给亲密爱人，这个就不可以一概而论了。我见过有客人买了红包，借了"雁来记"的笔，扭扭捏捏地躲在一旁写好了藏起来的。随包附送一方小小的封泥，印文备有百家姓备选，赵钱孙李周吴郑王，封好红包，钤上一方花押，里面装的就是只有你跟我知道的秘密了。红包最底的一行小字是用木刻版水印上去的，带一点墨色淋漓，反而随意自在。

等到一天忙碌完，我倚着窗，抽烟。窗户没上玻璃，用塑料薄膜蒙着。我想，等有了钱就装绿色玻璃，好看，满世界绿汪汪的。窗户上被人用烟头烫出密密麻麻的洞，有梅花状，有麻将牌里的九筒。我隐隐地知道是谁干的，可不好撕破脸，寻思着改日去赶集买块塑料换上。

天好像要下雪了，灰蒙蒙一片，两面的山色也是土灰绿，这天气没有一丁点儿生机。我的眉宇开始聚拢阴霾，叹口气。荆小惠跟郭晋鹏结婚不到两年就要离婚这件事，在厂里已经闹得沸沸扬扬的了。

大家都说是因为洞房那晚，荆小惠把郭晋鹏踹得没有生育能力了。

其实那晚，荆小惠确实踹了郭晋鹏，但只是踹在了他的屁股上。没有生育能力的是她，而不是郭晋鹏。这是他们后来去医院做检查才知道的。

那夜，他们洞房。荆小惠想着就要和郭晋鹏睡在一起了，就紧张得快喘不上气来了。

浴室的氤氲还未散尽。

荆小惠打量着镜中的自己，湿漉漉的面颊和嘴唇，红艳得就好像是一个女鬼。但比这更红艳的是郭晋萱精心给她准备的睡裙，整个裙身只能裹住大腿根儿，胸前还开了一个大大的口子。

荆小惠的眉毛鼻子都快要皱在一起了。她叹了口气，说道："这什么也遮不住啊。"

然后她把睡裙放在胸前比量了一下，又比量了一下，提了一口气，最终还是把那睡裙放在了一边。她可没有勇气穿上这玩意儿，还是她的老粗布睡衣穿着心里踏实。

浴室和卧室之间，只隔着一扇薄薄的门。

荆小惠轻轻把门推开，把手撑在门扉上，局促不安地站了一会儿，才小心翼翼地走进卧室里。

郭晋鹏捂着被子坐在床上，已经笑得东倒西歪的了，还不忘调侃她，说："不是给你准备了睡衣嘛，你怎么还穿这个啊？"

荆小惠扭捏地走到床边，犹豫了一下，还是没有坐下，而是站着说道："老布的，软和，舒服。"

"瞎扯。"郭晋鹏脸上的笑意更浓了，嘴巴都快要咧到耳朵后去面了，说道，"我还是第一次听说，布的比真丝的还舒服。"

"给孩子做尿布都是用老布，而且还是旧布，也没听说过用真丝的呀。"荆小惠说得理直气壮、理所当然的。

郭晋鹏笑笑，说："不是不能用，那是成本太高了，那一泡尿得要少钱啊。不行，我去给你拿去。"说着，他就从被窝里爬起来，准备去拿睡裙。

此时的他只穿了一件背心和一条短裤。

荆小惠的脸瞬间就红透了，她不好意思地别过脸去，说道："你……你就不能多穿点儿，冷，冷啊。"

"冷？不冷啊。"郭晋鹏愣了一下，但很快就反应过来，说道，"你还不好意思啊？"然后他把灯关了，说："上床，睡觉。来吧，来吧，快啊。"

荆小惠终于躺在了床上，但她立马像被刺到了一样，尖叫起来："啊！床塌了！"

"没有啊。"郭晋鹏被她吓了一跳，摁了一下床，说道，"好好的啊。"

299

"不可能，我刚刚往上一躺，它就往下塌。"荆小惠说着，也摁了摁床垫，说道，"你看，塌了吧。"

郭晋鹏忍不住笑道："这是弹簧床，躺着舒服，容易入睡。你看，你的身体是有曲线的，如果睡木板床，你的身体就不能跟床面完全贴合，这样悬空就会累。而弹簧床就不一样了，它会让你身体的每一个部位都被支撑起来，就像摇篮里的婴儿一样。"

荆小惠试探地躺下，然后紧张得摆成了一个老实巴交、大义凛然的村妇样子。

但即便如此，在这样的夜晚，这样子的荆小惠也是迷人动人美丽，充满了致命的吸引力的。郭晋鹏感觉自己已经彻底沦陷了，他渴慕着她。

"嘿嘿……媳妇儿……嘿嘿……"郭晋鹏造作地笑着，一扭一扭地逼近……

然后，他终于一把搂住了她，喘息急促起来……

"不要！"荆小惠一声断喝，一脚把郭晋鹏踢下了床！

住在楼下的郭晋萱听到动静，立马跑上楼，一看趴在地上已经爬不起来的郭晋鹏，忍不住喊道："你们这是拆房子呢，还是洞房啊？"

荆小惠低着头，说："对不起，我不是故意的。"

郭晋萱去拿来药水，边给郭晋鹏上药，边说道："你要是故意的，我现在就请你出去了。"

郭晋鹏被踹这一下其实倒没啥，但他摔下去的时候，腰撞到了桌子角，淤青了一大片。他疼得龇牙咧嘴的，但还是说："姐，没事儿的，其实小惠就是条件反射大了一点儿。"

"你看看这腰眼的淤青，这还叫条件反射，还叫大了一点儿点儿吗？这个下脚也真够稳准狠的，你练过足球啊？"郭晋萱越说越来气。

荆小惠都不敢吭声了，只是站在一边，拼命地摇头。

郭晋萱说："我把丑话放在前头，晋鹏明天必须去医院做检查。"

荆小惠立马点点头，说："嗯，明天我们就去检查。我错了，我以后再也不拿脚踢他了。"

郭晋萱说："怎么，改用拳头啊？"

荆小惠连忙说道："不不不，打不还手骂不还口。"

郭晋萱冷哼一声，说道："哼，等明天检查了再说。如果你真的把我弟弟踢伤了，那你荆小惠就不适合留在我们郭家。"

一听这话，郭晋鹏急了，说："姐，你说什么呢！"

"行了，别说了，有什么话明天再说吧，赶紧睡觉。"郭晋萱上完药，狠狠瞪了荆小惠一眼才离开。

尽管郭晋鹏安慰了她一晚上，说他有几十年的童子功，哪能说费就费啊，但第二天一早，荆小惠还是拽着郭晋鹏到职工医院，反反复复查了一个遍。直到医生说只是腰部肌肉扭伤，她才放心回来。

郭晋萱把家里剩下的最后两盒午餐肉全都拿了出来，说要给郭晋鹏好好补一补身子。

荆小惠说："姐，现在有钱都买不到这种肉罐头，咱们家就剩这两听了，要不要留一个，以备不时之需啊。"

郭晋萱一听这话不乐意了，说道："我弟弟都伤成那样了，还不算不时之需吗？"

荆小惠说："我不是这个意思。"

郭晋萱问："那你什么意思？"

荆小惠正要解释，郭晋鹏在一旁连忙说："姐，医生说我是碳水化合物摄入不足，不是优质蛋白质，你看我这思维还是相当敏捷的。"

郭晋萱冷哼道："就冲你怕老婆这点，我看你智商大不如从前了。"话虽如此，但她还是把整盘午餐肉都端到了郭晋鹏的面前，说道，"晋鹏，都是你的，赶紧吃。"

郭晋鹏挑了一筷子肉，正要往荆小惠的碗里放进去，荆小惠用脚踹了他一下，然后拿起窝窝头，啃起来。

郭晋萱说："你不用自责，你是这个家的大男人，赶紧吃吧。"

郭晋鹏说："男人就该照顾这个家，像雄狮一样保护这个家。哪有看着你们吃草，我一个人吃肉的道理？"

郭晋萱说："这个家的户主叫郭晋萱，所以暂时还不用你保护。其次，狮群狩猎百分之九十都是母狮子，但第一口吃肉的一定雄狮。"

"真的吗？"荆小惠说道，"我没看到过狮子吃饭。"

郭晋萱挑了一下眉，说道："那你是不赞同我说的喽？"

荆小惠赶忙摇摇头，说："我同意，我双手同意。"说着，她举起双手，好像投降一样。

郭晋萱笑了笑。

郭晋鹏沉默不语，他挑了一块最大的肉放进郭晋萱的碗里，然后又挑了一块放进荆小惠的碗里，自己只留了一块，剩下的全都分给了常妈。

他说："你们不吃，我也不吃。别让我成为一个自私的人，那样我会瞧不起我自己的。同享福容易，共患难难，现在为一口吃的就闹矛盾，将来更苦的日子怎么过？大庆油田五两保三餐都暂停了，要断粮了。"

郭晋萱哽咽地夹起那块肉，吃了起来，荆小惠和常妈也分别吃了起来，但荆小惠只是用筷子蘸了一下肉汁，象征性地舔了舔，便悄悄地用窝窝头遮起来，等所有人都吃完后，她又把那块肉偷偷放进厨房，嘱咐常妈第二天换个花样做给郭晋鹏吃，然后她往罐头盒里灌了一些水，煮成了汤，一口气喝了个底朝天。

常妈说："这要按老爷在的时候的规矩啊，你也是少奶奶呢，哪能让您喝水填饱肚子呀。"

荆小惠笑笑，说："我炒面就雪都吃得很香，更何况这些了。再说这不就要睡觉了嘛,睡着了就不饿了。"

为了能填饱肚子,就只能不要风花雪月了。荆小惠拿着一个小本本计算来计算去,就这样计算了两天,还是决定趁郭晋萱去北京购买物资的时候,找郭晋鹏商量,把家里的花园改造成菜园子。她说:"你看,厂里工人现在每个月才二两肉,每天四两菜,咱们不比大庆油田,所以要提前准备,备战备荒。可这粮食不是变出来的,粮食是从地里长出来的。"

郭晋鹏说:"你不会是想让我背着锄头,跟你演'夫妻开荒'吧?"不知怎的,他心里有种说不出来的不祥预感。

"你以为开荒跟玩一样,咱厂这块都是盐碱地,平整一点儿的地是公社的,剩下的就是农民都不要的坡地,至少得用一个月的时间去清理草根、树根、石头什么的,今年想要长出像样的粮食……"荆小惠叹息道,"难啊!"

郭晋鹏说:"既然这样,就只有种在花盆里了。"

荆小惠眼睛贼亮贼亮地说道:"嘿,你说得对,咱家是有一个大花盆。"

郭晋鹏有种上了贼船的感觉,原来荆小惠在打的是这个主意呀。

"你看看这土,不仅仅是熟土,还因为几年种花养草,成了天然的土杂肥。"荆小惠说风就是雨,立刻拉着郭晋鹏到花园里抓了一把土,跟他仔细研究了一番,说道:"只要种子撒下去,就能噌噌往上长,不出一个月,就能上桌了。"

郭晋鹏不信地说:"你一个当兵的,这也懂?"

荆小惠说:"中国的兵百分之九十来自农村,这根儿上,都跟土地亲近,不像你们,嫌脏。"

郭晋鹏说:"我不是这个意思,我是担心。这花园可是我姐的命根子,上次我送你一棵苏州桃树,她拿着菜刀差点儿杀人,你这要把她的花全拔了,把这玫瑰花变成白菜花、石榴变成土豆、白玉兰变成胡萝卜,后果恐怕会比较惨烈啊。"

"这不是迫不得已嘛。"荆小惠说,"大姐这次是去北京购买物资了,可如果她没购成功呢?好,就算她购成功了,如果北京买回来的粮食也吃完了,到那时候再想种地,农时可就耽误了,再好的地,也长不出好庄稼。"

"好吧!为了不饿肚子!"郭晋鹏把牙一咬,把心一横,真去扛来一把锄头,准备锄地。

荆小惠抢过锄头,说:"我来吧。如果是我动手的话,大姐她再生气,也就顶多是骂骂人,生个气罢了。可倘若是你动手,她会认为你跟着她隔着心呢,她会伤心的。"

锄了一天的地,种下小菜苗,荆小惠又去挑大粪,回来浇地。

郭晋鹏差点儿没被熏晕过去,他捂着鼻子,说道:"怎么这么臭?"

荆小惠一边浇粪,一边说着:"庄稼一枝花,全靠粪当家。越臭越好,越臭肥力越足,咱们这个土豆、白菜、萝卜、豆角、黄瓜、西红柿，就能长得大，长得好。"等她都忙完，看着满院子的小菜苗，满心满眼的喜悦。

郭晋鹏还有一点儿放心不下，若是什么都长不出来，他拿什么还给他大姐一个花园？

荆小惠拍拍郭晋鹏的肩膀，胸有成竹地说道："放心吧，很快就会有收成的。"

又过了一段时间，菜地的长势越发好起来。

郭晋鹏喜出望外地说："只要能填饱肚子，再臭也能忍了！"尽管一屋子臭气熏天，但他还是竖起大拇指头，不停地夸奖荆小惠，"我老婆真厉害，你怎么什么都懂呢？娶妻如此，夫复何求啊！"

荆小惠笑笑，说："我这是历练出来的，我们当兵的什么艰难困苦没见过？都得扛着，绝不低头！国家困难，部队也困难，基层连队都是一块菜地，一个猪圈，一个作坊，没种过菜，没喂过猪，没榨过油，没发过蘑菇、打过豆腐的，还都不算个全面的兵！"

郭晋鹏乐得合不拢嘴，一个劲儿地说："我算是赚了，表面上娶了个老婆，其实是把保镖、劳保、后勤、车夫和粮站，都给娶回来了。我是高兴了，赚大发了，可怎么能把这种心情让姐也感受到呢？"

从此以后，远近驰名的小香楼变成了小臭楼。

有了这个开端，全厂的职工家家户户也都开始学着种菜，搞得无论走到哪里都臭烘烘的。但这臭味儿，却没有人嫌弃。在那个时候，能吃饱饭才是最重要的。

半个月后，郭晋萱终于回来了。郭晋鹏去火车站接她，她灰头土脸的，好像刚经历了一场战争一样，疲倦不堪地说："虽然托人给弄到了副食票，可是这商店和供销社全都限购，我连一个箱子都没有装满，真担心这以后的日子可怎么过呢？"

郭晋鹏笑笑，说："这已经很幸福啦！大姐，你就放心吧，这不还有我呢？你可不要小看了你这个弟弟呀。"

"就你？"郭晋萱撇了一下嘴，说，"你会干什么？你除了会读书会怕老婆，什么都不行。"

郭晋鹏拍下胸脯，说："我现在可一点儿都不怕了。"

"我今天回来，你老婆连车也不来接一下啊，还说不怕？"郭晋萱嘲笑说。

郭晋鹏说："你误会了，是我命令她，不让她来，让她在家给你做两个硬菜，给你接风洗尘呢。"

郭晋萱说："吹牛。我就看不惯你这一副家庭妇男的样子。"她记得半个月前她走的时候，家里这个月的肉票就已经用完了，还接风呢？拿什么来接？喝风啊？

眼瞅着就要到家了。若是放在从前，从这里早就能闻到她那花香四溢的庭院的气息了，可是今天的味道真是难闻极了。郭晋萱不禁皱起了眉头，说道："什么味儿啊，越来越不像话了，这厕所的味都串到大街上了，清洁队也不处理一下。"说着，她掏出小手绢，捂住鼻子。

郭晋鹏说："姐，这不是厕所的味道，现在全厂的职工家家户户都在学着种菜，填饱肚子是第一重要的。"

"我宁可饿死，也比熏死强。"郭晋萱说道。但她做梦也没有想到全厂最臭的是她家。

郭晋鹏嘿嘿笑着说："我还是觉得饿死难受些。"

但他这些话根本起不到什么作用，郭晋萱一看到自己的花园变成了菜园子，那尖叫声瞬间能把天花板给掀了。

"啊！——啊！——"

她气得直跺脚，一下子就从林妹妹变成了孙二娘，扯着郭晋鹏的耳朵，大叫道："我的草皮呢？"

郭晋鹏好不容易挣脱开，揉揉已经通红的耳朵，说道："铲了。"

郭晋萱接着问道："花呢？"

"拔了。"郭晋鹏说。

"为什么啊？"郭晋萱气得直翻白眼。

郭晋鹏说："这不缺少食物嘛，我就想利用咱家花园，种点萝卜、白菜、土豆，再利用地下室培植点蘑菇。"说着，他指了指眼前长得最高的一排菜苗，说道："姐，你看，苗都长得可好了，再有个十几二十天，第一批白菜萝卜就能上桌了。"

郭晋萱冷冷地问道："谁的主意？"

郭晋鹏说："我的。"

郭晋萱不信，说："好，那我问你，哪个是黄瓜苗？哪个是茄子苗？"

"那个是茄子苗，那个是黄瓜……" 郭晋鹏努力回想着荆小惠种菜的时候说过的话，但还是全指错了。

郭晋萱立刻冲进屋里，瞪着正在厨房里忙着做饭的荆小惠，劈头盖脸地说："你怎么想干什么就干什么？这个家还不是你的呢。"

荆小惠愣了一下，但随即说道："饭快做好了，姐你洗了手，马上就能吃饭了。"

郭晋鹏站在一边，赔着笑脸说："姐洗了手，马上就能吃饭了。"

郭晋萱更来气了，吼道："你是不是除了吃，什么都不想了？你凭什么把我们家变成你们农村，凭什么要把我弟弟变成农民？你现在也是干部了，也是高知家庭的太太，怎么还一点儿数也没有？"

荆小惠说："不是我没数，可是要是没得吃，什么都想不成啊，您说是吧？"

郭晋鹏马上附和道："对对对，虽然满院子的味道有点儿冲，但谁让我姐是那出淤泥而不染，濯清涟而不妖的荷花呢！"

郭晋萱瞪了郭晋鹏一眼，说道："这没你的事儿，你少在这里跟我贫嘴。我告诉你，清水出芙蓉，粪池里就只会有苍蝇和蛆！"然后她又冲着荆小惠吼道，"你想当农民我不拦着，你出去当,到荒山野岭去当,你凭什么把我的花给拔了!"

荆小惠说:"大姐,花花草草是个女的都喜欢,尤其是您的那些高级花,那都能卖大价钱。问题是,那花再高级,您饿急了,它们也顶不上半个窝头啊。"

这话虽然有道理,但郭晋萱还是不依不饶地说:"我们家缺你这口吃的了啊?"

荆小惠说:"我这不是不忍心看着您提着箱子当采购员嘛。"边说着,她把之前算好的小本本找出来,递给郭晋萱,又说道,"大姐,您看,咱家的粮食和副食扛三个月没有问题。三个月以后,院里的土豆预计能有五百到八百斤,再加上黄瓜、西红柿、茄子,还有不间断长成的蘑菇、小白菜、萝卜,咱家的餐桌就相当不丢人了。"

荆小惠掰着手指头数了数。

她的小本本上写得很详细,甚至包括了什么时间该去施肥浇水,什么时间会长成苗,什么时间能开花结果,都有记录。

郭晋萱看完之后,不知道说什么好了。

这时锅里的饭好了,香喷喷的。郭晋鹏流着口水,说:"姐,这是蛇肉,那边还有蚂蚱肉,这可都是肉啊,是硬菜啊。"说着,他伸手抓了一块蛇肉塞进嘴里,吧唧吧唧地吃起来。

郭晋萱瞪了他一眼,说:"郭晋鹏,注意点儿你的形象。"

郭晋鹏一脸委屈地说:"姐,我都快一个月没大口吃过肉了。再说这个时候,肚子肯定比形象重要啊,吃饱吃好,才能为祖国献石油啊,对不对?来来来,赶紧吃饭了。"

他家的饭桌上能有肉吃,都是因为荆小惠聪明能干,但很多人家就只能吃些红薯叶子。

郭晋鹏跟八百年没吃过肉似的,连盘子都舔得干干净净,甚至连口渣都不剩下。吃饱喝足后,他指了指面前的那盘炒肉,说道:"养了快一个月的馋虫,终于吃饱了。这肉可不是一般的肉啊,怎么这么香呀?"

郭晋萱也赞同地点头,好奇地问道:"那个菜花蛇,我倒是见过,可是小惠你说的这个小炒肉是什么?一小块一小块的,我还是第一次见。"

荆小惠抓抓头发,说:"饿急了,就跟珍珠翡翠白玉汤一样,吃什么都好吃。其实就是兔子肉,没什么特别的。"说完,她赶紧把碗筷收拾下去。

郭晋萱说:"不像是兔子啊,兔子怎么会有点儿腥气呢?"

可郭晋鹏说荆小惠会逮兔子,这事也就含糊过去了。但其实那是田鼠肉,是我和荆小惠一起捉的。后来有一次,我把收拾干净的田鼠送到他们家,正巧碰到了郭晋鹏,他对我说:"你这个兔子未免也太小了点吧。"

我还纳闷呢,现在哪里能打得到兔子?

郭晋鹏立马就反应过来了,虽说已经过去那么多天了,但他竟然还可以做到像牛一样反刍,把吃到胃里的东西再返还到

311

了嗓子眼……看着那真叫一个酸爽。

我回去的时候，听说厂里要召开大会，研究怎么样才能确保科研人员吃饱饭的问题。其实向一线倾斜是一贯的传统，按理说荆小惠现在是一线的家属，这事儿她应该高兴才对，没想到她却一副心事重重、愁眉不展的样子。

会议地点安排在了食堂，厂里面许多无关紧要的人也想跟着凑上前听听，于是就把食堂门口围了个水泄不通。

谭向东见费玉兰也挤在人群中，便对她说："你就不要进去了，你又不是科研人员。"

费玉兰伸长了脖子往里面瞅了瞅，除了领导干部，来参加会议的都是一些生产骨干和技术人员，她便没有跟着进去，但还是忍不住好奇心，问道："你说开个会干吗来食堂啊？咱们不是有礼堂吗？"

谭向东说："颁奖才去礼堂呢。"

费玉兰说："你的意思是说这是检讨会？"

谭向东说："把嘴巴闭起来，苍蝇才不会飞进去。"

也不知道是谁做的会务工作，啥也没有准备，甚至连个主席台都没有，更别说话筒和音响设备了。荆小惠随便找了一个靠门的位置坐了下来，说道："一会儿领导怎么上台啊？"

郭晋鹏坐在她的身边，说道："只要不让领导下台，其他的你都别操心。"

荆小惠说："我是怕你下台。我跟你说，一会儿不管谁怎么样，说什么，你都绝不许插嘴。这肚子里没粮食，发虚，就更不要争执，容易低血糖晕厥。大家吃不饱饭，发发牢骚也是应该的，天也塌不下来。你就安安静静地，老老实实地待着哈。"

不一会儿，王正礼和付雨泽就一起进来了。

王正礼才一进门就说道："我们现在商量一下如何确保既不耽误科研任务，又能让科研人员不挨饿的问题。"

付雨泽说："从目前看来，粮食短缺会持续较长一段时期，全厂职工的粮食都不够吃，只靠我们自己无法解决问题。"

大家议论纷纷，谁都拿不定主意。这个时候，郭晋鹏突然站了起来，说道："好办法肯定没有，只有不得已的牺牲局部利益的办法。我建议行政后勤部门这个阶段上半天班，一切跟科研生产无关的活动全部停止，从牙缝里再挤出一点儿粮食，支援一线生产和科研部门。"

付雨泽立刻说道："我反对！革命工作只有分工不同，没有贵贱之分，你这是赤裸裸地瞧不起劳动人民，赤裸裸地在宣传万般皆下品，唯有读书高的封建腐朽思想。"

荆小惠拽了拽郭晋鹏的衣服，让他不要再继续说下去了，可郭晋鹏还是说道："付科长，你别急着给我扣大帽子。这肚子里没油水，脑子就是不转啊。"

付雨泽暴跳如雷，就差没有骂街了。但他实在没有力气像从前那样端着科长的架子，叉腰着教训人，便推了推眼镜，说道:"哼,你姐姐去北京采购副食品不假吧?你郭晋鹏拿着专家粮食补贴也不假吧?你肚子里没油水?那普通工人的肚子里能给你挤出几粒米?"

郭晋鹏说:"我可以不要专家粮食补贴。"

付雨泽怔住了。

所有人也都怔住了。

王正礼叹口气,说道:"专家的粮食补贴那是党中央给的政策,我们必须执行。粮食,晋鹏可以不要,那么请问国家能不能也不要石油呢?"

所有人都哑口无言了,不知道怎么回答了。

王正礼又继续说道:"我们裤腰带既然勒了,那就再勒紧一点儿,行吗?科研人员的粮食有什么问题,我负全责!但是晋鹏啊,如果这个裤腰带就这么一个劲儿地勒,腰可就断了。"

郭晋鹏说:"厂长您放心,我们现在有新的科研技术,关于加强油藏开发利用的,还有采气项目,我保证半年之内完成。"

王正礼说:"这个情况,我需要向部里汇报一下。"

付雨泽说:"王厂长,这要是报到部里,如果没完成,可是要担责任的。"然后,他又瞪着郭晋鹏,说道,"你担得起这个责任吗?郭晋鹏同志!"

郭晋鹏还没回答,王正礼就说道:"不但晋鹏要担这个责任,作为厂长,我也要担这个责任。"说着,他望向郭晋鹏,眼神中充满了期待,"晋鹏,你敢吗?"

郭晋鹏毫不犹豫地点头答应,道:"我敢!"

科研室这次上报研究的项目是"油藏密码"。厂里一下子就好像炸开了锅,石油都还没开采明白呢,哪还有精力做什么气田开发。除了一线的技术人员,其他科室的人都恨不能把郭晋鹏给千刀万剐了。甚至连保卫科也好不到哪里去,大家当着荆小惠的面不说什么,但背地里都指指点点的。因为保卫科属于后勤保障单位,即便不被划分到三线,充其量也就只是一个二线。

总务科甚至连科研室屋顶漏雨也不去维修了。

郭晋鹏急得一个劲儿打电话催他们,说:"淋坏了设备耽误了科研进度,你们负得了责吗!"

他好说歹说的,人家就是不肯来。

仓库后面的铁丝网也烂了。郭晋鹏实在没有办法了,只好去找王正礼,结果他刚走到厂长门口,还没来得及敲门,就让荆小惠给拉了回去。

荆小惠说:"这些事我来解决,厂长做出确保科研人员供粮的决定已经很难了,你就别再给他施加压力了。"

郭晋鹏说:"我新研发的项目成功了的话就什么都有了,这么简单的道理怎么就不明白呢?大河有水小河满,这前怕狼后怕虎的,卡在中间永远都没有饭吃。"

荆小惠说:"可老百姓都是看到小河里的水往大河里流,

大河才满的,谁也没见过大河里的水往小河里流啊。"

郭晋鹏说:"你这是帮谁说话呢?"

荆小惠说:"你要在半年之内完成项目,不然大家心里的疙瘩没法消除。靠你一个人行吗?"

毕竟这上半天班,按需分配的口粮也就只有半天的东西可以吃,大家本来就都吃不饱,这下更不饱了,哪能没有怨气啊。

胡婷婷直接跑到保卫科去数落荆小惠,说这裤腰带勒得都能打两圈了,还要怎么勒?

荆小惠看都没看她一眼,只说了一句:"广播员同志,别有事没事往保卫科跑,这样饿得更快。"然后便去找郝兴亮,安排他去修补器材库的铁丝网。

郝兴亮不情愿地说:"科长,我们现在走到器材库都浑身上下冒虚汗,还怎么修啊?"

荆小惠说:"等到东西丢了,别说出汗了,流泪都没地方流。"

郝兴亮赌气说:"那又不是盐跟大米,没人偷。"

荆小惠说:"你这是什么工作态度啊?"

郝兴亮不敢吭声了,耷拉着脑袋。

站在一旁的胡婷婷撇撇嘴,说:"哼,饭都吃不上了,哪来的工作态度啊?"

荆小惠说:"厂长不是说了吗,这种特殊情况最多就是半年，大家挺一挺就过去了。"

胡婷婷说："说得轻巧，您现在是住在小洋楼里的阔太太，少这几斤粮食没什么，还有奶油饼干、肉罐头可以撑着，可我们少这几斤粮食是会死人的。再说了，谁能保证这半年一定能弄成，要是半年弄不出来呢？"

荆小惠拍着胸脯，说："我向大家保证，一定会！"

胡婷婷翻了一个白眼，说："你懂吗？你是懂油藏还是懂气井？你什么都不懂，凭什么在这里做保证。吹牛的话谁不会说啊？就算弄不出来，你还是科长，还是拿着干部的供应，不会变成工人。"

可是谁都没想到，荆小惠第二天就去申请了调令，调离保卫科，要求去科研室新成立的项目小组——采气队，当一名普通的采气女工。

大家都说荆小惠这是疯了，放着好好的科长不当，跑去当工人，而且还是一个不被划分在一线里的工人。这下她连补助什么的都没有了，工资也只有现在的三分之一，粮食配给也会减少，仕途就更不用说了，直接由干部变成工人。

只有郭晋鹏知道，她这样做全都是为了他。

起初荆小惠提出想跟他一起工作的时候，他还没当回事儿，笑着说："人家说了，两口子在一个办公室一起工作，容易审美疲劳，你还往一块儿凑。再说了，你也是科长，你到我那儿，咱俩谁听谁的？"

荆小惠说："谁说要跟你一个办公室了？我是想去实验项目的采气队，当学徒，做采气女工。"

"大科长当小学徒？"郭晋鹏愣住了，但是很快他就想明白了，说道，"你这么做不会是因为科研粮的事儿，又要帮我树典型吧？"

荆小惠点点头，说："这只是一个原因，不这么做，大家对科研粮始终是有抵触情绪的，带着情绪干活就跟带着情绪打仗一样，是不可能胜利的。"

郭晋鹏皱着眉头，说："科研粮是厂长批的，厂党委通过的。"

"可谁不知道你是发起人啊？"荆小惠说，"晋鹏，如果全厂职工看见我可以什么都不要了，就会觉得我肯定知道半年之内，你一定能成功，有了希望就有了信心，这疙瘩就能解开了。"

"我再劝还有用吗？"郭晋鹏问道，荆小惠摇摇头，郭晋鹏叹气，说道，"你这么帮我，我觉得自己特别没有用。"

听说荆小惠要调离保卫科，付雨泽狠狠地在她的申请报告上写了三个大字：不批准！

郭晋鹏只好拿着申请报告直接去找王正礼。

王正礼说："政治部不同意，我也不支持。"

郭晋鹏说："我家小惠太漂亮了，成天在男人堆里，我不放心，这条理由您总支持吧。"

"真酸。"王正礼笑着撇嘴,说,"亏你说得出口,也不嫌丢人。"

郭晋鹏说:"我想见我老婆有什么丢人的?要是因为这个我们俩离婚,您可是要负责任的。"

王正礼说:"你们结不成婚让我负责任,你们离婚也让我负责任。我欠你们的,白眼狼。"

郭晋鹏说:"厂长,其实我也不想同意。可一边是大量的后勤行政人员饿肚子、发牢骚、挤科研粮,一边是我老婆当学徒降工资、降定量,谁轻谁重,大家都看得出来,但不是每个人都做得出来,她让我骄傲。"

王正礼叹息,道:"如果是这样,她这干部身份从此可真就没有了,而且还不能恢复。她这个干部身份跟别人不同,她不是大学带来的,而是她从枪林弹雨当中用命换来的。晋鹏,千万别辜负她。"

说完,王正礼在那份申请报告上郑重地写下:同意。

荆小惠离开保卫科那天,郝兴亮哭得稀里哗啦的,说道:"科长,您能不走吗?"

"都是大老爷们儿,不要这么婆婆妈妈的好不好?"荆小惠笑笑,说,"革命战士一块砖,哪里需要哪里搬,不当干部当学徒,挺好。"

郝兴亮抹了抹眼泪,说:"其实少了那些粮食也饿不死啊。大家就是一时没想明白,你千万别跟我们一般见识啊。"

荆小惠说:"什么见识,归根结底都得填饱肚子。大家很多都是当过兵的,咱们就当是掩护大部队突围了!"

临走前,荆小惠又趁大家不注意的时候,往每个人的抽屉里塞了两张粮票,一人二斤,一共二十张,加起来就是她一个月的粮食。

这件事儿很快就传遍了整个九二三厂。郭晋萱听说后,气得就差没把荆小惠给撕碎了,她恶狠狠地说道:"你就没有想过让你的丈夫多吃两口细粮吗?你再是英雄,你也首先是晋鹏的妻子。"

荆小惠说:"对不起,大姐,粮票的事情我没有事先跟您商量,错在我。"

郭晋萱说:"你以为我跟家庭主妇一样只关心粮票吗?我之所以同意你跟晋鹏结婚,那是因为你是英雄,是后备干部,是未来能给晋鹏提供保护的。"

一旁的郭晋鹏实在听不下去了,说道:"姐,我又不是泥捏的,我不需要人保护。"

郭晋萱说:"可是这个家需要。小惠你别怪我太势利,你不当后备干部也罢了,可你现在要变成学徒工了,这个家的将来还能指望你吗?晋鹏你还能保护吗?"

郭晋鹏的脸皱得跟个苦瓜似的,说道:"姐,她这么做,也是为了我。小惠用她的实际行动让厂里更多的人理解支持我。现在大家都积极工作了,她这不是保护我,又是什么呢?

姐，我知道，虽然现在苦了点儿，但我跟小惠学到的最重要的一点就是要始终保持积极乐观的态度生活，要迎着阳光一路向前，这也叫革命乐观主义精神。"

饿着肚子走到这一步真不容易，半年后，郭晋鹏的科研项目终于成功了。他去北京做总结报告回来那天，荆小惠种的土豆也丰收了。

看着满院子的土豆，郭晋鹏笑得别提有多灿烂了，说："看看这个头，这密度，再也不用饿肚子了。"

他们给厂里每家每户都分了一些。

大家再也不用挨饿了。

后来国家的经济已经开始向好的方面发展了，粮食定量也逐渐恢复正常，饥饿的日子很快都过去了，好日子终于来了。捐献科研粮的事情厂里也下通知取消了，并且开始逐月返还。当然，能从职工食堂最先一批领到肉的还是一线的科研人员。佟宝钢把自己的那份肉全都给了胡婷婷，胡婷婷说什么也不要，而是继续啃着自己的窝窝头，说道："我知道你是个好人，对我也很好，可是我想要的幸福是来自那个可以保护我的人，而不是把他碗里的肉分给我的人。"

晚上的时候，郭晋鹏去接荆小惠下夜班。这吃饱了，也有力气蹬车了，郭晋鹏说："这是饥饿留给青春最有价值的记忆。"

厂里一年多没亮的路灯今夜全都亮了。

荆小惠不由得说:"太费电了。"

郭晋鹏却说:"用电量的多少是经济发展的重要指标,这是好事啊。"

荆小惠突然停了下来,捂着肚子,直叫唤:"疼,我肚子疼。"

这好好的怎么会突然间肚子疼呢?郭晋鹏一开始还很担心,不会是吃错什么东西了吧。可荆小惠吃啥他吃啥,要是吃得有问题,他也应该肚子疼啊。他便说:"你该不会是来那个了吧?"

荆小惠摇摇头,说:"我已经三个月没来了。"

郭晋鹏转念一想,该不会是怀孕了吧?

结果去医院一检查,只是胃痉挛加上胆结石发作。

那天在医院值班的医生刚好是费玉兰,听荆小惠说起想怀孕的事情,便给她做了一个全方位的检查,然后问道:"你以前是不是严重冻伤过?"

荆小惠点点头,说:"嗯,在朝鲜的无名川,零下二十度,抢修被美国佬飞机炸断的铁路桥,我当时冻得差点儿把腿都给锯了,幸亏我们团长拿黄豆给我搓热的。怎么了?"

费玉兰说:"难怪,严重的冻伤把你双侧的输卵管冻坏了,后来加上感染,粘连了。"

荆小惠急了,说:"我身体可好了。"

费玉兰说:"这跟你身体好坏没关系,这是你受伤造成的。"

郭晋鹏也急了，说："怎么会？费医生，你也别光吓我们，有什么治疗的办法吗？"

费玉兰说："粘连很严重，疏通的希望很小。"

知道自己不能怀孕之后，荆小惠发高烧足足烧了三天，每天夜里都被噩梦惊醒，喊着："对不起……对不起……"

郭晋鹏心里也很难受，工作也没有干劲儿，没精打采的。谭向东便对他说："晋鹏你是一个天才，小惠呢，也是一个英才，所以嘛你们要懂得在适当的时候做适当的事，何时放手，何时止步，何时前进，你晓得吧？"

郭晋鹏叹口气说道："谢谢你老谭，懂不懂是一回事，做不做是另外一回事，况且有句成语叫作义无反顾！"

荆小惠的病刚一好，郭晋萱就趁郭晋鹏不在家的时候，找她谈话了。其实在郭晋萱找她谈话之前，郭晋鹏就已经先找她谈过了。

荆小惠有气无力的，耷拉着脑袋，说道："我不能生孩子。"

郭晋鹏紧紧地握住她的手，说道："老婆，这是暂时性的问题，你是党员，不能盲目地夸大，制造谣言和恐怖气氛。"

眼泪在荆小惠的眼中打转，她说道："万一是真的呢？那咱们俩就很难再走下去了……"说着，她终于忍不住痛哭起来。

郭晋鹏轻轻擦掉她脸上的泪水，说道："如果我们俩的运气没差到再遇到一次反坦克地雷，那就继续走下去。在这条路上，如果你瘸了，我就扶着你走；如果我也瘸了，咱俩就一起爬着走！"

等郭晋鹏离开之后，郭晋萱特意做了一桌子菜，都是荆小惠平时爱吃的。她头一次对荆小惠这么温柔，还上楼去扶荆小惠下楼。

"小惠呀，你知道晋鹏和我父亲我爷爷都是单传，所以郭家很早就把辈分定好了，我和晋鹏是晋字辈，晋鹏的孩子是德字辈，再往后就是……"

荆小惠看着一桌子的菜，一点儿胃口也没有。她打断了郭晋萱的话，然后说道："大姐，有什么话您就直说吧。"

郭晋萱说："我们家需要孩子。我也很同情你，但是你目前的身体状况是不能生孩子的，未来能否治好，谁都不敢打包票。所以我们都要面对现实，要协商出最稳妥最合理的解决办法，你说对吧？"

荆小惠没有吭声，过了老半天，她才怔怔地点了点头。

郭晋萱便继续说道："好，那有什么话我可就直说了。我打听过了，现在进厂的大学生工资标准是六十三块钱一个月，一年就是七百五十六块钱对吧？如果你同意跟晋鹏离婚，我将按照大学生的工资标准，一次性给你支付五十年的工资，也就是三万七千八百元，作为你离婚的补偿款，你看怎么样？"

荆小惠没有说话，她也没有任何的表情。

郭晋萱又说道:"当然,这是你和我之间私下的协议,我不想让晋鹏知道。"

荆小惠终于点了点头。

郭晋萱拿出离婚协议书和一份补充协议,说道:"这是我以你的名义起草的离婚协议书,还有一份是你我之间的补充协议,你好好看看,想好了告诉我。如果因为你不能生育,晋鹏就和你离婚,这样传出去对晋鹏或多或少都会有影响,你懂吗?所以这个恶人,我来做。"

荆小惠看着离婚协议书,好像再也克制不住一样,眼泪哗啦啦地往下流。

郭晋萱说:"小惠,你别怪大姐,大姐知道你是好女人,可你们没有缘分。"

荆小惠哭着说:"您别再说了。"

她并没有要郭晋萱的钱,而是重新写了一份离婚报告,只是说感情不好,然后直接去付雨泽那里,要求组织签字盖章。

荆小惠不能生孩子的事情早被传得全厂上下人尽皆知,所以付雨泽看都没看那份离婚报告,就气势汹汹地吼道:"我绝不能看着他们欺负你。"

荆小惠说:"没那么严重,两口子过不下去不是挺正常的吗?与其凑合,不如离婚,大家解脱。"

付雨泽气得浑身发抖,大喊道:"都这个时候了还帮他,他们是举着巴掌扇你的脸啊!就因为你身体有病生不出孩子,就要把你一脚踹出门吗？这是社会主义新中国，不能由着他们资产阶级逆施倒行……"

"你小点儿声！"荆小惠大声说道，"是我要求的离婚，别上纲上线。"

付雨泽的声音虽然降了下去，但他的火气还是没有降下去。他说道："凭什么他们郭家人就是金枝玉叶，就是花朵，你荆小惠就是野草？"

荆小惠强忍着泪水，深吸一口气，说道："我就是野草，洋楼里的花园长不下了，换个地方活，即使被石头压着，我也能从石头缝里钻出来，好好活，别为我担心。"

"在我心里，你一直都是仙草！"付雨泽说，"小惠，你知道我一直都非常喜欢你，即便你生不出孩子我都能接受，我爱你！"

荆小惠说："别说了，签字吧。"此时此刻的她，看起来确实像一株仙草，一株被欺负得马上就要枯萎的仙草。她说着，拿起桌上的笔，递给付雨泽。

付雨泽接过笔，死死地盯着离婚报告，说道："按理说，我应该很高兴地给你签字，这样我就有了再一次追求你的机会，但我现在不能这么做，因为这是乘人之危。"

荆小惠说："这事不怨晋鹏。"

付雨泽说："他要是立得住站得稳，你们能离吗？能走到这一步吗？我要先帮你出了这口恶气，再让你痛痛快快地签字离婚！"

这句话刚好被过来追荆小惠的郭晋鹏听见了，他气急败坏地冲了进来，吼道："痛痛快快？痛的是别人，快乐的是你自己！付雨泽你敢签字试试！"

付雨泽冷哼着说："我同意你进来了吗！"

郭晋鹏说："宁拆十座庙不拆一桩婚，你是不是闲着没事干了？"

付雨泽说："我看是你们郭家人吃饱了没事干！就因为小惠同志身体有病不能生孩子，就要一脚踢出门吗？别忘了现在是劳动人民的天下。"

郭晋鹏没管在那里滔滔不绝的付雨泽，而是看向荆小惠，说道："谁说我要离婚了？这辈子我郭晋鹏这趟车，只有荆小惠一位驾驶员，否则这趟车就会车毁人亡！"

荆小惠怔住了。

她泪流满面地望着郭晋鹏。

付雨泽拿着离婚报告，说："那这个是怎么回事啊？难道是小惠同志吃饱了撑的发神经，拿婚姻大事开玩笑吗？我看就是你们欺人太甚。"

荆小惠已经泣不成声了，但还是说："我再说一遍，这事跟晋鹏无关，是我自己要离婚的。"

郭晋鹏说："这件事跟我有关，小惠，是我没有给你足够的安全感，没有保护好你，让你受委屈了，对不起。"说着，他走到荆小惠面前，紧紧抓住她的手，然后深深地鞠了一个躬。

付雨泽哼了一声，说："承认就好，那这个离婚报告和单位证明，我还是先给开了吧。"说着，他拿起笔，正要大笔一挥，郭晋鹏赶忙上前把那份离婚报告抢过来，撕成了碎片。

付雨泽气得火冒三丈，指着郭晋鹏的鼻子吼道："逼人家离婚的是你们，人家把报告写好了你还给撕了，真的是无法无天了！不把你这种人收拾顺溜整老实了，我付雨泽这个政治部主任就不当了，来人！叫保卫科来人！"

荆小惠连忙拉着郭晋鹏给付雨泽鞠躬道歉。

"对不起对不起，科长，是我给组织添麻烦了，我一定会处理好的。千万不要生晋鹏的气，千万别生他的气，对不起。"

说完，她连拖带拽地把郭晋鹏拉回了家。

后来，荆小惠上北京治疗输卵管堵塞这事是瞒着郭家人去的，她怕万一治不好，回头让大家再失望一回。

主治医生还是付雨泽托人给介绍的，据说是动用了他父母的关系。只要荆小惠能够成功受孕，他就必须和家里安排的相亲对象见面。

谁都不知道荆小惠在北京的那三个月是怎么度过的，她也没有对任何人讲，只是三个月后，她回来了，而且笑得一脸灿烂。

他们的儿子是在1971年6月11日那天出生的，巧的是那一天，九二三厂经国务院批准，正式更名为胜利油田，是中国第二大油田、中国石化下属的第一大油气田。为了纪念这一天，他们为儿子取名叫郭胜利。

因为这个名字，郭晋萱埋怨了很久，说是要根据族谱辈分，哪能这么草率就给定了呀？但那都是后话了。1974年9月29日，在新中国成立25周年前夕，新华通讯社、人民日报等中央媒体正式宣布：《我国建起又一大油田——胜利油田》。胜利油田在被发现十年后，终于公之于世。也是在那一年，我娶了妻，两年后我们的女儿出生了，名字是郭晋鹏帮忙取的。当时郭晋鹏刚从省里表态发言回来，他说："天时人事日相催，冬至阳生春又来。在油田的改革发展历程中，石油人已走过千山万水，但实现百年胜利仍需跋山涉水。石油人已走过沧桑砥砺，但美好未来仍需风雨兼程。今天，石油人正站在这样一个新的历史起点上，朗朗乾坤，胜利多娇。开局关系全局，起步决定后势。历史只会眷顾坚定者、奋进者、搏击者。石油人深谙这样一个道理，不管路多远、条件多艰苦，只要方向正确，每进一步都是胜利。"

荆小惠见他长篇大论起来，便叉着腰说："你打算取个啥名儿？"

郭晋鹏说："多娇啊，胜利多娇。"

后来他还为我的外孙取名叫徐茂晋，他说这个名字就像我们的石油事业那样茂盛，追着太阳一直前进。而我们这一代石油人的故事仿佛在郭胜利落地后开始啼哭的那一声开始，就完美谢幕了，而新一代石油人的故事才刚刚开始……